DER GROSSE BÄR UND SEINE GESTIRNE

Der Große Bär und seine Gestirne

FREUNDE UND WEGGEFÄHRTEN GRÜSSEN, DICHTEN UND MALEN ZUM 60. GEBURTSTAG VON

HARRY ROWOHLT

EINGESAMMELT UND ZUSAMMENGETRAGEN VON ANNA MIKULA UND PETER HAAG

KEIN & ABER

Mit herzlichem Dank an Thomas Bodmer,
der sich dem Himmelfahrtskommando ausgesetzt hat,
die Beiträge der englischen und amerikanischen
Gratulanten ins Deutsche zu übertragen.

Alle Beiträge wurden weitgehend in ihrer orthographischen
und grammatikalischen Originalität belassen.

Die Bilder und Texte auf den großen Innen-Klappen
stammen vorne von Ernst Kahl und
hinten von Nikolaus Heidelbach.

Erscheint zum 27. März 2005

Coverillustration und Rückseite: Peter Gut
Lesezeichen: Nikolaus Heidelbach
Gestaltung und Satz: Nicholas Ditzler
Druck und Bindung: Ebner & Spiegel, Ulm
ISBN 3 0369 5134 2
www.keinundaber.ch

INHALT

I FIND IT HARD to believe that Harry has reached the ripe old age of 100. He doesn't look a day over 90, especially when you know that his hair is naturally brown. He confessed to me one evening that he dyes it grey to look distinguished. Then again, we had both been drinking lighter fuel.

Like most people, I met Harry's beard before I met Harry. I was in the literature house in Hamburg with Kirsten, my German editor of *Schlimmes Ende*, when this very impress beard appeared through the doorway. A few minutes later, the rest of Harry followed through.

We left our beards to sniff each other, like dogs in the park meeting for the first time, and, once they were happy, we hugged. I was hugging Harry because I was pleased to meet him at last. Harry was hugging me to search me for weapons … or, perhaps, he was looking for my wallet?

During the meal which followed, there was much talk about books, writing, and the dangers of drinking soup if you haven't trimmed your moustache. We both agreed that a large beard was an excellent place to store morsels of food to eat at a later date. (Since then, I've had my beard searched by a security guard at Los Angeles airport.)

There's so much I could write about Harry but the problem is that he'd have to translate it into German for me … so let me simply congratulate him on having survived this long with his sense of humour intact. Here's to more fun working together, and to more awards, please!

DASS HARRY das reife Alter von 100 Jahren erreicht haben soll, kann ich kaum glauben. Dabei sieht er doch keinen Tag älter als 90 aus, vor allem wenn man weiß, daß sein Haar von Natur aus braun ist. Er gestand mir eines Abends, er lasse es grau färben, um distinguiert zu wirken. Allerdings hatten wir an diesem Abend schon einiges an Feuerzeugbenzin getankt.

Wie die meisten Menschen bin auch ich Harrys Bart begegnet, bevor ich Harry begegnet bin. Ich war mit Kirsten, der deutschen Lektorin von *Schlimmes Ende*, im Hamburger Literaturhaus, als im Türrahmen dieser tief beeindruckende Bart auftauchte. Ein paar Minuten später folgte der Rest von Harry.

Wir ließen unsere Bärte einander beschnüffeln wie Hunde im Park bei der ersten Begegnung, und sowie sie zufrieden waren, umarmten wir uns. Ich umarmte Harry, weil ich mich freute, ihn endlich kennenzulernen. Harry umarmte mich, um mich nach Waffen zu durchsuchen … oder vielleicht nach meiner Brieftasche?

Im Lauf der anschließenden Mahlzeit war viel von Büchern die Rede, vom Schreiben und von den Gefahren des Suppenessens, wenn man seinen Schnurrbart nicht gestutzt hat. Wir waren uns einig, daß ein üppiger Bart ein hervorragendes Vorratslager für Leckerbissen ist, die man sich für später aufsparen will. (Seither ist mein Bart von einem Sicherheitsbeamten am Flughafen von Los Angeles durchsucht worden.)

Ich könnte so viel über Harry schreiben, wäre da nicht das Problem, daß er es danach für mich ins Deutsche übersetzen müßte … Ich will ihm deshalb nur dazu gratulieren, daß er so lange schon überlebt hat, ohne daß sein Sinn für Humor Schaden gelitten hätte. Auf daß wir weiter Spaß haben beim Zusammenarbeiten und auf weitere Preise bitte!

HARRY KENNE ICH eigentlich nicht, das aber schon sehr lange. Wo wir einander zum ersten Mal getroffen haben, weiß ich nicht mehr. Möglicherweise war es anläßlich eines Festes in Hamburg, irgendwo an der Elbe, eines der Feste, an deren Ende in aller Frühe man früher zum Fischmarkt ging, um zuzusehen, wie etwas verdattert aussehende Besucher unverhofft die glücklichen Besitzer von drei Yuccas und zwei Gummibäumen oder einer ganzen Palette Weintrauben samt einer Bananenstaude geworden waren, die sie für kein Geld gekauft hatten, nun allerdings irgendwie fortschaffen mußten. Vielleicht, das scheint mir plausibler, bin ich Harry am Telefon zum ersten Mal begegnet. Es gibt ja manchmal solche Gespräche, die nur deshalb entstehen, weil jemand nicht zu Hause ist. In einem der Telefonate, die er und ich dann führten, hatten Stiefel aus Irland eine große Bedeutung. Ich lebte damals in London. Und wenn Harry in Hamburg mit mir in London telefonierte, erzählte er mir von Leuten, die er in Büchern traf, manchmal auch von Kneipen, in denen er Leute traf, und von britischen Dingen, die ich nicht sah, wenn ich aus dem Haus ging. Seine irischen Stiefel habe ich mir genau vorstellen können.

OBEN AUF DER HÜGELKUPPE
EINE ALTBEWÄHRTE TRUPPE -
HAB ICH IN LINOL GESCHNITTEN
WIE SIE DROBEN ANGERITTEN -
DIR ZU EHREN HARRY RO
IN DULCI JUBILO -
FW BERNSTEIN
Lieber Harry
hier huldigt
Dein Fritz

WIE HARRY R. DEN HÜHNERKALENDER RETTETE

Ich ahne wohl, was in dieser Ehren-Fibel alles über den lieben, den begabten, den exzeptionellen Harry R. mitgeteilt werden wird. Und sicher ist jeder der angeführten Superlative eher noch untertrieben. Ist er doch der faszinierende Vorleser, der Spitzen-Feuilletonist, der kongeniale Gelegenheits-Schauspieler, der geile Übersetzer. Was er sich vornimmt, wird eben zum *Masterpiece*. Er kann einfach nicht anders.

Wunderkinder bleiben Wunderkinder, auch wenn sie erwachsen geworden sind.

Sollte ich also den Ergebenheitsadressen an Harry, den Rowohlt, einen weiteren Kratzfuß hinzufügen? Lieber nicht, dachte ich. Andere fabulieren da viel kompetenter, gültiger und vor allem nachhaltiger.

So bin ich ins Archiv gestiegen und habe nach Briefen gesucht. Solche, die ich als Redakteur mit dem Bewunderten wechseln durfte. Und die waren – auch Jahre später – bestens zu lesen. Selbst die, in denen er Körbe verteilte. Dabei hätte ich ihn so gern für DIE WOCHE als Kolumnisten gewonnen. Gewissermaßen als irischen Willemsen. Er aber zierte und zierte sich. In der bunten WOCHE-Vielfalt (das ist meine, nicht seine Interpretation) sah er wohl keine ausreichende Lücke für sich und blühte lieber weiter in den Bleiwüsten der ZEIT. Aber da er zu denen gehörte, die nicht schnöde absagen, versorgte er mich ab und an mit kleinen Liebesgaben.

Unsere gemeinsame Freundin Anna muss ihn getippt und von meinem gerade erfüllten Jugendtraum »Hühner« erzählt haben – jedenfalls traf eines Weihnachten, begleitet von vielen warmen Worten, ein Hühnerkalender ein.

Und so wurde Harry R. – ohne es zu ahnen – zum Retter eines ganz besonderen Kulturgutes. Das kam so:

Der Hühnerkalender aus dem Kunstverlag Weingarten erwies sich als schöner und äußerst praktischer Wandschmuck. Nicht nur, weil mit ihm der prächtige Anblick schönster Hennen und Hähne in die Küchenstube verpflanzt werden konnte (meine Hühner hatten Hausverbot!); die einzelnen Tage waren in so großen Quadraten aufgeführt, dass sich dort noch die den Tiermedikamenten beigepackten Erinnerungsmarken für Wurmkuren, Flohmittel oder notwendige Impftermine bestens einkleben ließen. Meine Frau war begeistert und dank Harrys Geschenk Katzen und Hund fortan rechtzeitig medikamentiert.

Wen wundert's, wenn übers Jahr Vorfreude auf Rowohlts nächsten Weihnachtsbrief aufkeimte.

Als der dann aber wider Erwarten doch ausblieb, rannte ich im Januar von Buchhändler zu Buchhändler, um selbst noch ein Exemplar aus der offensichtlich limitierten Kalenderauflage zu ergattern. Vergebens. In Himmelpforten und Umgebung – da jedenfalls, wo ich mit meinen Hühnern lebte – war alles ausverkauft.

So nutzte ich den nächsten angekündigten Besuch von Anna zu einem gezielten Wutausbruch: »Warum nur hat mich dieser Wort-Schurke einfach vergessen? Erst verweigert er sich der WOCHE und jetzt schickt er nicht mal mehr den Hühnerkalender.«

Die Klage führte zum gewünschten Erfolg. Anna petzte, und Harry schrieb an den Kunstverlag:

»Liebe Kolleginnen und Kollegen:

Letztes Jahr um diese Zeit, nur etwas früher, habe ich Manfred Bissinger, den Chefredakteur der wöchentlich erscheinenden Wochenzeitung DIE WOCHE, zum glücklichsten Menschen der Welt gemacht, indem ich ihm den Hühnerkalender aus Ihrem Haus schenkte. Diesmal habe ich es vergessen und mir wurde hintertragen, daß er folgendes sagte: ›Ich werde hier auch immer schlechter behandelt. Ich dachte, ich krieg' wieder den Hühnerkalender geschenkt und habe gewartet, gewartet und gewartet. Dann habe ich mir gesagt, dann muß ich ihn mir eben selbst kaufen und nun ist das Schweineteil vergriffen!!!‹

Meinen Sie, dem Manne kann geholfen werden? Meinen Sie, Sie – um sozusagen im Bild zu bleiben – scharren noch irgendwo ein Exemplar hervor? Sie würden mich fast so glücklich machen wie Manfred Bissinger. Vielen herzlichen Dank.«

Die Antwort aus Weingarten kam prompt:

»Wer uns solche Bestellungen schreibt, bekommt seinen Kalender kostenlos! Jeder im Verlag hat Ihr Fax gelesen, aber auch jeder!!« hieß es in einem ersten Brief. Am nächsten Morgen folgte der zweite. Sandra Ruff aus der Kalenderredaktion faxte:

»Lieber Herr Rowohlt,

Ihr gestriges Fax hat mich zum glücklichsten Menschen der Welt gemacht! Seit Jahren kämpfe ich für den Erhalt des Hühnerkalenders in unserem Programm. Dass er seine Fangemeinde hat (klein, aber fein), wusste ich. Dass wir aber darunter Manfred Bissinger oder Sie (sonst … wie wären Sie auf die Idee gekommen, unseren HÜHNERKALENDER zu verschenken!?), ist eine großartige Resonanz. Dafür danke ich Ihnen.«

Der Hühnerkalender war fortan nicht länger bedroht. Und wenn Verlag und Druckerei nicht geschlossen worden sind, erscheint er auch noch heute. Dank Harry R.!

P.S.: Für mich ist der Kalender über die Jahre immer wichtiger geworden. Denn von den Hühnern draußen im Hof musste ich mich nach intensiver hausinterner Debatte eines Sommers trennen. Sie waren uns buchstäblich über den Kopf geflogen. Sie ahnen vielleicht das Problem: Ein Hahn macht sich zwischen sechs bis acht Hennen untertan und bildet mit ihnen eine Familie. Er lässt aber keinen zweiten Hahn im Stall zu. Am Ende lebten acht bis zehn Völker als Gangs in den Bäumen rund ums Haus. Kam man nachts mit dem Auto, wechten die Scheinwerfer die Hühner und sie flogen wie bei Hitchcock wild um einen herum. Hühnern, muss man wissen, fehlt in der Nacht die Orientierung, dafür vermehren sie sich am Tag explosionsartig. Als unsere gefiederte Mafia auf die Stärke einer Hundertschaft anzuwachsen drohte, baten wir das Dorf aufs Grundstück. Jedes gefangene Huhn durfte mitgenommen werden. Uns blieb am Ende der Hühnerkalender, voll der Wurm-, Floh- und Impf-Klebemarken für Hund und Katzen.

»SÁLÜ, SCHAFSECKEL«

Angefangen hat alles mit einem Sakrileg: Ende 1979 / Anfang 1980 bekam ich als Diogenes-Lektor Harrys Übersetzung der Geschichtensammlung *First Love, Last Rites* von Ian McEwan auf den Tisch. Sie hatte auf sich warten lassen: Den Auftrag hatte Harry 1977 erhalten, und im Sommer 1979 teilte er aus Griechenland mit, seine Schreibmaschine sei »geschmolzen«. Doch nun war die Übersetzung endlich da, und Diogenes-Cheflektor Gerd Haffmans hätte sie am liebsten so, wie sie war, in Satz gegeben.

Das war nicht meine Vorstellung von Lektorat (ich sollte mir im Lauf der Jahre den Ruf eines »Ameisenfickers« erwerben). Ich las die Übersetzung des mir unbekannten Harry Rowohlt. Die Tonfälle gefielen mir sehr gut, aber dann stolperte ich in der Geschichte *Last Day of Summer* darüber, dass der 12-jährige Ich-Erzähler und das dicke Mädchen über den Rasen »zum Tor, wo sich die Liebenden küssen«, gingen. Hm. »Kissing-gate« stand im englischen Text, was im großen Muret-Sanders mit »Schwinggatter« übersetzt wurde. Ich schrieb das und ein paar andere Dinge also mit Bleistift ins Manuskript.

»Bist du wahnsinnig?«, rief Haffmans, als hätte ich ein Sakrileg begangen: »Harry Rowohlt redigiert man nicht!« Da ich das nicht einsah, rief ich klopfenden Herzens Herrn Rowohlt an, erklärte ihm, was ich gefunden hatte, und machte Änderungsvorschläge. »Ja, das hätte ich auch lieber so geschrieben«, brummte er freundlich, und so ging das Manuskript in Satz.

In einem Brief, den ich aus dem Gedächtnis zitieren muss, schrieb Harry dann, er habe solche Dinge nicht nachschlagen mögen, weil die Geschichte so schlecht sei: Der 12-Jährige klinge »wie Adalbert Stifter nach dem zweiten stereotaktischen Eingriff«. Was das hieß, wusste ich nicht, aber es klang toll. Und das Schärfste war: Am 13.8.82 schrieb mir Harry: »Auf jeden Fall war es ein Hochgenuß, mit Ihnen arbeiten zu dürfen.«

Kennen gelernt haben wir uns erst nach der Gründung des Haffmans Verlags, und bald einmal begrüßte mich Harry nur noch mit »Sálü, Schafseckel«, welch Letzteres ein Wort ist, das Harry einst neben anderem an der Luzerner Fasnacht aufgelesen hatte. (Die Schreibweise variierte im Lauf der Jahre, aber das Wort heißt schon, was Sie meinen.) Ich betrachtete es als Ehrentitel, bis Harry auch einmal einen anderen damit bedachte. Das traf mich dermaßen tief, dass mich Harry zur Entschädigung auf Seite 135 von »Pooh's Corner« als »The One & Original Schafsäckchel« bezeichnete. Und darauf bin ich heute noch stolz. Sehr stolz.

PROFESSOR BOEHNCKE

Das Ringelnatz-Hörbuch hat einen stabilen Platz in meinem akustischen Heiligenschrein. Jetzt laß mich ausnahmsweise mal ausreden, Harry. Es muß ja nicht ›Heiligenschrein‹ heißen, ich könnte auch Favoritenkoffer oder Spitzendose sagen. Wichtig ist, daß Du mich ausreden läßt und meine rudimentäre Witzigkeit nicht ins Gehäuse Deiner Pointenendlosmaschine einmontierst. Ich möchte jetzt mal ein paar Minuten lang erzählen, ungestört, verstehst Du, erzählen, wie Du mich einmal rasiert hast, wie Du mich vorgeführt, platt gemacht, benutzt, ja, auf scheußliche Weise, auf typische Harry-Weise benutzt und zum Gespött der Massen gemacht hast.

Gespött der Massen? 700 entfesselte Harry-Fans, das sind doch wohl Massen, und Du hast sie zum Brüllen, Quietschen, zum Trampeln und Strampeln gebracht. Wie immer. Wo denn? Wann denn? Im Sendesaal des Hessischen Rundfunks am 23. August 2001 von 20.00 Uhr bis etwa 22.00 Uhr, damit Du's genau weißt.

Ich war Dein, was war ich denn? Einerseits nach dem Köstritzer/Korn-Inferno in der mäßig beleuchteten Qualitätskneipe im Leipziger Hauptbahnhof Dein geduzter Heiner, den Du plötzlich und unerwartet als den Heiner erkanntest, der bei Haffmans einst ein munteres Buch über kleine Dinge gemacht hat, andererseits war ich und bin immer noch der öffentlich-rechtliche Unternehmer, der nie und niemals genug kriegen kann von Harry the Voice, von Harry, der Literatur so lesen kann, als sei sie einzig dafür geschrieben, von ihm vorgelesen zu werden. Wurde sie auch, und er hat sie sich ins wunderbarste Vorlesedeutsch übersetzt. Glaub aber nicht, daß ich jetzt vor lauter Harry-Huldigung vergesse, wie Du mich einmal eiskalt hast abfahren lassen.

Und das kam so: Ganz kurz vor der Ringelnatz-Lesung im August 2001 im Sendesaal hab ich Dir eine wahre Begebenheit erzählt. Die tatsächlich ziemlich witzig war, obwohl sie nur von mir stammte.

Unser Sumo-Pförtner berichtete einmal, wie er den Bischof Dyba von Fulda nicht in den Hessischen Rundfunk gelassen hat. Der Bischof kam im fetten Mercedes, hatte es furchtbar eilig und stürmte in den Eingang direkt am Sumo-Pförtner vorbei. Er sollte an einer Diskussion teilnehmen, die wahrscheinlich schon begonnen hatte. Da kannte er unseren Sumo-Pförtner schlecht. »Moment emal. Sie da, ja Sie mit dem komischen Anzug. Wer sind Sie dann, wo wollen Sie dann hin? Hier wird sich angemeldet wird sich hier!« Der Würdenträger antwortete aus seiner Sicht korrekt: »Ich bin der Bischof von Fulda!«. Darauf der Pförtner: »Ei, des sache se all« und er versperrte ihm den Weg. Der Bischof verzichtete auf die Diskussion und fuhr schnurstracks zurück in sein Bistum.

Gut, diese Story gefiel Harry, und wie er so ist, begann der Ringelnatz-Abend mit der Geschichte vom Bischof zu Fulda. »Hat mir Professor Boehncke eben erzählt. Professor Boehncke erzählt ja öfter schöne Geschichten, aber diese ist so schön, daß ich Sie Ihnen hier gleich weitererzählen mußte.«

Professor Boehncke. Da war es. Gereckte Hälse, schrille Blicke. Na, wo sitzt er denn, dieser komische Professor? Ist er vielleicht nur ein Gag, oder gibt es ihn wirklich, den Professor? Ist er vielleicht nur eines dieser obligaten Harry-Zitate wie die schwäbische Scrotum-Journalistin. Harry, das war nur der Anfang. Es hätte ja schon gereicht, ich fand das Professor-Sein da ja schon so ziemlich das Erbärmlichste, was man überhaupt sein kann. Aber das war es noch nicht. Harry hat immer den Drang zur Steigerung. Du bist genau ein Jahr und einen Tag jünger als ich, und da meinst Du wahrscheinlich, Du könntest mich bei einem Ringelnatz-Abend einfach mal Professor nennen. Leider bin ich außerdem – wie die meisten Professoren – ein ziemlicher Feigling. Deshalb bin ich damals nicht aufgestanden und habe nicht gebrüllt: »Ja, ich bin dieser Professor! Na und, was ist denn schon dabei, ich verstehe Spaß und mache selbst manchmal Witze. Herr Rowohlt aber spricht das Wort aus wie ungefähr ›Gimpel‹ oder ›Zweiter Bildungsweg‹, und das entspricht nicht den Tatsachen. Ich verbitte mir also und verbiete Ihnen den komischen Professor!«

Also nahm der Schrecken seinen Lauf. »Unser Professor«, »unser lieber Professor«, »der Herr Professor, der die Güte hatte, mich einzuladen«.

Mit kleinen kalten Pickeln der sinnlosen Erregung scheußlich übersät, dem Herkules der Witzigkeit nichts entgegensetzend außer Pickeln, begann ich bei jedem »Professor« lauthals mitzulachen und fand die Nummer mit dem eingestreuten Professor von Mal zu Mal witziger. Das muß man sich mal vorstellen. 700 Leute und ein einzelner, kleiner deplazierter Professor, dessen einziger Makel darin bestand, überhaupt anwesend zu sein, der von Attacke zu Attacke kleiner und abwesender wurde, obwohl er mitlachte. Naja, wir wollen nicht übertreiben. Der kurz und knittrig gehauene Professor Heiner war eventuell auch beinahe ein bißchen stolz, als gutes Lachopfer dienen zu dürfen. Es ist eigentlich eine ganz schön große Ehre, von Harry Rowohlt vorgeführt zu werden. Er meint es ja nicht bös. Vielleicht haben die Leute ja gedacht, wir hätten das abgesprochen. Der Professor ist so eine Art Punching-Lachsack, eine Requisite, die vielleicht sogar Geld dafür kriegt, daß über sie gelacht wird.

All so was ging mir damals durch den Kopf, und seitdem hab ich zwei Sachen gemacht:

Erstens auf Revanche gehofft. Ist hiermit abgehakt. Zweitens hab ich kapiert, daß mich Harry gar nicht gemeint hat. Daß ich mich mit Schauerpickeln gar nicht hätte übersäen lassen müssen, weil nicht ich, sondern die humorstrategische Position ›Professor Boehncke‹ gemeint war. Eine Witzpuppe, ein Lachbesen, eine reale Null, eine Beleidigungsattrappe, ein scheingeprügelter Stuntman. Leider mußte ich das hier erst schreiben, um es zu kapieren. Jetzt ist es egal, jetzt ist Harry schon 60 Jahre alt und geht vielleicht in Rente. Weißt Du eigentlich noch, wie Du beim Hörfest in Wiesbaden auch Ringelnatz gelesen hast, ohne dauernd ›Professor Boehncke‹ zu sagen, und wie der Geräuschemacher die Segelschiffgeräusche gemacht hat? Harry, das war schön, das hätte Ringelnatz auch gefallen.

HARRY ROWOHLT is the nearest thing to a genius I have ever known. He also has a much bigger beard than I do. The beard was the first thing I noticed about him. (The genius has become apparent since.) Minutes after shaking hands with him for the first time, I saw his wary expression when he lit a cigarette in my presence, and noted the relief that swept across his face when I lit one too and he realized he'd hit the jackpot: An American author who smokes! Perhaps the only one left? Or was I an Irish author? Well, an Irish-American who smokes …? Never mind: I was A SMOKER!! Already we liked each other. Beneath his splendid beard he beamed. I smirked back, under my more modest goatee. He introduced me to Ulla, his charming wife of many decades, who had accompanied him. She, I learned, does not smoke.

But then I ordered a drink that lunchtime and Harry refrained, sipping mineral water (Gerolsteiner?). Oh no, says I to meself, I says. We'd cleared the nicotine hurdle, only to run squarely into the spectre of … a German teetotaler???? But I later learned of his high principle: He only drinks when on duty. He prefers Irish whiskey. And he contrives to be on duty pretty much every night.

It was a sunny day in January 2000. I was on a book tour for the German edition of my novel *Killoyle*. We were meeting for lunch, and to size each other up, in a small restaurant somewhere near the offices of my Hamburg publishers Rogner & Bernhard. Harry had recently added the finishing touches to his translation of *Killoyle*. It was his hundredth translation, he told me proudly, making me proud, too. After lunch we fell to griping about not being appreciated enough, as writers do, and that night we gave our first joint reading – he in German, me, too fast, in the original – at Hamburg's

Literaturhaus. It was a crisp January night with ice floes in the Alster and snow crunching underfoot. We later repaired to his and Ulla's enormous apartment on Eppendorfer Landstrasse and extended on-duty hours to the extent of one bottle of Power's whiskey and several follow-up short ones. Shakily, I joined him (he was in fine fettle) the next day at the Literaturhaus for another reading, then we left Hamburg and hit the rails for Cologne, Frankfurt, and Munich and co-read in the Literaturhausen of those fine cities. A photograph of our Munich event adorns the office at the publishing company where I am employed as an editor. It shows the two of us seated at a lectern. In front of me a pint of Guinness is visible; Harry is drawing deep on a Gauloise. I am reading from *Killoyle*. The picture reminds me that later that night, my last in Germany on that trip, Harry and I scoffed at the demands of tomorrow and hit a bierstube or two until well past midnight. He was riotous, inspired, inspiring me. We parted as more than just an author and his translator. We parted as friends.

I saw him again that March in Vienna, when more beer flowed, and wine, and we read together late one night to an audience tired out from a whole day's readings; but they stuck it out more for Harry than for me, recognizing in him an original, one of a kind, just unpredictable enough to give his artistry an edge of danger and excitement. That's what geniuses do: They bring the unexpected into the world of everyday certainties the rest of us inhabit. Harry has done that to my world, through his glittering translations of my work, his humor and his unconquerable personality. Since Vienna we've corresponded a lot; in fact, he's the only person I regularly write letters to anymore, as he's also the only person I know who refuses to have anything to do with the sterile facility of computers, e-mails, fax machines, etc. He's of another time, or of all times.

A final note, on Harry's generosity and how he goes to battle for what he believes in. He translated my second novel, called in German *Rueckkehr nach Killoyle*, in English *The Great Pint-Pulling Olympiad*. It was published in Germany in 2002, but it made the rounds over here without success. I lamented this fact in my letters to Harry, so he cornered Morgan Entrekin, the flamboyant New York publisher and owner of Grove Press, at the '02 Frankfurt Book Fair. Very much on duty over several drinks, Harry talked Morgan into taking on my book. First I knew of it, I received in the mail a Hessischer Hof cocktail napkin. Scrawled on its beer-stained surface was an offer of publication, a generous advance figure and Morgan Entrekin's signature. Somewhat incredulous, I wrote to Morgan and asked if that was all there was to it: a book deal, on a cocktail napkin? Morgan said, simply, »Yes, we have a deal. I trust Harry's judgment.« The novel was published by Grove in October last year. If I hadn't already dedicated it to my family, I'd have dedicated it to Harry. Well, with any luck I'll do another one, just for him.

Happy birthday, Dutch. Allow me to raise a metaphorical glass to you, my old mate and God-gifted ubersetzer, until we sit down together in a Hamburg stube and clink glasses once again. God hasten that day.

VON ALLEN MENSCHEN, denen ich bisher begegnet bin, kommt Harry Rowohlt einem Genie am nächsten. Außerdem hat er einen viel größeren Bart als ich. Dieser fiel mir an ihm als erstes auf. (Das mit dem Genie offenbarte sich hinterher.) Minuten nachdem ich ihm zum ersten Mal die Hand geschüttelt hatte, bemerkte ich seinen wachsamen Gesichtsausdruck, als er in meiner Gegenwart eine Zigarette anzündete, und seine sichtliche Erleichterung, als ich ebenfalls eine ansteckte und ihm klarwurde, daß er das große Los gezogen hatte: ein amerikanischer Autor, der rauchte! Vielleicht der einzig übriggebliebene? Oder war ich ein irischer Autor? Ein Irisch-Amerikaner, der rauchte? Wie dem auch sei: Ich war EIN RAUCHER! Schon mochten wir uns. Er strahlte unter seinem prächtigen Bart hervor. Ich grinste über meinen bescheideneren Ziegenbart zurück. Er stellte mich Ulla vor, der reizenden Frau, mit der er seit Jahrzehnten verheiratet ist und die ihn begleitete. Sie, erfuhr ich, ist Nichtraucherin.

Doch dann, zur Mittagszeit, bestellte ich einen Drink, während Harry sich zurückhielt und an einem Mineralwasser (Gerolsteiner?) nippte. Oh, nein, sagte ich mir. Sollte ich die Nikotinhürde genommen haben, um auf das Schreckgespenst eines ... deutschen Abstinenzlers zu stoßen???? Später wurde ich mit seinen hehren Prinzipien vertraut: Er trinkt nur, wenn er im Dienst ist. Am liebsten mag er irischen Whiskey. Und er schafft es, so ziemlich jeden Abend im Dienst zu sein.

Es war ein sonniger Tag im Jahr 2000. Ich war auf Lesereise für die deutsche Ausgabe meines Romans *Killoyle*. Wir trafen uns zum Mittagessen und um einander kennenzulernen in einem kleinen Restaurant in der Nähe meines deutschen Verlags Rogner & Bernhard. Vor kurzem hatte Harry seiner Übersetzung von *Killoyle* den letzten Schliff verpaßt.

Das sei seine hundertste Übersetzung, sagte er mir stolz, was auch mich stolz machte. Nach dem Essen gerieten wir, wie das bei Schriftstellern üblich ist, ins Lamentieren über mangelnde Anerkennung, und an jenem Abend fand im Hamburger Literaturhaus unsere erste gemeinsame Lesung statt: Er las deutsch, ich, zu schnell, das Original. Es war eine frische Januarnacht, auf der Alster trieben Eisschollen, unter unseren Füßen knirschte Schnee. Später verfügten wir uns in Harrys und Ullas Riesenwohnung in der Eppendorfer Landstraße, wo der Dienst um eine Flasche Power's Whiskey und danach noch um verschiedene Kurze verlängert wurde. Zittrig traf ich Harry am nächsten Abend für eine weitere Lesung im Literaturhaus (er war bestens in Form), dann ging es von Hamburg aus im Zug zu weiteren gemeinsamen Lesungen in den Literaturhäusern von Köln, Frankfurt und München. Ein Foto der Münchner Veranstaltung ziert das Büro des Verlags, wo ich als Lektor tätig bin. Man sieht uns zwei an einem Lesepult sitzen. Vor mir ist ein Glas Guinness sichtbar; Harry zieht inbrünstig an einer Gauloise. Ich lese aus *Killoyle*. Das Bild erinnert mich daran, daß später an diesem Abend, meinem letzten in Deutschland, Harry und ich, der Erfordernisse des nächsten Tages spottend, noch in ein, zwei Bierstuben einkehrten bis lang nach Mitternacht. Er war ausschweifend, inspiriert und inspirierend. Wir trennten uns nicht einfach als Autor und Übersetzer. Wir trennten uns als Freunde.

Ich sah ihn wieder im März jenes Jahres in Wien, wo wieder das Bier floß und der Wein und wir spät abends vor einem erschöpften Publikum lasen, das den ganzen Tag schon Lesungen über sich hatte ergehen lassen. Doch es hielt durch, mehr Harrys als meinetwegen, weil es in ihm ein Original erkannte, eine einzigartige Erscheinung mit jenem Maß an Unberechenbarkeit, das seiner Kunst einen Hauch von Gefahr und Aufregung verlieh. Das tun Genies eben: Sie bringen das Unerwartete in die Welt alltäglicher Gewißheiten, die wir übrigen bewohnen. So hat Harry sich auf meine Welt ausgewirkt durch seine funkelnden Übersetzungen meiner Werke, seinen Humor und seine unbezwingbare Persönlichkeit. Seit Wien haben wir viel korrespondiert, ja er ist der einzige, dem ich regelmäßig Briefe schreibe, so wie er auch der einzige mir bekannte Mensch ist, der sich standhaft den sterilen Möglichkeiten von Computern, E-Mails, Faxgeräten und dergleichen verweigert. Er stammt aus einer anderen Zeit oder vielmehr: aus allen Zeiten.

Zum Schluß noch ein Hinweis auf Harrys Großzügigkeit und seine Bereitschaft, für das, woran er glaubt, zu kämpfen. Er übersetzte meinen zweiten Roman, *The Great Pint-Pulling Olympiad*, auf deutsch als *Rückkehr nach Killoyle*. In Deutschland erschien er 2002, doch hier in den USA machte er erfolglos die Runde. Als ich diesen Umstand in meinen Briefen an Harry beklagte, drängte er auf der Frankfurter Buchmesse 2002 den flamboyanten New Yorker Verleger und Besitzer von Grove Press, Morgan Entrekin, in eine Ecke. Harry, der nach mehreren Drinks bereits schwer im Dienst war, überredete Morgan, mein Buch zu nehmen. Das erste, was ich davon mitbekam, war eine Cocktailserviette des Hotels Hessischer Hof, die ich per Post erhielt. Auf dem biergetränkten Papier standen das Angebot, meinen Roman zu publizieren, eine großzügige Vorschußsumme und die Unterschrift von Morgan Entrekin. Etwas ungläubig schrieb ich Morgan, ob das seine Richtigkeit habe: ein Buchvertrag auf einer Cocktailserviette? Morgan sagte nur: »Doch, die Abmachung gilt. Ich vertraue auf Harrys Urteil.« Im Oktober 2003 erschien der Roman bei Grove. Hätte ich ihn nicht schon meiner Familie gewidmet, hätte ich ihn Harry zugeeignet. Aber mit etwas Glück schreibe ich noch einen, nur für ihn.

Happy Birthday, Dutch. Erlaube mir, auf dich, meinen alten Kumpel und begnadeten Übersetzer, ein metaphorisches Glas zu erheben, bis wir uns wieder in einer Hamburger Stube hinsetzen und mit echten Gläsern anstoßen können. Gott gebe, daß der Tag nicht auf sich warten läßt.

HARRY DOESN'T KNOW that a large framed poster of him is the first thing that greets visitors to my house. It hangs in the hallway facing the front door. It is green and bears the motif ›Slàinte‹ on it. Harry appears with voluminous beard and a bandage around his head. It is the same portrait that appears on the cover of the CD of his astonishing reading of *At Swim-Two-Birds*. It seems appropriate that sláinte is spelt with the wrong accent and that beside this large poster hangs another one depicting ›Flann O'Brien's Ireland‹. The original of this one was presented by its creator, Flann O'Brien's artist brother, Michéal Ó Nualláin, to University College Dublin, and a small number of copies were made for family and friends. The proximity of these two is appropriate because I find it hard to think of Flann O'Brien these days without thinking of Harry as well. It was, of course, because he was translating *At Swim-Two-Birds* that we met in the first place. The wild-bearded man of the poster looks like Mad Sweeney, King of the ancient province of Dal Araidhe in Ireland who, cursed by a saint, wandered through the length and breadth of Ireland and made transcendent poetry out of his suffering. Sweeney has become a well known figure in contemporary Ireland because his story has been made emblematic by a long list of poets, novelists and painters, among them Seamus Heaney, John Montague, Austin Clarke and Brian Bourke. Visitors are not surprised to find a representation of a Sweeney type figure in my house but when I explain that this is, in fact, a picture of a real, very much alive, German translator, I always find myself having to describe the phenomenon that is Harry and how do I even begin to do that?

The first time I met Harry was when he came to my office in Trinity College Dublin. I had published a book on Flann O'Brien. He was translating Flann and he had a few questions about the myriad of colloquial phrases used in the book. I don't know what Harry expected when he contacted me about some of the more obscure idiomatic phrases in *At Swim*. I certainly didn't expect him or, rather, I didn't expect a tall, long-haired, bearded, denim wearing, cowboy booted character with a slow deep voice and an apparently inexhaustible capacity for drinking pints of Guinness. My husband was half German and I knew lots of German people but Harry didn't fit my idea of a German at all. He was too unconventional, too anarchic, too … Irish. He was like nothing as much as some of the traditional musicians I knew, apparently social rebels but meticulous and painstaking about their craft. From time to time after our initial meeting a letter would arrive with a list of words or phrases demanding explanation. At that stage I learned that it is one thing to speak a language, or even to understand in general terms the meaning of a phrase, it is quite another to explain it clearly so that it can be translated. Harry's enquiries were the cause of much discussion both in the staff common room in Trinity where all sorts of expertise was canvassed for answers and in the local pub where less arcane matters were investigated. Much searching through dictionaries couldn't yield an origin for the word ›stirk‹ that corresponded to how it was being used in the book, so the expertise of the Irish and Classics departments were called upon and everyone entered into the discussion very animatedly. The ›dry gawks‹ however were not something that any respectable academic would confess to knowing about so that was a question for the hardened drinkers in the pub. Harry never knew how much pleasure his questions were creating.

Then there were various remarkable visitations. In 1986 a few Flann enthusiasts organised a conference in Dublin to celebrate 20 years since his death. Harry arrived for the session on translation. In typical style he made it all sound simple and acknowledged everyone else's contribution, totally ignoring his own brilliance. My most enduring memory of three fairly crazy days was Harry leaning against the bar at a reception in Guinness's Brewery, sampling the wares and looking as if he'd been born to it. Another visit involved a trip with his publishers after Harry had persuaded them that I was a potential editor for an Irish edition of *Der Rabe*. This too is typical of Harry. I really enjoyed what (very little) help I was able to give in relation to the original translation. I learned a great deal about my own language and about Flann O'Brien as a writer in the process of answering Harry's queries. I gained most from the interchange. Yet Harry, in the truly expansive generosity of his spirit, has never forgotten to keep me up to date about his translations, to acknowledge any contribution and to put a lovely editorial project my way.

My favourite memory of Harry is of his appearance at the Frankfurt Book Fair in the year that Ireland was the country of note. Two images spring to mind. The Fair was opened by Chancellor Helmut Kohl, President Mary Robinson and Nobel Prize winning poet Seamus Heaney but at the party afterwards in the Irish Pavilion it was not these worthies who were mobbed by the paparazzi. It was Harry, star of stage screen and a TV soap who was followed and photographed everywhere. And only right and proper too, I thought as I sailed along in his wake! Then there was the reading to beat all readings, a truly unforgettable experience. Harry in German, Frank McCourt in English, bottle of whiskey (Irish) on the table before them, reading from the book and the translation of *Angela's Ashes* while the audience packed into a too small room absolutely wept with laughter. Most people in Ireland thought Frank McCourt's book was gloomy and miserable. Harry knew better and the performance that night was a masterpiece of comic understatement; it turned misery on its head and made the recital of it uplifting and life-affirming. Have I explained now why the poster of Harry as Mad Sweeney who made great poetry out of his sufferings and isolation hangs in my hallway?

HARRY WEISS NICHT, daß ein großes gerahmtes Plakat von ihm das Erste ist, was Besucher meines Hauses begrüßt. Es hängt im Flur gegenüber der Eingangstür. Es ist grün, und es steht »Slàinte« drauf geschrieben. Harry ist mit einem üppigen Bart und einer Binde um den Kopf dargestellt. Dasselbe Motiv findet sich auf der umwerfenden CD *Harry Rowohlt liest Flann O'Brien*. Es scheint mir passend, daß »sláinte« mit dem falschen Akzent geschrieben ist und daß neben diesem großen Plakat ein zweites hängt, das »Flann O'Brien's Ireland« zeigt. Das Original davon schenkte sein Schöpfer, Flann O'Briens Bruder Michéal Ó Nualláin, dem University College Dublin, und für Freunde und Verwandte wurde eine kleine Anzahl Kopien hergestellt. Die Nachbarschaft der beiden Plakate ist sinnvoll, da ich heute kaum an Flann O'Brien denken kann, ohne gleichzeitig an Harry zu denken. Denn daß wir uns kennenlernten, kam daher, daß er *At Swim-Two-Birds* übersetzte. Der Mann mit dem wilden Bart auf dem Plakat sieht aus wie der wahnsinnig gewordene Sweeny, König der alten irischen Provinz Dal Araidhe, der, von einem Heiligen verflucht, Irland kreuz und quer durchstreifte und aus seinem Leid transzendente Poesie schuf. Sweeny ist heute in Irland eine bekannte Figur, weil seine Geschichte von einer langen Liste von Lyrikern, Romanautoren und Malern gestaltet worden ist, darunter Seamus Heaney, John Montague, Austin Clarke und Brian Bourke. Besucher wundern sich nicht darüber, in meinem Haus auf die Darstellung einer Sweeny-artigen Figur zu treffen, doch wenn ich ihnen erkläre, daß dies das Bild eines realen, ausgesprochen lebendigen deutschen Übersetzers ist, muß ich jeweils das Phänomen Harry zu beschreiben versuchen, und wie, bitte schön, soll man das fertigbringen?

Zum ersten Mal begegnete ich Harry in meinem Büro im Trinity College Dublin. Ich hatte ein Buch über Flann

O'Brien publiziert. Er übersetzte Flann und hatte ein paar Fragen zu den Myriaden umgangssprachlicher Ausdrücke in *At Swim-Two-Birds*. Ich weiß nicht, was Harry erwartete, nachdem er er mich wegen ein paar besonders obskurer idiomatischer Wendungen in dem Roman kontaktiert hatte. Ich hatte jedenfalls nicht ihn erwartet: keinen großen, langhaarigen, bärtigen Typen mit Jeanskleidern, Cowboystiefeln, einer schleppenden, tiefen Stimme und einem allem Anschein nach bodenlosen Fassungsvermögen für Guinness. Mein Mann war zur Hälfte Deutscher, und ich kannte eine Menge Deutsche, aber Harry entsprach kein bißchen meinem Deutschenbild. Er war zu unkonventionell, zu anarchisch, zu … irisch. Am ehesten war er mit manchen mir bekannten Folkmusikern vergleichbar, die nach Sozialrebellen aussahen, jedoch sorgfältig und peinlich genau waren, wenn es um ihre Kunst ging. Nach unserer ersten Begegnung traf von Zeit zu Zeit ein Brief ein mit einer Liste von Wörtern oder Wendungen, die einer Erklärung bedurften. Da lernte ich, daß es eines ist, eine Sprache zu sprechen oder eine Redewendung zu verstehen, hingegen etwas ganz anderes, sie so zu erklären, daß sie übersetzt werden können. Harrys Fragen waren Anlaß zu vielen Diskussionen: einerseits im Gemeinschaftsraum für Lehrkräfte des Trinity College, wo alle möglichen Expertenmeinungen eingeholt wurden, andererseits im Pub, wo man weniger abgehobene Dinge herauszufinden versuchte. Das Durchforsten von Wörterbüchern förderte keine Etymologie des Wortes »stirk« zutage, die der Bedeutung entsprach, mit der es im Roman verwendet wurde, weshalb die Fachkenntnisse der Irischprofessoren und Altphilologen gefragt waren, was zu höchst anregenden Diskussionen führte. Die »dry gawks« hingegen waren etwas, das kein anständiger Akademiker zu kennen zugegeben hätte, weshalb diese Frage mit den versierteren Trinkern im Pub erörtert werden mußte. Harry konnte nicht ahnen, wieviel Freude seine Fragen machten.

Es folgten verschiedene bemerkenswerte Heimsuchungen. 1986 veranstalteten ein paar Flann-Enthusiasten in Dublin eine Konferenz aus Anlaß seines zwanzigsten Todestags. Harry kam für die Veranstaltung zum Thema Übersetzen. Wie es so seine Art ist, klang bei ihm alles, als sei es ganz einfach, hob er die Beiträge aller anderen hervor und ignorierte er die eigene Brillanz vollkommen. Meine stärkste Erinnerung an die drei ziemlich verrückten Tage: Harry, der bei einem Empfang in der Guinness-Brauerei an der Bar lehnt, das Angebot durchprobiert und aussieht, als sei er dafür geboren. Ein weiterer Besuch erfolgte anläßlich einer Reise mit seinem Verleger, dem Harry weisgemacht hatte, ich komme als Herausgeberin einer Irland-Ausgabe seines Magazins *Der Rabe* in Frage. Auch das ist typisch Harry. Das bißchen, das ich zu den Übersetzungen beitragen konnte, habe ich sehr genossen. Beim Beantworten von Harrys Fragen lernte ich eine Menge über meine Sprache und über Flann O'Brien als Schriftsteller. So habe ich von dem Austausch am meisten profitiert. Doch hat Harry in seiner überschwenglichen Großzügigkeit nie vergessen, mich über seine Übersetzerarbeit auf dem laufenden zu halten und jeglichen Beitrag von mir hervorzuheben, ganz abgesehen von der wunderschönen Herausgeberarbeit, die er mir zugedacht hat.

Meine Lieblingserinnerung an Harry ist die von seinem Auftritt auf der Frankfurter Buchmesse, als Irland das Gastland war. Zwei Bilder sehe ich vor mir: Die Messe wurde von Bundeskanzler Helmut Kohl, der Staatspräsidentin Mary Robinson und dem Literatur-Nobelpreisträger Seamus Heaney eröffnet, doch an der Party im Irish Pavilion stürzten sich die Paparazzi nicht auf diese drei Größen. Nein, Harry, Star der Bühnen, der Leinwand und einer Fernsehserie, war derjenige, der auf Schritt und Tritt verfolgt und fotografiert wurde. Was nichts als recht und billig war, fand ich, während ich in seinem Schlepptau dahinglitt.

Und dann war da noch die Lesung der Lesungen, ein wahrhaft unvergeßliches Erlebnis. Harry auf deutsch, Frank McCourt auf englisch, auf dem Tisch vor ihnen eine Flasche (irischer) Whiskey. Die beiden lasen aus dem Original und der Übersetzung von *Angela's Ashes*, und das in einen viel zu kleinen Raum gepferchte Publikum lachte Tränen. In Irland fanden die meisten Menschen, Frank McCourts Buch sei trübselig und wate im Elend. Harry wußte es besser, und die Darbietung an jenem Abend war ein Meisterstück komischen Understatements: Das Elend wurde auf den Kopf gestellt, seine Darstellung wirkte aufbauend und lebensbejahend. Habe ich damit klargemacht, warum das Plakat von Harry als Sweeny dem Wahnsinnigen, der seinem Leid und seiner Einsamkeit große Lyrik abrang, bei mir im Flur hängt?

HOMME ENTRE TROIS ÂGES?

Ja, große Ereignisse werfen ihre Schatten hinterher. Manchmal Schlagschatten. Manchmal nur den Schatten eines Schattens.

Es muss 1988 gewesen sein. Heute denkt man gleich an Endzeitstimmung, DDR, Wohlfahrtsstaat, Jahrhundert und so. Aber nein, so viel Anfang war nie. Ein Brief von Rowohlt? Wieso das, dachte ich als ahnungslose, frischgebackene oder frischgedruckte Luchterhand-Autorin. Der Brief war aber nicht vom Verlag, sondern von Harry. Um so besser. Ein uns beiden bekannter Genosse Dokumentarfilmer hatte meine Adresse vermittelt. Nun grüßte Sankt Pauli in brüderlicher Verbundenheit Prenzlauer Berg. Der Durchbruch. Die Mauer morschelte.

Zum Glück (wenn auch zu Unrecht) hatte mir wenig später der Unrechtsstaat ein Vier-Wochen-Visum zu Studienzwecken zukommen lassen. Just als »der kongeniale Übersetzer« im freien Teil der Stadt, in der Nähe des Savigni-Platzes vortrug. So begann ich mein dringend gebotenes Studium westlicher Fan-Gemeinden. Sie lauschten andächtig, wie man das selbst unstudiert von Fan-Gemeinden erwartet. Wenn mich meine damalige Andacht, in die ich unvermittelt mitverfiel, nicht trügt, deklamierte der Vortragskünstler aus: *At Swim-Two-Birds* von Flann O'Brien, dem nach der Neuübersetzung »besten Buch der Welt«.

Anschließend an langer Tafel beim Italiener unterm S-Bahnbogen. Dass Harry Bier und Slivovice trank, kann ja wohl nicht stimmen, Erinnerung krüscht, andächtige erst recht.

Beschwören aber könnte ich, dass hier erstmalig der Wunsch geäußert und der Plan ausgeheckt wurde: Harry Rowohlt liest nicht einfach in Berlin, sondern in der Hauptstadt. Heute kein Kunststück, aber damals … Alle waren begeistert. *Der Auftrag* ging zwangsläufig an mich. Ich fürchtete ein wenig, alle Weststars wollen Udo-mäßig und asbestignorant in den Palast der Republik, wo doch meine Beziehungen nur in den Franz-Club reichten.

Doch dank meiner Studienoptik entgingen mir spätestens nach dem dritten Grappa (?) kleine Unterschiede zwischen Weststar und weststur nicht. Als es Zeit wurde, zur letzten S-Bahn in die Hauptstadt aufzubrechen, begleitete mich Harry und hat mir *wie ein Ehrenämtler von der Bahnhofsmission in den Zug geholfen*. Ich fragte mich, ob mich je jemand zu einem S-Bahngleis geleitet hatte, und mir leuchtete erneut Karl-Eduard von Schnitzlers Mahnung an seine Proleten ein: Es geht doch nichts über eine gutbürgerliche Erziehung.

Tatsächlich rührte ich bald irgendwas ein und an und teilte dies auf verspäteter Neujahreskarte mit. Anfang (schon wieder Anfang, auch wenn es nur der März war) 1989 dann eine Schreibmaschinen-Antwort: »Dank für Dein Schmuckblatt. Es hängt an Ullas Weihnachtstür – in Kniehöhe zwar nur, wegen des Zeitpunktes des Eintreffens, aber dafür ein ganzes Jahr lang … Ich freu mich auf jeden Fall auf die Lesung in BerlinHauptstadt und verbleibe mit frdl. RotFront.«

Im Oktober 1989 dann: »Na, Ihr macht ja Sachen. In der ›taz‹ stand, wie glücklich die Brüder und Schwestern sich schätzen können, die dem Unrechtsregime hinter Mauer und Stacheldraht entronnen sind; darum sollte sich amnesty international mal kümmern; die Folterspuren sieht man ihnen jetzt noch an: Fettleibigkeit und Dauerwelle … Nie wieder Faschismus! Nie wieder Krieg! Nie wieder 2. Liga! Dein alter Harry« (damals 44 Jahre alt).

Ja, die Ostler machten Sachen und ich machte mit, in Wirklichkeit nur, um die Sache hinauszuzögern, denn ich hatte meinen *Auftrag* noch nicht erfüllt. Wieder tauschten wir

Season's Greetings, aber Übersetzer bleibt Übersetzer, Harry schickte »Grüße der Jahreszeit«. Und im wendewütigen April 1990 musste ich kleinlaut einräumen: Deine Lesung ist, höre ich, auf Herbst verschoben. Ist wohl besser, denn im Moment läuft hier nichts mehr. Um dem Glaubwürdigkeit zu geben, setzte ich ganz originell noch ein westlich-demokratisches: *Rien ne va plus* dahinter. Ich wollte, dass auch ein Englisch-Übersetzer mal sieht, wie es ist, wenn man was nicht versteht. Doch da fiel mir ein, dass dieser Kerl sich selbst als ein *homme entre deux âges*, beschrieben hatte, der die Damen noch und die Bücher schon wahrnimmt. Mit einem fsjo budjet wäre ich sowohl im Sinne meiner retourgekutschten Sprachkomplexe als auch im Sinne meines Auftrages, erfolgreicher gewesen. Aber eine solche Zusage war politisch schon nicht mehr seriös: Das östliche Streben ging zunächst nach irrigem Blühen und nicht nach irischen Lesungen. Vorerst kein *va* und kein *plus*.

Der Rest ist schnell erzählt.

An eine zur damaligen Zeit tobende Rowohlt-Fete (nicht auf der Messe, sondern in der Eppendorfer Landstraße) habe ich zwei, nein drei Erinnerungen: Jemand machte die Bemerkung, es sei ziemlich crowded. Ich könnte heute nicht mehr sagen, weshalb diese Äußerung in mir Assoziationen auslöste zu dem auf dem üppigen kalten Buffet befindlichen Rohkostsalat. (Ein typischer Ostbegriff, der das ganze entbehrungsreiche Elend illustriert: als ob es auch einen nichtrohen Salat gäbe, der obendrein nicht verköstigt würde.) Im Westen muss der Salat tatsächlich noch etwas roher sein, staunte ich, hier die große Schüssel bunter Blätter, knack, knack, frisch, frisch wie Kaninchenfutter, daneben ein Krug mit Dressing. Und daneben ein Typ vom »Spiegel«, mit der Gabel im Frischen stochernd: Nirgendwo könne man derzeit so billig Land aufkaufen wie in der Ehemaligen. Wäre

Harry in der Nähe gewesen, er wäre mit seinem frdl. Rot-Front dazwischengegangen, das weiß ich.

Die Front blieb lieber freundlich als rot und die ehemalige Hauptstadt versank, ohne sich von und mit Harry zu verabschieden. Typisch Unrechtssystem. Derweil die einen Land aufkauften, holte Mike Naumann, den Harry schon deshalb mag, weil er in Dublin studiert hat, mich doch noch zu Rowohlt, diesmal in den Verlag. Demokratie bedeutet eben Gerechtigkeit, dachte ich noch schnell. Die gleichen Chancen für die Neufünfländler und die aus den veralteten Bundesländern. Was schon das spektakuläre Wahlverhalten einer gewissen Skatrunde aus Sankt Pauli belegt, zu der dem Vernehmen nach auch ein Filmpenner und »Pooh's Corner«-Kultautor gehören soll.

Jahre später. Harry hat es längst geschafft: Nie wieder 2. Liga! Wie sehr ich inzwischen im Westen angekommen bin, zeigt der Anlass eines Wiedersehens. Wir wollen im Mario Ganzoni anstoßen auf meine erfolgreich beschiedene Verleumdungsklage gegen die Springer-Bande. Als ich aus dem Taxi anrufe, versichert Harry, sich gleich auf den Weg zu machen: Ich zieh mir schnell noch die lange Unterhose an, sagt er. Nanu, denke ich, inzwischen ein *homme entre trois âges*? Doch manchmal haben komplizierte Fragen schlichte Erklärungen. Es ist November und der Stammtisch steht im Freien. Doch ganz ist der Zweifel noch nicht ausgeräumt: Harry stößt mit Milchkaffee an. Bier hilft besser als Kamillentee, höre ich mich sagen. Doch da zückt er den Colt von John Rock, ganz jugendlicher Held in der »literarischen Form des Western«. Achtzig Prozent aller Literatur ist Rache, droht er. Bei mir sind es neunzig Prozent, widerspreche ich. Du hast auch mehr zu rächen, räumt er großzügig ein.

Und wieder bringt er mich zum Zug. Ein Mann mit festen Grundsätzen.

DÄMON UND DUCE DES DURSTES

Anmerkungen zu Harry Rowohlts und Ralf Sotschecks »In Schlucken-zwei-Spechte«

In der Edition Tiamat erschien im Mai 2002 ein Buch, dessen Inhaltsverzeichnis mich als Autor eines Vorworts ausweist: *In Schlucken-zwei-Spechte. Harry Rowohlt erzählt Ralf Sotscheck sein Leben von der Wiege bis zur Biege.* Das Buch hat kein Vorwort und braucht auch keins. Alle Warnungen, die ich den Lesern mit auf den Weg geben möchte, sind an externen Plätzen besser aufgehoben.

Es war einer dieser berüchtigten Sotscheck-Tage, die von Eingeweihten und Betroffenen »S-Days« genannt werden – Abende und Nächte, zu denen Ralf Sotscheck lädt, wenn er in Berlin zu Besuch ist, und zu denen der geradezu hinterhältig gesellige Mann seine Opfer mit einer warmen, harmlos klingenden Stimme herbeiruft. Schon Tage vor dem Treffen hatte ich mich in Angst gewälzt wie ein Haddockfilet in Panade: Ohne einen Auftrag würde ich trotz aller habituellen Arbeitsscheu wieder einmal nicht davonkommen. Und so kam und geschah es: Ein paar Getränke, ein paar freundliche Worte, und ich war schanghait, zum Vorwortschreiben.

In der Folge erhielt ich Elektropöste dieser Art: »Schreib, dass Harry und ich im Juli 2001 sieben Tage und Nächte in Westirland waren und alles aufgenommen haben. Schreib aber auf gar keinen Fall, dass ich vor kurzem Silberhochzeit hatte. Silberhochzeit klingt so spießig! Erwähn doch lieber, dass Harry, Verleger Klaus Bittermann und ich alle drei Sternzeichen Widder mit Aszendent Schütze sind!« Denn Ralf Sotscheck liebt es, seine Mitmenschen zu vernatzen, ihnen Fallen zu stellen und sich bäuchleinreibend an ihren anschließenden Blamagen zu ergötzen. In Irland, wo er lebt, nennt man das Humor. Das Damenterrain der Astrologie & Esoterik aber, auf dem er mich öffentlich ausgleiten sehen wollte, sollte unbeackert bleiben, jedenfalls von mir, das stand für mich fest. Oder aber Ralle müsste das eben selber machen – er, dem es erwiesenermaßen möglich ist, an mehreren Orten gleichzeitig zu erscheinen, würde sich doch auch in die Texte anderer hinzwängen können, oder?

Vielleicht – falls er Zeit dazu fände. Ein so quecksilbriger, gewiefter Rhetoriker ist Sotscheck, dass niemals Mangel herrscht an glutäugigen Damen, die sich dringend in seinem Schoße zusammenringeln wollen – was er jedoch brüsk zurückweist, denn der Mann hat zu tun: Im Hauptberuf lebt der Dämon und Duce des Durstes als Diener seiner beiden erwachsenen Kinder in Dublin. Bisher ist sein pädagogisches Deeskalationskonzept voll aufgegangen: Die rüstigen Mittzwanziger haben versprochen, so lange nicht Amok zu laufen, wie Sotscheck ihnen drei warme Mahlzeiten am Tag vor ihren Fernsehgeräten serviert. Einmal im Monat darf er sich von ihnen sogar seinen Wagen ausleihen.

Gegen den hobbithaften, defensiven Charmeur Sotscheck wirkt Harry Rowohlt grimmig bis zur arnoschmidthaften Menschenfeindlichkeit. Rowohlts einzige Geliebte ist die Sprache, und diese Radikalität trägt ihm die Verehrung leidenschaftlicher Menschen ein: In Havanna entriss mir im September 1996 ein junger Kubaner meinen Rucksack, der neben meinem Reisepass auch Frank McCourts von Harry Rowohlt übersetzten Roman *Die Asche meiner Mutter* und ein gesäßtaschentaugliches Langenscheidt-Universal-Wörterbuch Spanisch-Deutsch / Deutsch-Spanisch enthielt. Voreilig verfluchte ich den Dieb, dankte ihm aber bald für eindringliche Erlebnisse in der nach Lysol riechenden deutschen Botschaft: Knotenwadige alte Männer in kurzen Hosen stolzierten neben ihren kubanischen Ausreisebräuten auf und ab, von denen einige sogar älter als 14 Jahre alt waren. Als ich Anstalten machte, mir das Warten auf neue Papiere mit einer Zigarette zu verkürzen, sprach mich ein kubanischer Hirte mit Superschwergewichtsboxerstatur in verblüffendem Honeckerdeutsch an: »Hier bird niii gerauucht!« Kurz vor dem Abflug zwei Tage später sah ich meinen Langfinger am Straßenrand sitzen, wie er sich durch das Diebesgut hindurchbuchstabierte. Im Davonlaufen rief er mir beinahe akzentfrei zu: »Harry Rowohlt ise keine Sseisse-Blender wie Hansse Wollssläger, sondern eine große Überessetzer. Ause eine mäßige Roman hat Harry eine Klassebuche gemachete.«

Auch andere Freuden der Wortschatzerweiterung verdanke ich Harry Rowohlt. Wie ich von Jörg Schröder lernte, dass man die Menschheitsgeißel Analverkehr »Spinatstich« nennen kann, wenn man das denn unbedingt möchte, so machte auch Harry Rowohlt mich zu einem verbal reiferen, besseren Menschen. Nachdem er, Bernd Rauschenbach und ich in Heidelberg siebeneinhalb Stunden lang Wenedikt Jerofejews »Die Reise nach Petuschki« vorgelesen hatten, war ich mit einer aufregenden Rothaarigen abgezogen. Anderntags hatten Harry und ich wieder einen gemeinsamen Auftritt, als Teilnehmer an einer Benefiz-Lesung zugunsten des Hildesheimer Filmkünstlers Wenzel Storch. Um 20 Uhr im »Pavillon« in Hannover sollte es losgehen – meine Begleitung und ich nahmen einen späteren Zug als der disziplinierte Frühaufsteher respektive senile Bettflüchtling Harry Rowohlt, der also zunächst ohne mich in die hannöversche Garderobe geschlürt kam. Gerhard Henschel, Organisator dieser Wenzel-Storch-Gala, wusste, dass wir am Vorabend gemeinsam gelesen hatten, und fragte etwas besorgt: »Und wann kommt Wiglaf?« Worauf Harry Rowohlt, so erzählte es mir Gerhard Henschel am selben Abend sicher fünfzehnmal, seinen Löwenschädel wie seinen Bärenbass erhob und, für jedermann sehr verständlich, brummte: »Wichlaf kommt später. Der hat sich festgefickt.«

Der Wahrheitsgehalt dieser Worte ist dabei ganz unwichtig. Allein die Formulierung zählt – und die ist von spezifisch harryrowohltscher Schönheit und Kraft. Auch das Mädchen mit den roten Haaren hat damals sehr gelacht.

LIEBER HARRY,

Du hast irgendwann geschrieben, wir kennen uns »seit unvordenklichen Zeiten«. Stimmt. Wir haben so viel miteinander erlebt. Über Heldentaten in griechischen *macchia* und deren Folgen zum Beispiel hast Du schon mal berichtet, aber bist Du Dir eigentlich bewusst, wie lebensbedrohend gefährlich es damals war? Wenn ich die Kontrolle verloren hätte oder Du die Geduld?

Szene: Paltsi, Frühsommer, Anfang der 80er Jahre auf der Terrasse. Ich stehend mit Kamm und Schere, Du tapfer, sitzend mit Spiegel in der Hand, Ulla als Kriegsberichterstatterin mit Kamera im Gebüsch.

Fast 25 Jahre sind vergangen. Ich bin kein Frisör geworden und Du nicht schwul. Schade, schade, schade.

Inzwischen sind die Haare gottlob wieder gewachsen, unsere Freundschaft auch. Ich danke Dir dafür, und mit Andrew zusammen gratuliere ich Dir zum Geburtstag.

Herzlichst,
George

HOI HARRY, Schofsäcku, ich will mich kurz fassen, damit andere auch noch zu Worte kommen.

Ich spähe zurück zur Pike's Stockade in Colorado und sehe dich da stehen, auf der anderen Seite der Linie, die ich mit der Hacke in den Staub gezogen habe, und ich sage sanft, wer eine Memme sein und in einem lausigen Motel am Freeway übernachten will, soll stehen bleiben, und wer es wagen will, eine Nacht in der Wildnis zu verbringen, soll gefälligst den Arsch in Bewegung setzen. Du bist der erste, der mit grimmigem Gesicht den Schritt über die Linie macht, und die anderen, mein Freund, folgen Dir bis zum letzten Mann. Am Ufer eines Quellflüsschens des Rio Grande schlafen wir dann mit Bibern und mit Isolde unter den Sternen of a big western sky, aber vorher spielt Spü auf der Gitarre, und wir singen im Flackerlicht des Lagerfeuers *Cool Water* und *Streets of Laredo*. Auf diesem Trail weinten wir eben nicht am Grab von Billy the Kid, wie es vorgesehen war, sondern wir haben in Santa Fe beinahe die Paula verloren, ganz zu schweigen von Starchevsky, Se Dior of Calendermaking, der uns irgendwo bei Raton am Raton Pass in einer leichten Linkskurve beinahe aus dem Pick Up gefallen ist. Wo se Dior is weiß ich nicht, die Paula jedoch is among the stars, funkelnder als alle andern, außer dem von Dusty vielleicht, aber die beiden gehören ja sowieso zusammen, oderrr.

Amigo, es gibt die Rüüss Frösch und auch richtige Cowboys nicht mehr. Es ist eng geworden auf der Welt, fast so eng wie in Ullas Mini, als sie uns mit Sack und Pack und Halbwolf vom Flughafen in Frankfurt abholte. T. T. Chesterfield, den ich damals geschrieben habe, musste verdammt lange auf *John Rock oder der Teufel* warten. Aber wieder einmal hast du deinen väterlichen Freund und the fastest typewriter this side of the Vierwaldstättersee beinahe eingeholt. Gib deinem Gaul noch mal richtig die Sporen, dann schaffst du es vor Sonnenuntergang.

Love ya, man!
Billy

HISTORISCHE ERLEBNISSE MIT HARRY

Monatelang habe ich wie besessen an diesem Text gefeilt und mich meiner Tränen nicht geschämt. Jeder Fühlende, dem ich davon erzählte, sagte spontan: »Das ist nur recht und billig, daß du einen Gratulationstext für Harry Rowohlt schreibst, bestimmt gibt es Geld dafür, und schließlich hat er dich doch entdeckt.«

Das ist wahr. Außerdem darf ich mich wohl als einen intimen Weggefährten des Geburtstagskinds bezeichnen. Mein Gott, was wir nach 45 alles gemeinsam erlebt haben! Zum Beispiel legten wir kleine und große Cremetuben, deren Verschlüsse wir abgeschraubt hatten, auf den Boden und sprangen mit den Füßen darauf. Es war lustig anzusehen, wie die Creme die gegenüberliegende Wand erreichte. Danach wurde es aber langweilig, und in die entstandene Leere hinein richteten wir die bange Frage, ob unser Leben womöglich verpfuscht sei …

Natürlich kennen wir einander aus längst vergangenen Haffmans-Tagen, bei dem berühmten Verlag haben wir vor einer Ewigkeit unsere Ausbildungszeit am Anlötbalgen absolviert. Was jedoch die wenigsten wissen: Harry kannte noch den alten Haffmans, an den er mich denn auch vermittelte, lange bevor der Junior, Gerd, die Firma vom Vater übernahm. Kurz nachdem ich Harry also dorthin geholt hatte, wurde ich als Autor von ihm entdeckt. Das war eine schöne Szene, und die ging so: Er sah eines Tages, daß ich in der Mittagspause was (eine frühe Version dieses Textes) schrieb und gesellte sich zu mir, denn das schien ihm interessant, und für Interessantes interessiert er sich nun mal. »Schreibst'n da?« fragte Harry. Meine Antwort habe ich leider vergessen.

Wir erfanden damals den in der Branche gefürchteten »Verlegerschlögel«, mit dem wir sehr viel Spaß hatten. Auch schön war, wie Harry mir eines Abends in Hamburg (Robert Crumb saß, mit Mütze auf, am Nebentisch und hielt sich raus) unwiderlegbar auseinandersetzte, weshalb 78er Schallplatten 78er heißen: Weil sie nämlich mit 33 Umdrehungen pro Minute abgespielt werden. Aber das möchte ich nun eigentlich nicht wieder aufwärmen. Nicht zum sechzigsten Geburtstag, nein, da nun gerade nicht, das muß man bitte verstehen.

Liebe Festgäste, heben wir also den Hinterleib, Harry Rowohlt* soll leben!

* Jetzt mit neuen Seitenbrettern!

OH, HARRY

Oh, Harry. Stimmt, damals trug ich verschreibungspflichtige Röcke, und eines Abends, als nicht mal eine Handbreit Stoff unter meinem Jackett zu sehen war, sagtest Du: »Huch, jetzt hatte ich einen Moment lang Angst, dass du gar keinen Rock anhast. Das heißt, Angst hatte ich nicht.« Genau genommen war es nicht eines Abends, sondern eines Morgens. Wir hielten uns mit ein paar anderen Gästen an gusseisernen Stehtischen fest, weil wir viele Stunden den Getränken und dem Gespräch ergeben zugebracht und die alltagstaugliche Trittfestigkeit längst mit der Geländegängigkeit beherzt durchwachter Nächte vertauscht hatten, in jener Eppendorfer Wohnung »Beim Andreasbrunnen«, nur ein paar schwankende Schritte von der Deinen entfernt, und wie immer war Deine Rede angenehm filterlos und völlig konversationsfrei.

Auf Deine Bemerkung allerdings ließ sich ohne Kokketterie oder Anzüglichkeit schwerlich etwas erwidern, und so blieb mir nichts anderes übrig als zu singen, das alte kleine Lied vom chronischen Womanizer auf den zweiten Blick. »He's not so good in the crowd but when you get him alone – you'll be surprised.« Wie immer staunte ich darüber, dass so große Augen hinter so kleine Brillengläser passen. »… 'cause he's got the face of an angel – but there's a devil in his eye.« So steht's geschrieben, so ward's vorgetragen. Worauf Du sagtest: »Ich habe sie gesehen, als du gesungen hast, die kleine, kalte Hand von Marilyn, wie sie sich aus der kalten, dunklen Erde des Grabhügels reckt«, und das war das schönste Kompliment, das ich jemals bekommen habe.

Oh, Harry. Verzeih mir das Pathos der Anrufung, aber anders geht es gar nicht. Nicht bei einem, der weit davon entfernt ist, Charme mit Hartnäckigkeit zu verwechseln, wie so viele andere. Nicht bei einem, der den wahren Charme besitzt, mich zum Damen-Schlamm-Wrestling auf die Reeperbahn einzuladen, auch wenn es irgendwie nie dazu kam. Schon gar nicht bei einem, der »gaudeamus igitur« sang, als ich nach dem Rigorosum ermattet in die dunkle Wohnung stolperte, wo Du – you'll be surprised! – bei Kerzenschein dem Chor der festlich Singenden mit Deinem hummelnden Bass Form und Gestalt gabst.

Und sowieso nicht bei einem, dem ich die tiefsten, erstaunlichsten Erkenntnisse verdanke. Zum Beispiel diese. Es war an einem jener sorglosen, hellen Tage vor einem Vierteljahrhundert, als es noch Schuhmacher und Kleinstwarenläden in der Eppendorfer Landstraße gab, und ich wie immer samstags um kurz nach zwei etwas hinfällig mit den obligatorischen Safeway-Tüten über den Gehweg schnürte, obenhin Scherzworte mit anderen übernächtigten Einkaufenden wechselnd, bis Du auftauchtest und das Trottoir auf der Stelle zur smalltalkfreien Zone machtest. »Ist Dir eigentlich schon mal aufgefallen«, so fing das meistens an, im Tonfall einer gleichsam weihnachtlich verheißungsvoll knarrenden Tür, die sich öffnet, um den Blick auf eigentümliche Bescherungen frei zu geben, und dann merkte man schon auf, »ist dir eigentlich schon mal aufgefallen«, ich stellte also die Tüten ab, und dann folgte eine Einlassung, die – Proust möge mir verzeihen, nicht jedem ist ein olfaktorisches Erweckungserlebnis an einer Weißdornhecke bestimmt – mich seitdem nicht wieder losgelassen hat. Dass nämlich manche Menschen, wenn sie transpirieren, unverkennbar identifizierbare Essensgerüche absondern.

Nein, sagte ich zögernd, das sei mir eigentlich noch nie aufgefallen. »Das heißt …« »Ja?« Aufflackerndes Interesse, höflich unterdrückter Triumph. »Jetzt, wo du es sagst, doch ja, in etwa, na, eine Kartoffelbrei-Variante.« »Aha. Aber das ist noch gar nichts«, erwidertest Du, und ein bleistiftfeines Blinzellächeln fältelte die wenigen Partien Deines Gesichts, die Du an guten Tagen der Welt preisgibst, sagen wir mal, die Augenwinkel vielleicht, oder die Nasenflügel. »Geh am Spätnachmittag im Sommer in den kleinen Papierladen vorn neben Cord Stehrs Weingeschäft, sensationell, die Verkäuferin riecht nach – nach Kalbsbraten!«

Oh, Harry. Nur die Unerschrockenheit eines Weltermittlers kann so etwas zutage fördern, kann solch sinnstiftende Sinnesverwirrung der rätselhaften Natur dingfest machen. Deshalb warte ich auch noch immer auf das Damen-Schlamm-Wrestling. Meine Welt wird nicht mehr dieselbe sein, wenn wir da wieder raus sind, da bin ich mir ganz sicher. Und meine Röcke sind nicht wirklich länger geworden. Versprochen.

HARRY ROWOHLT IM RAMPENLICHT

Heute feiern wir seinen sechzigsten Geburtstag, vor einem Monat hätten wir seinen zehnten feiern können. Denn damals, am 26. Februar 1995, wurde unser Freund Harry Rowohlt noch einmal geboren – als Fernseh-Star.

Mittlerweile erkennen ihn immerhin 7.4 Millionen Deutsche auf der Straße – erzählt Harry. Wir wissen: Er untertreibt gerne. Doch ob diese eindrucksvolle Zahl nun präzise ermittelt oder nur grob geschätzt wurde, ist nicht wichtig. Wichtig ist nur: Seine Rolle als Penner Harry in der *Lindenstraße* hat unseren Jubilar aus der Anonymität gerissen. Die hat er ein volles halbes Jahrhundert lang sorgsam gepflegt. Jedenfalls denken das die meisten seiner Freunde – und irren sich.

Harry wusste damals nämlich schon längst, was es heißt, im Rampenlicht zu stehen und von tosendem Beifall umspült zu sein. Offensichtlich hat er das so sehr genossen, dass er sich vier Jahre später problemlos als Schauspieler für die *Lindenstraße* gewinnen ließ. Wie das nun geschah, ist bekannt und sei nur der Vollständigkeit wegen – und weil die Geschichte so schön ist – hier noch einmal kurz gestreift:

Er war vom Gourmet-Magazin »Feinschmecker« zu einem Schlemmermahl eingeladen worden. Er hatte die freie Wahl, in welches Luxus-Lokal er ausgeführt werden wollte. Doch der Schelm entschied sich für eine schlichte Kantine. Natürlich nicht für irgendeine, sondern für das »Akropolis«, eine Kulissen-Kneipe, die in der ARD-Serie *Lindenstraße* eine Rolle spielt. Beim Test-Schmaus im Studio mit dem Restaurant-Kritiker wurde er gedreht, gesendet (Folge 455) – und vom Regisseur Hans W. Geissendorfer recht bald überredet, doch demnächst richtig in das Fernsehgeschäft einzusteigen. Und wieder hatte Harry die freie Wahl. Dieses Mal konnte er entscheiden, in welche Rolle er denn schlüpfen wollte. Jeder weiß: Er wählte für sich den Part eines Penners. Ein halbes Jahr und 27 Folgen nach dem unerwarteten Casting hatte er dann seine vielbeachtete Premiere – an eben jenem 26.2.1995.

Doch seine eigentliche Premiere als Schauspieler vor Publikum war das keineswegs. Doch weil das Publikum damals, tausend Kilometer vom Wohnort Hamburg entfernt, in Wien saß und weil der Fernsehbericht darüber lediglich in einem Dritten Fernsehprogramm und dort auch noch ausgerechnet in einem Kulturmagazin ausgestrahlt wurde, ist bis heute weitgehend unbekannt geblieben, welche schauspielerischen Qualitäten der Serien-Star schon bei seinem ersten Auftritt entwickelt hatte: Denn er brillierte in Wien sowohl als bärenstarker Recke – als auch als feine, zierliche Fee. Und das alles in ein und derselben Inszenierung.

Damals (1975 bis 1992) hatte ich beim NDR in Hamburg »Kultur aktuell« gemacht, ein Fernsehmagazin, das Harry in seiner Kult-Kolumne »Pooh's Corner« in der »Zeit« sinngemäß mal so charakterisiert hatte: Er schaue sich die Sendung regelmäßig sehr gerne an – und dann wisse er immer ganz genau »nee, lieber Manni, das ist wirklich nichts für mich, da muss ich nicht hin«.

Dieser Harry ruft mich also eines Tages (Ende Februar 1991) an – und er beschwört mich, »sofort« mit einem Team zu ihm nach Wien zu kommen und etwas Hinreißendes zu drehen. Recherche bräuchte ich nicht. Er versichere doch, dass das, was er da zu bieten habe, ganz exzellent sei. In einer »aufgelassenen« Sargfabrik spiele er Theater. Und zwar: Flann O'Brien! Den hatte er zwei Jahre zuvor übersetzt und all seinen Freunden dringend zur Lektüre anempfohlen. Den Roman *In Schwimmen-zwei-Vögel oder Sweeney auf den Bäumen* habe er nun auch zum Theater-Text eingedampft und seine Wiener Freunde wollten das Stück nun spielen. Mit ihm auf der Bühne. Und fast alle Mitspieler seien – keine Schauspieler. So wie eben er.

Sein Bemühen, aus »Kultur aktuell« nun wenigstens ansatzweise eine Sendung zu machen, die auch ihn wirklich interessieren könnte, war so verlockend, dass ich das tat, was ich nie vorher und nie nachher gemacht habe: Ich verzichtete auf jegliche Vorrecherchen (das Buch hatte ich ja bereits gelesen), bestellte bei den ORF-Kollegen ein Team und reiste ins Ungewisse – in die Wiener Sargfabrik. Was »aufgelassen« bedeutete, hatte mir Harry vorher natürlich noch erklärt: In den Hallen wurden seit längerem keine Särge mehr gezimmert.

Reste von denen standen aber noch überall herum, als ich in Wien-Penzing schon einen Tag später eintraf. Es gab da hübsche Arrangements: Särge mit verschobenen Deckeln und halbfertige Särge, die halbaufgerichtet in Ecken lehnten – die ideale Kulisse für ein Schauerstück. Doch der Flann

O'Brien, den ich dann sah, war erwartungsgemäß heiter – und etwas konfus. Zur Erinnerung: Ein junger Mann will ein Buch schreiben, das davon handelt, dass jemand ein Buch schreibt. Und die Figuren dieses Buches bedrängen dann den Autor. Sie wollen ihr literarisches Schicksal mitbestimmen.

Kurt Palm führte kompromissbereit Regie. Ein Feuilletonist und ein Cartoonist, ein eleganter »Herr Friesinger« und der schwabbelige Hermes Phettberg, eine Wiener Institution, waren neben einigen richtigen Theater-Profis als Darsteller gewonnen worden. Harry spielte den altirischen Sagenhelden Finn Mac Cool. O'Brien hat ihn so beschrieben: »Trotz seiner weichen Gemütsart war er ein Mann von stattlichem Wuchs und Körperbau. Seine Schenkel waren so dick wie der Bauch eines Pferdes ... und seine Kehrseite war ausladend genug, um dem Vormarsch von Männern über einen Gebirgspass Einhalt zu gebieten.« Harry füllte die Rolle voll aus. Ein Fell um Brust und Bizeps machte ihn noch voluminöser – und im Vergleich mit den anderen Darstellern tatsächlich zum Giganten.

Doch während die anderen ihre Texte auswendig lernen mussten, hatte Harry für sich eine unauffällige Strategie ersonnen, ohne jegliches Pauken seiner Passagen ganz gelassen zurechtzukommen – um sich dann ausschließlich auf seine Darstellungskunst zu konzentrieren. Harry hatte sich nämlich eine Art Teleprompter gebastelt. Und das war ein mannshohes Schwert, ein stattlicher Beidhänder. Der war so groß und so breit, dass Harry seine Texte in Schreibmaschinenschrift bequem darauf kleben und dann mit donnerndem Bass ablesen konnte. In Augenhöhe. Finn Mac Cool hatte eine enorme Bühnenpräsenz. Und er war zudem mit Sicherheit der Textsicherste von Palms bunter Truppe.

Zu der gehörte auch eine gute, sehr zierliche Fee. Dass sie sehr zierlich war, musste man vermuten, wenn man ihre zarte

Stimme hörte. Und auch dieses elfenhafte Wesen spielte unser gewaltiger Recke Harry. Sein Glück, dass er sie nicht auf der Bühne darstellen, sondern hinter der Bühne – nur sprechen musste. Dazu musste er sich nicht einmal verstellen: Er sprach ganz normal mit seiner Bass-Stimme in ein Mikrophon – und der aufgenommene Text wurde mit nur leichter Verzögerung beschleunigt und damit in höherer Stimmlage über Lautsprecher wiedergegeben. Diejenigen, die später im Programm lasen, dass der Riese auch die Elfe gegeben haben soll, werden das absolut nicht geglaubt haben können.

Der Premierenbeifall war gewaltig und durch »Kultur aktuell« auch im Norden Deutschlands vernehmbar. Harrys Freunde waren nun Zeugen seines Erfolgs. Und sogar die immer gern hämische Wiener Kritik war angetan. Sie bescheinigte der Aufführung »dilettantischen Charme«. Der Regisseur muss das etwas strenger gesehen haben, als er nach der Premiere bekannte: »Es ist nicht so, dass ich sagen würde, das war das einzig Wahre.« Trotzdem: 1997, sechs Jahre später, brachte Kurt Palm *In Schwimmen-zwei-Vögel* mit denselben Darstellern auch als Film heraus. So richtig Fortune hatte der aber leider nicht – weil, so geht die Fama, fast alle Kritiker ganz schlicht neidisch waren. Immerhin hatte Palm ganze zehn Millionen Schilling für die Produktion aufgetrieben. Obwohl er doch ein Film-Neuling war.

Doch die Wiener Verrisse konnten unseren Harry nicht stören. Denn da war er längst ein TV-Star. Ob er seine granteligen Kommentare als Penner Harry Sandler aber immer noch irgendwo abliest, soll ein Geheimnis bleiben.

WHEN HARRY MET MORGAN

During the Frankfurt Book Fair about fifteen years ago I first met Harry. After a long day (and long week) working and drinking I arrived late at the 80th birthday dinner for my friend Ledig-Rowohlt. It was a fancy seated affair in a room at the Hessischer Hof. Sliding into my chair I noticed a cool looking guy with long hair and beard next to me. After several speeches I had finished my glass of wine. I needed another. The waiters weren't pouring and it looked like it might be a while before I got a refill. The guy with the long hair next to me had not touched his wine. So, I leaned over, grabbed his glass and poured it into mine, saying, »You're not drinking this are you? Do you mind if I take it?«

My neighbor was, to say the least, surprised. But he was either too polite or too shocked to say anything. As the dinner continued and the wine flowed, I discovered that my neighbor was Harry Rowohlt, Ledig's brother. And that grabbing his wine was probably not the best idea. I explained that I was a crude American, a Southerner from Nashville, Tennessee. And that I had been thirsty and needed a drink.

In his deep Harry voice he replied, »Did you say Nashville, Tennessee?«

»Yes,« I answered, »that's my hometown.«

Well, it turned out that Harry had a great friend in Nashville, the poet and songwriter Shel Silverstein. So if I was from Nashville, I might just be okay.

That night was the start of a friendship. Ledig passed away, and his wife Jane soon after. Every year we gather at the book fair to honor their memory at the translators' awards dinner.

That's the night I get to see Harry and Ulla. We have had many adventures together. One time I cracked up his knee in my excitement to embrace him. Another night, late in Jimmy's Bar where we were celebrating after Harry had received one of the translator awards Harry sang his version of *America* to me. Thank you Harry for that song and all your songs and for your friendship. And, sorry about stealing your wine.

Your friend,
Morgan

MORGAN ENTREKIN

HARRY UND MORGAN

Auf der Frankfurter Buchmesse vor ungefähr fünfzehn Jahren begegnete ich Harry zum ersten Mal. Nach einem mit viel Arbeit und Trinken verbundenen Tag (respektive einer Woche) erschien ich zu spät zum Abendessen aus Anlaß des 80. Geburtstags meines Freundes Ledig-Rowohlt. Das war eine piekfeine Angelegenheit mit fester Sitzordnung in einem großen Raum im Hessischen Hof. Als ich mich zu meinem Stuhl stahl, bemerkte ich einen cool aussehenden langhaarigen und langbärtigen Typ auf dem Platz neben mir. Mehrere Reden später war mein Weinglas leer. Ich brauchte noch eines. Die Kellner schenkten nicht nach, und es war mir, als könnte es noch eine Weile dauern, bis ich Nachschub bekäme. Der Langhaarige neben mir hatte sein Glas nicht angerührt. Weshalb ich mich zu ihm hinüberbeugte, sein Glas schnappte und dessen Inhalt mit den Worten in meines kippte: »Sie trinken das ja nicht. Erlauben Sie, daß ich es nehme?«

Mein Nachbar war gelinde gesagt überrascht. Doch war er entweder zu höflich oder zu schockiert, um etwas zu sagen. Als das Essen seinen Lauf nahm und der Wein wieder strömte, erfuhr ich, daß mein Nachbar Harry Rowohlt, also Ledigs Bruder, war. Und daß es wohl keine gute Idee gewesen war, sein Weinglas wegzuschnappen. Ich erklärte, ich sei halt ein ungehobelter Amerikaner, ein Südstaatler aus Nashville, Tennessee. Ich habe Durst gehabt und was zu trinken gebraucht.

Mit seiner tiefen Stimme antwortete Harry: »Haben Sie Nashville, Tennessee, gesagt?«

»Ja«, antwortete ich, »das ist meine Heimatstadt.«

Wie sich herausstellte, hatte Harry einen guten Freund in Nashville, den Lyriker und Songschreiber Shel Silverstein. Wenn ich also aus Nashville kam, war ich wohl okay.

Dieser Abend war der Beginn einer Freundschaft. Ledig starb und bald nach ihm auch seine Frau Jane. Jedes Jahr versammeln wir uns auf der Buchmesse beim Abendessen zum von ihnen gestifteten Übersetzerpreis. Dann sehe ich jeweils Harry und Ulla. Wir haben zusammen schon viele Abenteuer durchlebt. Einmal machte ich vor lauter Begeisterung, ihn zu umarmen, sein Knie kaputt. An einem anderen Abend, als wir in Jimmy's Bar sehr spät noch Harrys Übersetzerpreis feierten, sang er mir seine Version von *America* vor. Ich danke dir, Harry, für dieses Lied und all deine Lieder und für deine Freundschaft. Und: Tut mir leid, daß ich dir damals deinen Wein weggeschnappt habe.

Dein Freund Morgan

UNMÖGLICH! Harry schon 60?

Dabei kenne ich das »Brüderchen« meines wunderbaren Lebensfreundes Ledig doch seit Jahrzehnten!

Ich kannte auch Väterchen Rowohlt gut und habe alle Kämpfe um die Nachfolge des Rowohltverlages in nächster Nähe in langen, alkoholumflorten Nächten mitgelitten.

Ledig liebte Harry auf seine Weise sehr. Er hielt ihn für den besten Übersetzer aus dem Angloirischen und für einen glänzenden Schreiber (ist er immer noch!).

Er war empört über Harrys Aktivitäten gegen den Verlag eines Kollegen in New York.

Trotz allem: Er hat im Grunde Harry's Abneigung gegen Macht in jeder Form und die Institutionen überhaupt verstanden und dass er deshalb nicht in den Rowohltverlag einsteigen wollte.

Harry, der große Winnie the Pooh: wir haben so oft und so fröhlich zusammen gefeiert. Unsere, warum, das musst Du selbst erzählen, 60 AUGURI von Deiner

Inge

PS: Wann gehen wir wieder Heringessen?

HORCH!

Der Schaffner pfiff, der Zug setzte sich in Bewegung und fuhr langsam aus dem Bahnhof, mit mir auf einem seiner Fensterplätze. Etwa anderthalb Stunden benötigte er für die ungefähr siebenundsiebzig Kilometer, hielt unterwegs an jeder Station, auch wenn diese als solche nicht erkennbar war und niemand ein- oder ausstieg. Dafür blieb mir das Umsteigen erspart, ein Umstand, der mich beruhigte, obwohl ich kein Gepäck zu schleppen hatte. Trotz oder wegen seiner trägen Fahrweise erreichte der Zug pünktlich meinen Zielbahnhof, der weit außerhalb der dazugehörigen Ortschaft lag. Tatsächlich befand er sich akkurat zwischen zwei Dörfern, daß von mir Erkundigungen eingezogen werden mußten, welches dasjenige sei, in dem ich zu einem Gartenfest erwartet wurde.

Die Einladung dazu hatte mich anfangs nur geringfügig interessiert, obgleich die dortige Umgebung, das vorungarische Pusztagebiet, ungeahnte Reize in sich bergen soll. Den Ausschlag dafür, die Strapazen einer derartigen Hin- und Rückreise auf mich zu nehmen, gab letztlich der Hinweis auf eine Person, die ihr Kommen zugesagt hatte und mit der ich gerne einmal einige Worte gewechselt hätte. Genaugenommen handelte es sich um den Übersetzer meines irischen Lieblingsdichters, der überdies durchweg gelungene Kolumnen verfaßte.

Ein Bahnhofbediensteter erklärte mir den Weg und vergaß dabei nicht, auf die Gefahr hinzuweisen, die ringsum überall lauerte. Ich müsste Obacht geben, dürfte nicht weit von der Straße abweichen, das könnte unangenehme Folgen haben, schließlich befände sich hier die Grenzregion, permanent überwacht von Soldaten, die manchmal sogar Ortsansässige für Flüchtlinge hielten und sie bis zur Klärung ihrer Identität arrestierten, sofern sie keine Papiere mit sich führten.

Ich dankte für die Auskunft, für die Warnung ganz besonders, schlug die angegebene Richtung ein und ging. Argwöhnisch betrachtete ich die Umgebung, den Grenzzaun mit den Stacheldrahtrollen, der, quasi querdurch, Felder teilte. In anscheinend genau berechneter Regelmäßigkeit war sein Verlauf von Wachtürmen unterbrochen, auf denen uniformierte Menschen standen, die mit Feldstechern hantierten, deren Gläser Sonnenstrahlen reflektierten. Zwischen diesen Türmen patrouillierten Soldaten hüben wie drüben auf und ab, beiderseits vielleicht einen Meter vom Zaun entfernt. Glücklicherweise war ich von ihnen weiter weg und näherte mich allmählich und unbehelligt dem Dorf. Dort war es weniger gefährlich und geradezu einfach, die angegebene Adresse zu finden.

Das Hoftor stand offen und ein großer Garten erstreckte sich nach hinten. Vorne hatten sich um einen mit Flaschen vollgestellten Tisch Leute versammelt, darunter der Gastgeber, der mir den obligaten Begrüßungstrunk offerierte und mich mit anderen bekanntmachte. Ihren Gesprächen, die großteils Willkür und Übergriffe der Grenzsoldaten betrafen, lauschte ich aufmerksam, bis sie sich, wenn auch in anderen Ausdrücken, wiederholten. Da separierte ich mich dezenterweise, drehte mich um, um den Garten genau in Augenschein zu nehmen, und erspähte an seinem Ende den ausschlaggebenden Grund meiner Anreise.

Er stand da, ganz für sich allein, und blickte vor sich hin, als seien seine Gedanken mit einer außergewöhnlichen Fragestellung beschäftigt. Nicht nur, um dieses zu ergründen, schritt ich schnurstracks zu ihm hin und sprach ihn an.

»Handelt es sich um ein Fahrrad?«

Daraufhin hat er nur gelacht und »Ja!« gesagt.

Folglich redeten wir zuerst über Räder, bevor ich mich vorstellte. Auch er ließ sich die Gelegenheit nicht nehmen, sich namentlich bekanntzumachen, obwohl das in diesem Fall unnötig war. Aber was sich gehört, das gehört sich auch in der tiefsten Provinz, ganz gleich wie infernalisch sie sich präsentiert. Wir wechselten weitere Worte über diverse Dinge und gelangten, wie sich nun herausstellte, zu unserem gemeinsamen irischen Lieblingsdichter. Hauptsächlich ging es dabei um dessen Buch, das kurz zuvor in deutscher Sprache erschienen war – selbstverständlich übersetzt von dem, der mir hier vis-à-vis stand – und das den vielsagenden Titel »Durst« trug. Wie feinsinnig der von uns verehrte Dichter die wichtigste aller literarischen Voraussetzungen, die da lautet »suggerieren, statt zu schreiben«, wirklich beherrschte, bekamen wir bald zu spüren – natürlich ohne uns dessen bewußt zu sein. Aber der Umstand, daß wir nach kurzer Zeit unsere Unterhaltung unterbrachen, um zu den Getränken zu gehen, vermittelt diesbezüglich einen kleinen Einblick.

Was da dann alles geschah, was war oder hätte sein können, darüber liegt die dicke Decke der Diskretion. Ebenso über den Ereignissen des folgenden Vormittages, über dem Frühschoppen im Garten sowie über dem Spätschoppen in einem sogenannten Schenkhaus. Der dortige Aufenthalt ist nicht weiter von Belang, es gab genug zu trinken, das soll genügen, um die Phantasie auf alle vorstellbaren und unvorstellbaren Möglichkeiten zu lenken. Von Belang allerdings ist der abrupte Aufbruch, der jäh gefaßte Entschluß, diesen Ort sofort zu verlassen, und bestimmt ist es von Vorteil gewesen, daß uns jemand mit dem Auto zum Bahnhof fuhr.

Dort war schlagartig alles anders. Statt mit einer Horde Einheimischer sahen wir uns nun mit einer Rotte Soldaten konfrontiert, die das Gebäude kontrollierten und ringsum überall postiert waren. Sie fixierten uns mit stieren Blicken, als wir sie passierten und zu den Stufen marschierten, die zum Bahnsteig führten. Auf denen standen ebenfalls solch finstere Typen, mindestens einer pro Stufe, als stünden sie hier Spalier. Kurz bevor wir im Gleichschritt treppauf stiefelten, stupste ich den Übersetzer, der außerdem zu jener Zeit ein Engagement als Schauspieler hatte, und sagte »Horch!«. Erst dann begann ich laut zu singen: *»Soldat, Soldat in grauer Norm / Soldat, Soldat in Uniform.«*

Augenblicklich, als sei nichts anderes zu erwarten gewesen, fiel er in den Gesang mit ein, und gemeinsam intonierten wir *»Soldat, Soldat, ihr seid soviel / Soldat, Soldat, das ist kein Spiel«*, und so weiter, Vers auf Vers, bis wir, gleichzeitig mit dem Bahnsteig, den Beginn der letzten Strophe erreicht hatten. Um deren Worte eindringlicher zu gestalten, wiesen wir mit den Zeigefingern jetzt auf die uns flankierenden Gestalten und schmetterten: *»Soldaten sehn sich alle gleich / lebendig und als Leich!«*

Die hier jedoch sahen nicht so aus, als seien sie bereit, beerdigt zu werden, wenngleich ihnen ihre Unbeweglichkeit etwas Lebloses verlieh. Selbst dann noch, als mit Ende des Liedes der Zug, der unmittelbar aus Ungarn kam, am Gleis einfuhr, anhielt und uns einsteigen ließ. Wir setzten uns mit direktem Blick auf die Uniformierten, die nach wie vor in ihrer Starrheit verharrten, auch als ich erneut auf sie zeigte.

»Was meinst Du, sollen wir ihnen das Ganze zum Abschied nochmal singen?«

»Nein!«, sagte er, »sie könnten es kapieren.«

Gleichzeitig mit dem letzten Wort ertönte der Pfiff des Schaffners, der Zug setzte sich in Bewegung und fuhr langsam aus dem Bahnhof, mit uns auf zwei seiner Fensterplätze. Nachsatz: Die Frage, ob es sich um ein Fahrrad handele, bildet einen der elementaren Sätze in dem Roman *Der dritte Polizist* von Flann O'Brien. In den nachfolgenden Wochen haben wir uns hin und wieder ein wenig in die Haare gekriegt, ob meiner Behauptung, daß dieser Roman der bedeutendste von Flann O'Brien sei, wahrscheinlich der bedeutendste der irischen Dichtkunst überhaupt. Harry hingegen beharrte, gleichfalls stets und stur, auf seiner Meinung, dies sei zweifelsfrei *Auf Schwimmen-zwei-Vögel*. Wie dem auch immer sei, ich jedenfalls bleibe bei meiner Ansicht, ohngeacht der Tatsache, daß in *Auf Schwimmen-zwei-Vögel* einer der Helden, nämlich John Furriskey, als Fünfundzwanzigjähriger das Licht der Welt erblickte, was ihn fast auf eine Stufe stellt mit Adam, der bereits fünfzig Jahre zählte, als er nabellos aus einem Erdenkloß geformt und in das Paradies gesetzt wurde. Keinesfalls unberücksichtigt bleiben darf in dem Zusammenhang Dr. Faustroll, der dreiundsechzigjährig auf die Welt kam, ein Alter allerdings, das der Begründer der 'Pataphysik bis zu seinem Tod beibehalten haben soll. Im Gegensatz zu John Furriskey und zu unserem Urvater, der übrigens nach exakt 930 Jahren starb und sogar Methusalem geschlagen hätte, zählten seine ersten fünfzig Jahre mit.

SOMETIME IN NOVEMBER, *winter coming and all*
I found myself to the North, Hamburg in the fall.
'Tis where Harry lives so we met for a feast
to go drinking that is, till the sun shone in the East.

We sat on high stools having beers at a bar
And were soon joined by friends from near and afar.
They'd kiss the big bear on his head's rear
Glasses of ale lifted they sang praise to the one with the beard.

Now don't mistake it, for what it ain't
Cause the honor was to those who aimed.
Sir Harry my friend held forth and was kind
And you wished to transcribe what he had on his mind.

But he grumbled and growled whenever you mispronounced
Was tender and sweet once you declared defeat.
And how could you not, for what did you know
Language is truly his brother, and he's always in flow.

Soon we'll be gathered again to praise and cheer
Sir Harry in March at the start of his year.
Which is as much as to simply say:
»To Harry! 240 hours after St. Patrick's day!«

LIEBER HARRY,

Anna Mikula hat mich in ihrer Mail gebeten, »eine kleine Geschichte zu schreiben«. Das will ich gerne tun, aber: Wo fang ich bloß an?

Geschwärmt habe ich ja schon immer für Dich, lange, lange bevor wir uns kennen gelernt haben: Seit der *Grünen Wolke* nämlich. Die hab ich gelesen, als ich elf Jahre alt war, und suche seit dem immer noch nach einer Gelegenheit, mal endlich »fatzt die Pfannen, Leute« oder so was in den Raum zu werfen. So richtig verfallen bin ich Dir dann einige Zeit später beim Lesen des letzten Satzes Deiner Filmkritik zu *Greystoke*, – ich weiß nicht, ob es damals die *Lindenstraße* überhaupt schon gegeben hat?

Jetzt kennen wir uns schon viele Jahre, und ich bin immer noch baff, dass jemand wie Du meine Texte tatsächlich auswendig lernt und spricht (tust Du meistens ja auch nicht). Du hast mir natürlich auch eine Menge beigebracht, zum Beispiel, dass es nicht »der Fuchs lauert im Gebüsch« heißt, sondern »der Fuchs verhofft in der Dickung«. Aber auch, dass es noch was Besseres gibt, als sich mit Dir zu unterhalten: Dir zuzuhören nämlich. Du kennst sowieso viel mehr Wörter als ich. Nie werde ich den Abend im »Chelsea« vergessen, wo J. L.s erstes Handy zum ersten Mal klingelte. Oder damals vor dem Schwarzen Brett, als Du A. S. zwar zum Singen bringen, aber leider nicht mehr stoppen konntest. Oder das wüste Sommerfest, an dem plötzlich so viele Leute mit uns Interrail-Feeling spielen wollten.

Mein Kollege Michael, der weiß, wie sehr ich mich freue, wenn ich Dich sehe, hat deswegen netterweise als Regieanweisung in der Folge 1000 geschrieben, dass sich »Harry«

explizit neben »Anna« setzt. Das ist ein bisschen gemein für Dich, weil Du ja am liebsten mit Heinz Marecek drehst, aber da hilft nun alles nichts, da musst Du durch. Denn, lieber Harry, Du wirst es vielleicht schon gemerkt haben: Ich bin Dein größter Fan, und zwar aus sämtlichen Gründen! Das ist die Wahrheit, denn wie Du selber neulich im Abspann gegrummelt hast: »Wer Probst sagt, der lügt nicht …«

Ich wünsche Dir zum Geburtstag das Schönste, Beste, und stets volles Glas!

Deine Irene (F.-Probst)

AT FIRST GLANCE I had no idea of what to make of Harry or even who he was. This was at a Frankfurt dinner celebrating Ledig, who had kindly (if inexplicably) taken me under his wing, but never had either my friend Morgan Entrekin or I clapped eyes on this great denim-swathed Falstaff – who I assumed would find these two young overdressed Americans unbearable for any number of reasons, and quite rightly so. But such is the magic of friendship – and there we were, in a room filled with Ledig's wildly various friends – and of Frankfurt and of wine that before the evening was over a new friendship had begun, and like any true example of that miracle it only gets stronger as years pass and bottles empty and we grow older while still having fun. To know Harry means knowing how much we gain by not taking ourselves so seriously and by instead taking others seriously, in the infectious spirit of enjoying many of the same things in whatever language. I recall one evening spent translating with Harry and a few others certain bits of German I'd translated (poorly) into English because I liked them so much back into their native tongue. I can think of one or two unhappy occasions of the sort we all grow accustomed to that were transformed by Harry's presence. I can neither count nor precisely remember all the good times we've shared, though I certainly want many more of them. And as I'm now editing a biography of Herman Melville, it has occurred to me more than once that Harry would be his perfect translator, not least because he shares something with a man who demanded, while in the grip of *Moby Dick*, »Give me a Condor's quill! Give me Vesuvius' crater for an inkstand!«

AUF DEN ERSTEN BLICK konnte ich mir nicht den geringsten Reim darauf machen, wer oder was Harry war. Das geschah bei einem Diner in Frankfurt zu Ehren von Ledig, der mich freundlicher- und unverständlicherweise unter seine Fittiche genommen hatte. Nie zuvor hatten mein Freund Morgan Entrekin oder ich diesen gewaltigen, in Jeansstoff gehüllten Falstaff zu Gesicht bekommen, von dem ich annahm, daß er die beiden jungen, zu fein gekleideten Amerikaner aus allerlei Gründen unerträglich finden würde – und dies mit Recht. Doch was die Magie der Freundschaft nicht alles vermag – da waren wir, in einem Raum voll mit Ledigs wild durcheinandergewürfelten Freunden –, Frankfurt und der Wein taten ihre Wirkung, und bevor der Abend endete, war eine neue Freundschaft entstanden. Wie es sich für dieses Wunder gehört, wird sie, während die Jahre vergehen, Flaschen geleert und wir frohen Mutes älter werden, nur noch stärker. Harry zu kennen bedeutet zu wissen, wieviel wir gewinnen, wenn wir uns selbst nicht so ernst, aber andere um so ernster nehmen, angesteckt von einem Geist, der uns viele Dinge gemeinsam genießen läßt, in welcher Sprache auch immer. Ich kann mich erinnern, eines Abends zusammen mit Harry und ein paar anderen Leuten deutsche Texte, die ich (schlecht) ins Englische übersetzt hatte, weil sie mir so gefallen hatten, in ihre ursprüngliche Sprache zurückübersetzt zu haben. Ich erinnere mich an ein, zwei traurige Anlässe, wie wir sie mittlerweile alle kennen, die durch Harrys Anwesenheit verwandelt wurden. Ich vermag all die erfreulichen Anlässe, die wir zusammen verbracht haben, nicht zu zählen, noch kann ich mich an alle erinnern, möchte aber unbedingt noch viel mehr davon. Ich lektoriere gerade eine Biographie von Herman Melville; dabei ist mir mehr als einmal eingefallen, daß Harry der perfekte Übersetzer für ihn wäre – nicht zuletzt weil er einiges gemein hat mit dem

Mann, der im Schaffensrausch von *Moby Dick* verlangte: »Man gebe mir die Feder eines Kondors! Man gebe mir den Krater des Vesuvs als Tintenfaß!«

LIEBER HARRY,

man hat mich gefragt, was mein schönstes Erlebnis mit Dir war, und ich habe geantwortet, dass mein schönstes Erlebnis mit Dir war, dass wir keines brauchten, um uns zu respektieren. Das zweitschönste war dann, dass ich angefangen habe, Dich richtig und ehrlich zu mögen, und das allerschönste ist und bleibt: Dein Spiel, Deine Präsenz, Dein so wohltuender bissig lieber Humor und Deine wunderbare Loyalität zum Team, zum Ensemble und zu unserer gemeinsamen Arbeit.

Ich wünsche der *Lindenstraße*, dass Du noch lange bei uns bleibst.

Ich wünsche Dir, dass es Dir Spaß macht, noch lange bei uns zu bleiben.

Ich wünsche Dir, dass du gesund bleibst und dass Deine Phantasie Dich weiterhin so gut bedient wie bisher und dass Dein Humor Dir weiterhin hilft, das Leben zu genießen.

Ich wünsche mir, dass wir Freunde werden.

Fröhliches Feiern ein Leben lang!

Herzlichst,

Dein HWG

OFFENER BRIEF AN HARRY ROWOHLT AUS GEGEBENEM ANLASS

Nun wirst Du also sechzig Jahre alt, Harry. Als Du vor dreißig Jahren Deinen dreißigsten Geburtstag feiern konntest, hatte ich gerade Joseph Conrads Erzählung »Die Schattenlinie« gelesen, in welcher behauptet wird, bei besagter Linie handle es sich um ebendiese Dreißig-Jahre-Zeitgrenze – also zeichnete ich Dich beim Überqueren einer fein schraffierten schattenhaften Linie. Mit einem vergleichbaren Geburtstagsgeschenk kann ich heuer leider nicht aufwarten. Während die Dreißiger-Grenze nicht nur vom Mann, s. o., sondern auch von der Frau Bachmann, »Das dreißigste Jahr«, thematisiert und problematisiert worden ist, fehlen vergleichbare Texte für jene, welche sich zum Überschreiten der Sechziger-Linie anschicken. Was möglicherweise damit zu tun hat, dass die wahrhaft Großen sich dieser Herausforderung niemals stellen durften bzw. konnten: Flann O'Brien, Dylan Thomas, F. Scott Fitzgerald – ihnen allen wurde der Griffel grausam entrissen, bevor sie ihre Erfahrungen beim Überqueren der Doppelgrenze in Worte hätten fassen können. Du aber, ihrer aller Übersetzer, vollziehst diesen Schritt, und ich, der ich ihn seit sieben Jahren hinter mir habe, könnte Dich zu diesem Fest mit einem begütigenden Vierzeiler einlullen –:

Harry wird heut sechzig.
Sagt nun nicht: »Das rächt sich!«
Sagt vielmehr: »Das gibt sich.
Nur so wird man siebzig« –:

Aber Du darfst nicht hoffen, dass ich mich mit einem derart unpersönlichen Dreh aus der Affaire stehlen werde. Stattdessen möchte ich das mit einem persönlichen tun, mit der Schilderung von drei wahren Begebenheiten in aufsteigender Linie. Alles Vorgänge, die naturgemäß mit Dir zu tun haben, Erlebnisse, die zu berichten in der Lage bin, weil ich sie wert befand, in einem meiner »Brunnenhefte« notiert zu werden.

Zur Buchmessenzeit 1992 – damals warst Du, Harry, noch Jahr für Jahr unser Gast, doch nachdem Du alle Lampen zerschlagen hattest, lockten Dich andere Irrlichter, dabei sind doch auch unsere Lampen alle längst wieder erneuert und harren Deiner, Harry – bei einem jener besonnten Buchmessenfrühstücke in der Neuhaußstraße 12 also erzähltest Du meiner lieben Frau, Du habest mir einmal erzählt, Du besäßest einen Brief von Alfred.

»Alfred who?« hätte ich seinerzeit gefragt, und »Alfred Polgar!« sei Deine Antwort gewesen.

Nun, da Du die Geschichte rekapituliertest, erinnerte ich mich daran, dass Du mir seinerzeit den Brief gezeigt hattest – das Original? Eine Kopie? –, und dunkel schwante mir auch, ich hätte damals den Versuch gemacht, mich ebenfalls auf dem Alfred-Polgar-Brief-Besitzer-Feld zu behaupten – aber wie, aber wie, da ich ja keinen vorweisen konnte? –, doch da erzähltest Du Deiner Zuhörerin bereits in breitestem Baltisch, wie ich, der Baltendeutsche, der Polgar-Herausforderung begegnet bin: »Ja, Harry, du hast einen Brief von Alfred Polgar. Meine hat alle der Russe.«

Und bei dieser hilfreichen Erzählung blieb es nicht. Du, Harry, hast sie auch zu Druck befördert, und wann immer ich sie las, freute ich mich meiner Geistesgegenwart, von der ich freilich nichts wüsste, wenn Du sie nicht selbstlos tradiert hättest: Ein wahrer Freundesdienst, der Dich, Lampen hin, Lampen her, in ein strahlendes Licht taucht.

Gut ein Jahr später nahmen wir beide an einem maritimen Wochenende in Rendsburg teil, zu dem Stefan Opitz uns sowie andere Federn wie h. c. artmann und Otto Jägersberg in das von ihm geleitete Nordkolleg eingeladen hatte. In meinem »Brunnenheft« aus besagtem Zeitraum finde ich zwei Eintragungen, die mir berichtenswert erscheinen; damit die aufsteigende Linie des Berichteten erhalten bleibt, habe ich die Chronologie leicht verändert.

Die zweite Begebenheit spielt am Ende der Tagung und in einem Taxi. Dieses Gefährt trägt Dich, Otto Jägersberg und mich zum Bahnhof. An einer Kreuzung muß es halten, Du blickst angeregt um Dich und glaubst Dich zu erinnern: »Hier ist doch der Leuchtturm!« Worauf Otto Jägersberg, der sowenig wie ich imstande ist, einen Leuchtturm auszumachen, Dich per Fingerzeig mild, aber bestimmt korrigiert: »Harry! Das ist die Ampel!«

Worte, denen ein Gelächter folgte, in das auch Du einstimmtest: Der wahrhaft Erleuchtete lacht nicht zuletzt über sich selber.

Tags zuvor aber hatte jenes Gespräch stattgefunden, mit dem ich meinen lichten Dreischritt zu krönen gedenke. Da nämlich bestiegen wir mit den anderen Tagungsteilnehmern ein größeres Segelboot, das uns durch die sonnige Eckernförder Bucht tragen sollte, und als wir an Bord gingen, sagte ich auf Geratewohl:

»Ein Mann – ein Bord.« Dahinter aber versteckte sich eine Anspielung auf die Redewendung »Ein Mann – ein Wort«, welche ein gewitzter Geist um die Wendung »Eine Frau – ein Wörterbuch« ergänzt hatte, und – ich muß schon sagen –: blitzartig nahmst Du die Vorgabe des Unbekannten auf, indem Du mein so unbedachtes wie unbedarftes Wortspiel glänzend zu ergänzen wusstest:

»Eine Frau – ein Bordbuch.«

Worüber ich sehr lachen musste, was Du wiederum mit der erfreuten Bemerkung quittiert hast: »Schön, dass du dich auch über die Scherze anderer freuen kannst.«

Ja, Harry, kann ich, und Deine scherzhaften Einlassungen, schriftlich formuliert oder mündlich vorgetragen, gehören zu den wärmendsten und erhellendsten, welche mich durch die letzten Jahrzehnte begleitet haben. Mittlerweile hat es sich ja auch anderswo herumgesprochen, dass Du kein Kind von Traurigkeit bist; die Leute strömen Dir zu, die Mitwelt windet Dir Kränze, und das verpflichtet: Laß leuchten, Harry, stell Dein Licht nicht unter den Scheffel, mach so weiter, solang noch das Lämpchen glüht, und wenn Dich wieder einmal das Lampenfieber packen sollte, dann, Harry, weißt Du, wo Du es jederzeit auskurieren kannst: Bei Deinem alten Schwimmbruder und Langzeitgratulator Robert.

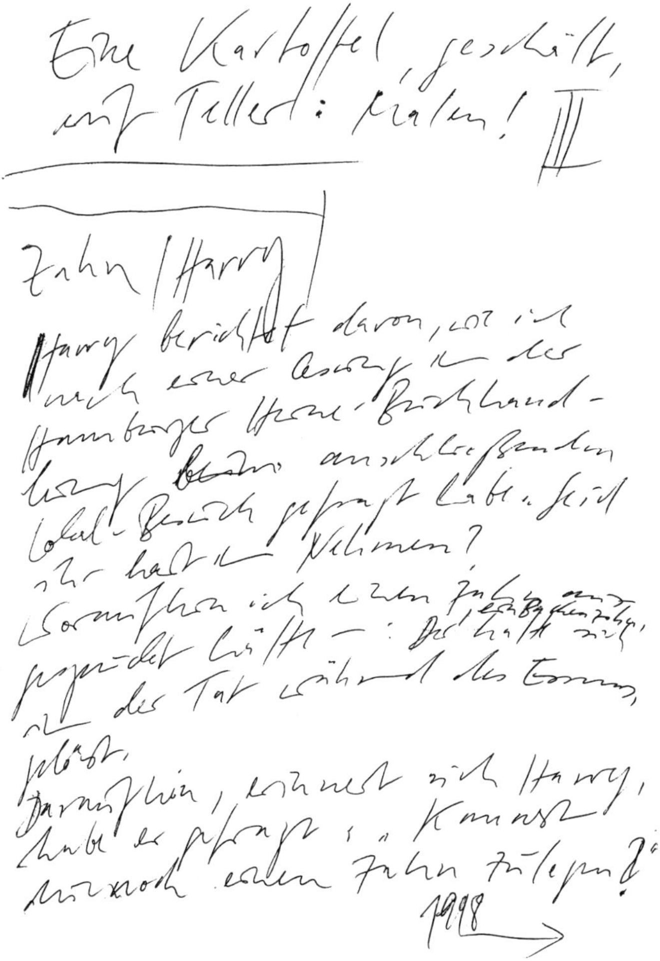
Eine Kartoffel, geschält, auf Teller: Malen! II

Zahn / Harry

Harry berichtet davon, wie ich nach einer Lesung in der Hamburger Heine-Buchhandlung beim anschließenden Lokal-Besuch gefragt habe: Seid ihr hart im Nehmen?

1998

Beim Blättern in seinen Brunnenheften fand Robert Gernhardt noch eine weitere Harry-Rowohlt-Anekdote. Zur besseren Lesbarkeit ist sie auf der nächsten Seite noch einmal in gesetzter Form wiedergegeben.

ZAHN / HARRY

Harry berichtet davon, wie ich nach einer Lesung in der Hamburger Heine-Buchhandlung beim anschließenden Lokal-Besuch gefragt habe, »Seid ihr hart im Nehmen?«.

Woraufhin ich einen Zahn, einen Backenzahn, ausgespuckt hätte –: Der hatte sich in der Tat während des Essens gelöst.

Daraufhin, erinnert sich Harry, habe er gefragt: »Kannst Du nicht noch einen Zahn zulegen?«

NATÜRLICH ERINNERE ICH MICH deutlich und gern an die Anfänge unserer gut 40jährigen Bekanntschaft in der Volksdorfer Walddörferschule, wo ich von 1962 bis zum Abitur 1965 Harry Rowohlts Klassen-, Deutsch- und Englischlehrer war. Es war gewiß ein Glücksfall, dass meine Fächer schon damals – in guter Familientradition – zu seinen Interessenschwerpunkten gehörten und auch sonstiger Schulfrust seinen außergewöhnlichen Spaß an Sprache und Literatur nicht zu bremsen vermochte.

Literarische Anspielungen würzten oft auch den erfrischend unkonventionellen, liebevoll frotzelnden Umgangston, den wir »außerdienstlich' miteinander pflogen, so etwa wenn der Klassensprecher Harry R. – anknüpfend an eine Unterrichtseinheit über Wolfgang Borchert – dem Klassenlehrer diesen reizenden Weihnachtsgruß übergab

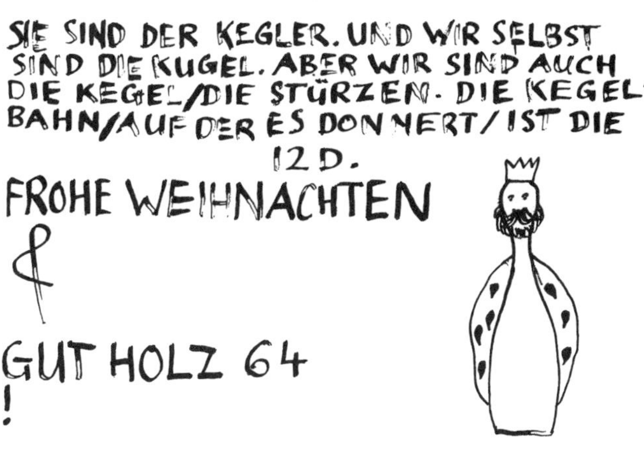

SIE SIND DER KEGLER. UND WIR SELBST SIND DIE KUGEL. ABER WIR SIND AUCH DIE KEGEL/DIE STÜRZEN. DIE KEGEL= BAHN/AUF DER ES DONNERT/IST DIE 12 D.

FROHE WEIHNACHTEN

&

GUT HOLZ 64

!

Schwerpunkt des Unterrichtes war das Interpretieren von Texten, quer durch die Jahrhunderte und Literaturen. Daß uns bis zum Abitur wöchentlich 6 Stunden Deutsch und 4–5 Stunden Englisch dafür zur Verfügung standen, war ein ideʼaler Rahmen für ernsthaftes und zugleich unaufgeregtes Arbeiten, von dem man heutzutage nur noch träumen kann.

Inmitten einer musisch sehr aufgeschlossenen Klasse bildete Harry gewissermaßen das »Granum salis«, das Salz in der Gruppensuppe: Seine aus gutturaler Tiefe kommenden Beiträge – bisweilen schnurrig-skurril, etwas brummig, manchmal auch ungeduldig, wenn er sich über zuviel pädagogische Kurzschrittigkeit ärgerte – waren immer konstruktiv; sie gaben dem Lehrer nicht selten »Ach ja!«-Erlebnisse und vermittelten neue Akzente. In meiner Erinnerung sind es fast nur angenehme, oft sogar herrliche Stunden gewesen.

Zurückblickend aus heutiger Perspektive erscheint es mir bezeichnend, dass ein wiederkehrender »roter Faden« das Motiv des Shakespeare'schen Narren war, von *Twelfth-Night* (»Better a witty fool than a foolish wit«) und *Hamlet* über Heines Prosa und Büchners *Leonce und Lena* bis hin zu Max Frisch und Dylan Thomas: immer wieder die Kausalkette aus Reflexion – Durchschauen der Defizite – Melancholie – Zynismus, zumindest aber Spott, als Korrektiv.

Der krönende Abschluß unserer gemeinsamen Oberstufenzeit war für mich das Musische Abitur, in dem die gesamte Klasse eine atmosphärisch dichte, geradezu unheimliche Aufführung von *Biedermann und die Brandstifter* ablieferte. In ihrem Zentrum stand – wen wunderte es – Harry Rowohlts schaurig-komische Verkörperung des negativen Protagonisten Biedermann (»Zum Glück ist's nicht bei uns … Zum Glück – «). Ich schätze, es war seine erste große satirische Leistung.

Und jetzt möchte ich abschließend noch einen Zeitsprung über vier Jahrzehnte machen, also von der »Wiege« unserer Bekanntschaft bis zu deren (vorerst) letzter »Biege« – wie Harry sagen würde. Als jüngst im Vorfeld meines 75. Geburtstages meine Frau sich heimlich um eine kleine Lesung durch einen »Überraschungsgast« in unserem Wohnzimmer bemüht hatte, schrieb ihr der Publicity-Verwöhnte und Termin-Gestreßte folgende Antwort, die beweist, daß aus guter Bekanntschaft längst eine Freundschaft geworden war:

Liebe Frau Glockauer: *7-4-04*

Sie haben sie ja wohl nicht mehr alle! Honorar!! Natürlich komme ich gern am 18. Juni von 21 bis 22 Uhr ——, umso mehr, als der Termin auf meinem Terminplanungsjahresübersichtswandkalender (einschließlich Terminplanungsjahresübersichtswandkalenderrand) noch frei ist. Ich weiß auch schon ziemlich genau, welche beiden Texte – mit Spiel bzw. Luft – in diese Stunde hineinpassen würden.

(…)

Einstweilen freue ich mich auf den 18. Juni und bewahre Stillschweigen.

Schönen Gruß …

Natürlich wurde es ein köstlicher Abend, der nicht nur aus einer Stunde bestand …

Lieber Harry,

hab herzlichen Dank dafür und für so manchen nachdenklichen bis ulkigen Gedankenaustausch in all den Jahren. Dein alter Pauker ist stolz auf Dich, er wünscht Dir good luck weiterhin & many happy returns of the day!

Jürgen Glockauer

CHEZ MARIA ODER ÜBER EINIGE WIRKUNGEN VON LITERATUR

Diese Geschichte handelt nicht von einer literarischen Lesung, oder allenfalls ganz am Rande, und auch nicht primär von einer Lesung Harrys. Sondern von einer geradezu katastrophalen Lesung, die in Wahrheit keine war, sondern eine Rede, genauer: eine solche hätte sein sollen. Der zweite Teil ist, wie es irgendein russischer Autor einmal gesagt oder geschrieben haben soll, eine ziemlich betrunkene Geschichte, der erste eher eine nüchterne.

Noch nicht ganz nüchtern, aber sachlich und klar klang die Stimme von Harry. Es war Freitag. »Bin auf Lesereise in K., Genosse.« Harry nennt mich seit unserer ersten Begegnung vor vierzehn Jahren Genosse, Gott weiß warum. »Montag Abend Lesung bei Euch in F. Ich komm jetzt schon! K. am Sonntag, das ist zuviel, da ist K. eine Scheißstadt.« »Vorsicht«, warne ich Harry, »Städte sind unheimlich sensibel. Städte beleidigen, darauf steht Höchststrafe.«

Harry, den Hotelkenner oder, wie man heute sagt, Hotelversteher von hohen Graden, treffe ich um drei Uhr in der Hotelhalle. Das Dorint liegt zwischen Hauptbahnhof und Jazzhaus, seiner Lesestätte am Montag Abend. In seinem Vertrag mit der Agentur steht als wichtigste Klausel: kostenfreie Unterbringung immer so nah wie möglich zwischen Bahnhof und Lesungsstätte. Juristenheere rätseln seit Jahren, ob dieser ultimative Paragraph dem römischen Recht und dem Jüngsten Gericht standhält. »Geht absolut klar«, sagt Harry, »die wissen nicht, dass ich zu einem Viertel Italiener bin. Außerdem verlangt Wiglaf in jedem Kontrakt einen absolut viereckigen Tisch auf der Bühne und Max Goldt ein Viersternehotel. Da kann ich doch auch Ansprüche stellen.« So sind die Dichter, denke ich für mich, privat total extravagant bescheiden bis zum Abwinken, aber superknallhart in ihren Verträgen. »Im Rheingold wohne ich nicht mehr«, sagt Harry »seit Ulla dort einmal beinahe aus dem Fenster gekippt ist. Aber ich habe sie gerettet. Ohne Feuerwehr.« Auf so was ist Harry stolz.

Dorint also. Neben dem Kongresshaus, der ultimative Zementbunker. »Gut dass du mit der Kiste da bist« sagt Harry, »ich muss sofort was essen. Habt ihr einen Weihnachtsmarkt? Mir ist alles recht, wenn ich bloß keinen Glühwein trinken muss.« Das brutalstmögliche Gedrängel friedfertiger Adventschristen produziert bei mir auf der Stelle Platz- und Berührungsängste. »Nix wie weg«, sage ich, »die haben hier nur ökologische Weihnachtskrippen, nichts zu fressen, bloß lustiges Karussellfahren mit Musik.« Im lauschigen Rathausstüble, wo die Lokaljournalisten immer ihre Griffel spitzen, ist es Harry zu miefig. Daneben die Walliser Stuben mit reizender Bedienung: »Küche leider schon seit zwei Stunden zu.« Also um die Ecke zur »Nordsee«. Geschlossen. »Da hast Du aber Glück gehabt«, sagt Harry, »da esse ich immer Schlemmerfilet mit Mayo.« Harry, der Mann mit dem widerlichsten gusseisernen Gedächtnis, weiß natürlich genau, dass ich Fisch grundsätzlich niemals zu mir nehme, – aus streng religiösen Gründen, versteht sich –, nicht mal auf der Kaiser-Joseph-Straße, die zwölf Jahre lang Adolf-Hitler-Straße hieß.

Was muß der hohe ehrwürdige Gast nur für einen Eindruck gewinnen, denke ich, sind wir jetzt auch am Sonntag wie K. trotz seinem weltweit berühmten Rote-Teufel-Stadion eine langweilige Scheißstadt? Die Katastrophe ist nahe, eigentlich schon da. In meiner Not ziehe ich die beste Karte. »Kennst du den Teufel am Münster?« Mein wohlgehütetes Geheimnis der Erzbischofsstadt ist in solch schwierigen Fremdenführungs-Fällen der niedliche kleine, ein wenig missmutig dreinschauende Teufel am Hauptportal. Wieder eine Katastrophe. Der Platz leergefegt, kein Händler vorm Tempel, nirgends eine Wurstbude, niemand zu sehen und der Teufel verhüllt durch eine weiße Plastikplane à la Christo, hinterm Baugerüst, schon seit circa fünfhundert Jahren, verdammt noch mal, auch Gottvater und Sohn lassen sich nicht blicken, nicht mal ein Lichtschein gegenüber im eleganten Erzbischöflichen Palais.

Bleibt nur Maria. »Chez Maria« heißt das jüngste Super-Super-In-Lokal in der Niemensstraße mit dem feinsten Kürbissüppchen. Hat Juliane aufgespürt … Gottseidank geöffnet. So ziemlich alles Essbare auf der Speisekarte heißt auch Maria: belegte Baguettes à la Rainer Maria Rilke, Klaus Maria Brandauer, Maria Laach, Bloody Mary, Maria Callas, Viva Maria, Maria Shell etcetc.. Harry, auf einmal ganz der hanseatische Heide, will von keinen Marias nix wissen. »Ich nehme Schnitzel mit Pommes und eine große Apfelschorle, sieht ja keiner.«

Ich bewundere, dass Harrys Alfred-Polgar-Buch nach so wenigen Tagen blitzartig auf einer unserer besten Bestenlisten ganz oben und vorne steht. Harry weiß sofort die Antwort. »Nur gute Kritiken, my dear Watson. Obwohl ich Fritze Raddatz und Reich-Ranicky ziemlich schnöde geschmäht habe. Irgendein Blödmann hat im Deutschlandradio behauptet, ich schriebe in Vorworten immer nur über mich selbst. Dem hab ich's aber gegeben: Stimmt ja gar nicht, Du machst das selber auch immer, hab ich zu dem gesagt.«

Bei der Erwähnung des Namens Raddatz fällt mir sofort und unweigerlich die grässliche Katastrophe ein. Sie ereignete sich an dem Tag, an dem ich Harry zum ersten Mal begegnet bin. Das war bei einer ein ganzes Wochenende dauernden Geburtstagsfete. Nachmittags drohten klassisches Kirchenkonzert, Gesang und Cellosolo, abends Reden und Gesellschaftstanz. Der lange Spaziergang zwecks festlich-freudiger Einstimmung führte vorbei an ober-schwäbischer Gastfreundschaft, vor jedem Bauernhof, vor jeder Straußenwirtschaft standen auf Anordnung der klugen und weisen Gastgeberin großzügige Gläser parat. Williams Christ, Lacrimae Christi, Schlatterers Heiliger Geist, Himmelspflümli, Messdieners Tröpfchen, Otto Jägersbergs seliggesprochener Kartoffelkrätzer, Pfaffenborbel mit 49 Prozent, St. Bernhard Wettes frommes Abendgebet undsoweiter undsofort. Oberschwaben ist eine ungemein fromme Landschaft.

Aus purer Höflichkeit leerten wir gehorsam so viele Stamperl, wie die Jubilarin Geburtstage auf der Kante hatte, und, nur zur Sicherheit und um nicht als unerzogene Landratten und blöde Lodenjankerl-Trampel dazustehen, noch einige darüber hinaus. Beim abendlichen Souper konnte ich Harrys Umrisse am Ehrengästetisch, nüchtern wie immer, vage durch dichte Nebelschwaden ausmachen. Ein mir unbekannter feiner Herr am Gipfel der Tafel mit lockigem graumeliertem durchgeistigtem schmalem Charakterkopf und gelber Weste aus Nangkingseide las von einem Zettel eine sehr einschmeichlerisch formulierte und ekelhaft gut gedrechselte Ansprache zu Ehren des jugendlichen Geburtstagskindes sorgfältig ab, währenddessen ich mich vergeblich abmühte, den Namen meines Gegenübers auf dem Tischkärtchen zu entziffern. Irgendwie wollte es mir verbal nur schwer gelingen, dem sehr soignierten jüngeren und sehr gebildeten Herrn, der wenn ich richtig erinnere, Roger de Weck oder so ähnlich hieß, voller Scham die wirkliche Ursache meines sensiblen hochprozentig angegriffenen Allgemeinzustandes zu offenbaren und Harry die alleinige Schuld zuzuschieben. Den eleganten Roger habe ich später nicht mehr wieder gesehen und auch nie mehr etwas von ihm gehört.

Ich wachte auf, als die Gastgeberin laut und fröhlich und mit ihrer anmutigsten erotischen Krächzestimme ausrief: »Das war aber eine s e e e h r schöne Rede, Fritz! Alles, was du über mich Gutes gesagt hast, ist absolut richtig und t o o o t a a l wahr, das sage ich Euch – und jetzt bist Du dran, Joachim!« Aber der sonst immer lauthals und sofort höllisch lachend loskreischende Advokat Kersten, einer der wenigen, die ich in der auch sonst unübersichtlichen Gesellschaft kannte, weil er dann und wann anruft, um mich mit irgendwelchen von ihm höchstselbst erfundenen scheußlichen Paragraphen über den Tisch zu ziehen, keckerte bloß in schwächlichem Missingsch und dünnen Falsett: »Erstens hab ich mein Manuskript verloren, zweitens kann ich sowieso nicht reden, und drittens hat mir niemand erzählt, dass und was ich hier über Dich sagen soll – außerdem musste ich auf diese zwei illustren Gäste bei ihrem Schnapsspaziergang aufpassen, damit sie Maß halten. Ich bin völlig fertig. Das hast Du nun davon. Solche Leute laden wir bei uns in Dithmarschen gar nicht erst ein!«

Seine Rede zu Antje Landshoff-Ellermanns Geburtstag musste die feige Petze Joachim dann doch noch halten, zu meiner Genugtuung, bloß schlappe zehn Jahre später, stocknüchtern und mit vielen schlauen, fein ziselierten und ein paar heimlich infamen Wendungen und Windungen zusammengestoppelt, dass ich bei mir bewundernd dachte wie weiland C. S. Foresters Capitain Hornblower: »Hätt' ich's doch, weiß Gott, selbst nicht besser machen können.«

»Joachim, Du bist ja schon wieder komplett besoffen«, rief unsere zauberhaft charmante und wie immer hellseherische und nachsichtige Gastgeberin 10 Jahre früher gänzlich ungerührt aus, »also, heute Abend bist Du entschuldigt! Wer ist der Nächste in der Reihe?«

»Deine Stegreif-Tischrede damals«, sagt Harry am Sonntag im »chez Maria« und weidet sich an allen unangenehmen Details meiner Erinnerung, »war überhaupt keine. Das war eine Lesung.« Harry mit seinem ekelhaft penetrant exakten Gedächtnis weiß bis heute noch den Titel des Buches: *Dr. Gatts Vollständiger Geschäfts- und Familien-Briefsteller für alle Fälle des menschlichen Lebens. Eine leichtfassliche Anweisung zur Abfassung von Briefen aller Art, Aufsätzen, Urkunden, Kontrakten, Eingaben, Gesuchen, Zeugnissen, Anzeigen usw. Geheimschriften, Buchführung*. Ein unentbehrliches Hülfsbuch für Personen jeden Standes, 15. Auflage, Leipzig bei Gustav Weigel. Du hast aus Deinem Geburtstagsgeschenk nämlich einen Muster-Liebesbrief verlesen: »Ein fleißiger Schüler erklärt der von ihm heimlich angebeteten Banknachbarin seine unverbrüchliche ewige Liebe und Treue.« Und dann hast Du öffentlich gebeichtet, dass Du den schon als Pennäler auswendig gelernt und wie Du der heißgeliebten Antje im Kuhstall von Eurer stinkfeinen humanistischen Elite-Internatspenne den platonischen Sternenhimmel erklärt hast, und dann musstest Du noch Dein selbstgemachtes Gedicht auf sie von anno dunnemals aufsagen und wie sie immer ihrer Seele Flügel ausgespannt hätte und was weiß ich noch alles für rührende Reime auf Hügel und Zügel und Schniegel und Schnagel. Die Zuhörer haben aber dennoch frenetisch applaudiert, und das Salzburger Dirndl-Streichorchester hat einen klassischen Tusch gespielt. Da kannst Du mal sehen, was für Literatur und Lyrik für Wirkung haben. Bei mehr als 10 Prozent. Im oberschwäbischen Flach- und Bergland.«

Harry, der beneidenswerte Immerüberallesbescheidwisser, ist eine echte geistige Leuchte und nie eine Landplage, aber ich bin doch sehr froh, dass mein wahrer Freund, sooft er die, hier offen gestanden, mir in höchstem Maße peinliche Story in wohlgesetzten Worten und mit größtem behaglichem

Wohlwollen herumerzählt, dabei nur selten kolportiert, dass ich unmittelbar nach diesem schwankenden Rede-, Reim- und Lese-Stück stracks unter den Tisch fiel. Und seitdem nie wieder einen Tropfen Messwein angerührt habe. Danke, Harry.

In Harrys Lesung im Jazzkeller am darauffolgenden Montag bin ich leider nicht gekommen. Wieder mal ausverkauft. Deswegen habe ich ihm nicht mehr davon erzählen können, dass vor allem *er* mit seiner literarischen und weltmännischen Erfahrung und außerdem vielleicht noch *ein* wichtiger Satz von Alfred Polgar mir auf meinem weiteren Lebensweg immer ganz toll geholfen haben: »Im Leben geht's eben zu wie im Leben und nicht wie im Tonfilm.« Weltmännische Empiriker, makellose Stilisten und brillante Vortragskünstler wie Harry interessiert nämlich, ob die Leser und Hörer für solche oder ähnlich lakonische und apokryphe Sätze aus der Literatur etwas übrig haben und Nutzen daraus ziehen. Über kaum etwas anderes denken Autoren – auch das wie vieles andere habe ich in vierzehn Jahren von Harry gelernt – so intensiv nach wie darüber, ob denn ihre Werke auf die gesamte Menschheit wirken. Gerne hätte ich noch von ihm gewußt, ob speziell Frauen auf solche oder ähnliche Sätze abfahren. Aber wahrscheinlich war es doch besser, denke ich jetzt, dass ich ihn das nicht gefragt habe. Denn wahrscheinlich hätte Harry ganz cool geantwortet: »Abfahren ist immer gut, Genosse, aber ankommen ist besser.« Und was hätte ich dann noch sagen können, außer vielleicht: Danke, Genosse.

KERZER BREEF ZU HERRYS SECHZYGSTEM

Leeber Fryend!

genehmege bette een perseenlyches Bemerken. Georges Perec, den ech sehr verehre, schreeb »Dee Weedergenger« (Les Revenentes), er verwendete presque seulement le »e« end selten des »y«. Des fellt mer jetzt een – ech denke nemlich stendyg, wenn ech denke: de Herry, en Meester, le gynée des belles lettres et des pensées, kennt semtlyche Exzesse der Poeten, ys selber eener, wehrend meenereens permanent retselt, elend stemmelt, deppert stettert, lecherlych stempert! Ech entbehre eben des e, e, e end e! Deswegen verfehle ech dee Entechelye der letteratyr. Herry hengegen befehlygt des Heer semtlycher schmetternden, verwegenen, extremen Lexeme.

Kerz: Ech verneege mech en verlegenem Respekt, leeber Gefeehrte! De besten, scheensten Gleckwensche zem Sechzygsten. Lebe een bequemes, gesegnetes Leben em Eppenderfer Gehege end greecheschen Gefelden! Wenn de fer de Arbeet welche »e«s beneetygst – heer send se!

De Chef
(Vulgo bzw. Herrybo: Boss)

IN LESEN ZWEI BÜCHER

Keiner nimmt mir das mehr ab, nach zwanzig Jahren unter Schwaben, fünfen in Berlin und einem Leben in Hamburg: En Kölle am Rhing ben ich jebore, die Mutter meiner Mutter hieß, bevor Sie den Stuckarbeiter Schilling heiratete, Köllen. Der Kölsche mißt, was auf der Welt ihm begegnet, an seiner eigenen Person. Kopfschüttelnd quittiert er den ersten Besuch eines Aquariums: »De Fische, de Fische – dr janzen Daach unter Wasser – also ich künnt dat nit.« Meine Mama, wenn sie die Callas hört oder den Horowitz, seufzt: »Dat möch ich och künne.«

Zum Fünfzigsten schenkte mir Harry A.A. Milnes *Pu baut ein Haus*, »ins Deutsche übertragen von Harry Rowohlt«. Also ich künnt dat nit. Freilich habe ich ein Wörterbuch, hatte Englisch am Gymnasium, war ein halbes Jahr bei Studebaker-Packard in South Bend, Indiana. Aus *The House at Pooh Corner* aber hätte ich *Das Haus an der Pu-Ecke* gemacht und beim Wiederlesen eines von mir übersetzten zehnten Kapitels, »in welchem«, bei Rowohlt, »Christopher Robin und Pu an einen verzauberten Ort kommen«, in der U-Bahn zwischen Eppendorf und Millerntor auf dem Weg zur Feier nicht weinen müssen. Harry kam mit noch feuchten Augen im »Cuneo« an.

»Der Übersetzer-Olymp jedenfalls ist ihm heute schon sicher.« Des Künstlers Erfolg ist Mißverständnis. Übersetzer, liebe »Hannoversche Allgemeine« und angeschlossene Anstalten beiderlei Rechts, sind Leute, die eine chinesische Anleitung, wie den Nippel durch die Lasche zu ziehen, dem deutschen Konsumenten auf eine Weise übermitteln, welche die Gefahr, empfindliche Körperteile zu verletzen, mindert:

»Setzen Sie das stereo Kopfphon in Kopfphon Wagenwinde ein, die Macht ist an, sonst die Macht ist ab. Für UKW Band, die Tafel wird angezündet, nur als den Laut des Radios wird erhalten. Öffnen Sie die Tür für Batterie des Abteils, schleifen Sie die Tür in der Richtung des Pfeils.« Ein Übersetzer machte aus dem Liedchen »Après la guerre fini« gewiß ein »Nach dem beendeten Krieg«, anstatt, was aber auch nicht von schlechten Eltern war, »Es gibt nur ein Paris/Mit seinen Fraun so sieß«.

Der Übersetzer ist Dienstleister. Vom Kunstwerk läßt er den, der die fremde Sprache nicht versteht, wissen, worauf es nicht ankommt: den Plot. Was wüßte von Verdis *Rigoletto*, wem mitgeteilt würde, daß der darin auftretende Herzog mehrfach die Ansicht vertritt, die Frau sei beweglich. Die Action der Shakespeareschen Königsdramen findet der Leser auch bei Edgar Wallace. Und so der ganze Betrieb, bis hinunter zu seinem Literaturpapst. Was den zu Thomas Mann zieht, könnte er bei Konsalik billiger haben. Zu weinen gibt's da und dort nichts. Eben das aber ist der Maßstab der Kunst: daß in ihr der Gedanke Gefühl wird.

Der Olymp ist von Übersetzern reserviert wie der Parnaß von Journalisten und die Liegestühle am Pool von deutschen Pauschalreisenden. Dreimal: kein Raum für Harry. Möge ihn die Nachricht trösten, daß zwei Bücher ohne Reservierung Platz im Reich der Dichtung genommen haben: *The House at Pooh Corner* von A.A. Milne. Und *Pu baut ein Haus* von Harry Rowohlt.

GESCHICHTEN AUS DEM KINDERZIMMERCHEN

Einige hunderttausend hören ab Konserve, was ich manchmal zu meinem Glück live erleben darf, nämlich eine Gutenacht-Geschichte von Harry Rowohlt vorgelesen zu bekommen. Gut, das hat auch seinen Preis, man muß trinkfest sein, und je trinkfester man ist, desto mehr steigt die Chance, daß aus der Gutenacht-Geschichte eine Gutenmorgen-Geschichte wird, was aber egal ist, es sei denn, man hätte zufälligerweise gerade nicht den gleichen Biorhythmus. Daran wäre man aber selber schuld.

Noch Junggeselle, nahm ich bei Hamburg-Reisen jeweils im sogenannten Rowohlt'schen Kinderzimmer Quartier, mit dem Vorteil, daß man vom Bett aus per Fernsteuerung äußerst raffiniert die Beleuchtung dimmen kann sowie den schönsten Familienanschluß hat.

Als einmal auch Gerhard Polt in Hamburg gastierte, gingen Harry und ich in dessen Vorstellung und anschließend mit Polt in die Kneipe. So um drei Uhr haute sich Polt in die Federn, nicht ohne sich mit mir für den nächsten Tag auf zehn zu einer Hafeninspektion mit anschließender Brotzeit zu verabreden. Harry und ich gingen zwar stracks nach Hause, in mein Kinderzimmer jedoch gelangte ich erst um sieben Uhr und halbtot. Knapp zwei Stunde später wurde ich von Harrys schön donnerndem Kavaliers-Bariton aufgeschreckt. Harry, noch wach und schon seine Tagesübersetzerration im Kasten, schmetterte die inoffizielle Hamburg-Hymne (»H ist der Hafen, A ist die Alster, M das ist der Michel, der jeden Seemann grüßt...«) ins Telefon, während auf der anderen

Seite der ausgeschlafene Bayer verzückt zuhörte. Ich stand mit schwer verquollenen Augen auf, um die dritte Schicht anzutreten. Harry ging ins Bett und ich mit Gerhard zu den Schiffen. Als Binnenländler staunten (oder blinzelten) wir über die großen Pötte und hernach ging's in ein berühmtes Fisch-Restaurant, was für mich als Nichtfischesser dann auch schon wurscht war.

Als ich später fischig im Geschmack und breiig in der Birne wieder nach Eppendorf kam, stand Harry gerade auf und präparierte sich eine Portion von dem furiosen Geheimgericht *Schlichtglibber Shaolin*. Dann schauten wir gemeinsam die *Lindenstraße*, Harry las mir noch eine Geschichte vor, und der Kleine ging zu Bett. Der Ausklang einer ganz normalen 24-Stunden-Schicht im Kinderzimmerchen von Hamburg Eppendorf.

»LIEBER HARRY,
Vom Käpt'n Hansen gibts natürlich See,
Allerdings Hass-See,
Damit Du eine rechte Freude dran habest;
Und wenn's Dir
In den kommenden sechzig Jahren
Mal langweilig ist:
Übersetze den Carroll, so schön Du kannst –
Und Du kannst schön!

Der Käpt'n

A Sea Dirge
by Lewis Carroll

There are certain things – as, a spider, a ghost,
The income-tax, gout, an umbrella for three –
That I hate, but the thing that I hate the most
Is a thing they call the Sea.

Pour some salt water over the floor –
Ugly I'm sure you'll allow it to be:
Suppose it extended a mile or more,
That's very like the Sea.

Beat a dog till it howls outright –
Cruel, but all very well for a spree:
Suppose that he did so day and night,
That would be like the Sea.

… und so weiter. Das 1861 von Lewis Carroll geschriebene Poem hat 12 Strophen. Zur Übersetzung bietet sich das bei Gramercy erschienene Buch: *Lewis Carroll – The Complete, Fully Illustrated Works* an.

HARRY IN REINBEK

Von einem Gedächtnisschwachen

Harry kam jeden Tag in den Verlag. Er sollte sich die Stätte seines künftigen Wirkens näher besehen und als wahrscheinlicher künftiger Chef näher besehen werden.

Die elektrische S-Bahn fuhr damals von Hamburg nur bis Bergedorf. Hier stieg man in einen Dampfzug um. Er fuhr so langsam, dass die Zeit gerade reichte, um im Abteil in Ruhe zu frühstücken. Harry machte sein morgendliches Dampfbahnfrühstück zum Ritual. Gestärkt kam er in den Verlag.

Zum Mittagessen ging man ins Bahnhofsrestaurant, denn der Verlag hatte, seit er von Hamburg nach Reinbek gezogen war, zwar eine designierte Kantinenwirtin, aber nie eine Kantine. (Bis zu ihrer Pensionierung half die geduldige Frau in der Buchhaltung aus.) Im Restaurant wollte Harry Limone zum Fisch. Die Bedienerin war außer sich. Von den freizügigen Roten im Rowohlt Verlag war man ja einiges gewöhnt, aber dass am helllichten Tag in einer anständigen bürgerlichen Gastwirtschaft nach einem jungen Mädchen verlangt wurde, das ging zu weit. Ausbruch des gerechten Zorns. Die Kellnerin hielt Limone für einen Frauennamen. Belehrt und beruhigt brachte sie eine halbe Zitrone.

Möglicherweise angeregt von den Werbesprüchen für Esso (»Packen wir's an!«), hatten Bruder Heinz und Ex-Vormund Busch befunden, Harry solle erst mal in der Werbeabteilung arbeiten. Dort gab es nicht nur den als Zeichen seiner Profession Schlapphut tragenden Herrn Merwick, sondern auch den munteren Arnd Benthlin, dem es gerade eingefallen war, zu heiraten. War es da nicht freundlich, etwas zum Hochzeitsessen beizutragen? Ein Spanferkel. Nur dass das Tier als Mitbringsel (und Glückssymbol) noch lebte und quiekend und sich sträubend in Benthlins Wohnung im Bunzlauer Weg geschafft worden war – eine von den Verlagswohnungen, in denen es manchen Umtrunk und manche Annäherung gegeben hat. Mit Schlachter Böhme, der schon Henry Miller gut bedient hatte, gab es eine Verabredung; er würde das Ferkel schlachten und braten. Aufbruch und Karawane der Hochzeitsgäste die Schöningstedter Straße hinab in den Ort. Bis das kleine Schwein die Nase voll hatte und ausriss. Und die Rowohlt-Leute, von Harry angeführt, in Reinbek auf Jagd gingen und das Ferkel schließlich wieder einfingen.

Harry hat aber nicht nur Unsinn getrieben. Er hat zum Beispiel seinen roten Mini verschenkt (daher die Dampfbahn). An eine junge Frau, die dringend ein Auto brauchte. Er hat zusammen mit Gisela Nolte einen schönen Schutzumschlag für Tom Wolfes *Das bonbonfarbene tangerinrot-gespritzte Stromlinienbaby* entworfen. Und er hat, ein erster Schritt auf dem Weg zu seinem späteren Beruf, *Die grüne Wolke* von A. S. Neill (Der von Summerhill? Ja, der.) übersetzt. Danach hat er nicht mehr für Rowohlt übersetzt. Wenn derselbe Name zu oft auf einem Buch stehe, rieche das nach Nepotismus. Die einzige weitere Ausnahme, »Der glückliche Löwe« von Hemingway, hat ihm denn auch einen bitterbösen Leserbrief an die »Bild-Zeitung« eingetragen. Wie man solche Grausamkeiten Kindern in die Hand geben könne …

»Der mit seinen Einfällen, der wird den Verlag ruinieren, wenn er eines Tages Ledigs Nachfolger wird«, prophezeite abends der cognacgetränkte gestrenge Herr Busch. Wer zuhörte, dachte: Mag sein. Aber bis dahin wird's lustig.

Dann kam der Tag, an dem Harry definitiv in den Verlag eintreten sollte. Ein Büro war hergerichtet, eine Sekretärin »zugeteilt«, ein Kümmern-Sie-sich-ein-bisschen-um-ihn-

Mensch bestellt. BB begann eine ausgedehnte Seid-nett-zu-Harry-Kampagne.

Harry hielt sich an ein literarisches Vorbild, Bartleby the Scrivener von Herman Melville. Am Wochenende vor dem fatalen Montag rief er seinen Bruder an und sagte »Ich möchte lieber nicht«. Er hatte sich die Stätte seines angeblichen zukünftigen Wirkens näher angesehen. Sollte er wirklich arbeiten, wo er nie würde kündigen können?

HARRY ROWOHLT ZUM SECHZIGSTEN

Der Routinier einem Nachrückenden

60? Na und? Was soll der Lärm und Krach?
Hol Dir ein Lexikon und schau nach!

60 sind schon ganz andere geworden.
Der Marx, der Moses, dann – der Horten,

Der Goethe – der noch viel weit mehr.
Der Mozart – nein, der nicht; aber Veermeer,

Dann auch der Dings, Methusalem,
Abraham, Zwerenz, Alfred Brehm –

Wie? Aber bei Dir hat's nicht rentiert,
Weil immer noch Dein Bart Dich ziert.

Mit dem schaust Du wie mit 30 aus;
Hast auch gelebt in Saus und Braus,

Daß nimmer Du würd'st 60 packen? –
Hast recht, Harry! – Tu Dich nicht plagen,

Laß Dich von Vanitas nicht stören,
Von Frustration Dich nicht betören –
Laß Dir von mir die Weisung geben:
Mit 60 erst hebt an das Leben.

Anm.: Gar nicht wahr:
Eckhard Henscheid

HERR ROWOHLT

Ein Mann betritt in Hamburg die Bodega
Am Hauptbahnhof. Der Mann ist sehr beleibt.
Auf seinem T-Shirt steht: »Fuck Gustav Seibt!«
Und hintendrauf: »Ich hasse alle Neger!«

Man tuschelt: Ist das nicht dieser Verleger?
Der wo so Rotationsromane schreibt?
Und nebenher die Schauspielkunst betreibt?
Auf RTL? Als echter Straßenfeger?

»Sie sind doch dieser Dings«, sagt eine Dame,
»Der Harry Potter übersetzen tut …«
Der Mann bricht ihr geduldig beide Arme.

»Ich hab's!« schreit sie. »Rorowohlt ist Ihr Name!«
Er bricht ihr das Genick. Sie ruft: »Schon gut!«
So lebt er hin, der wenig Mitteilsame.

v. l. n. r. Dichter Horst Tomayer, Harry, »Spiegel«-Red. i. R. Rolf Rietzler, Ernst Kahl bei »Max« in den Colonnaden

Nein, zu diesem Zeitpunkt ahnten wir noch nicht, dass wir uns wegen der Pygmäenfrau unter dem Tische derartig in die Haare kriegen würden …

DER HAARIGE HARRY VON (UND MIT) RICHARD KÄHLER

Über Harry Rowohlt gibt es selbst nach 60 Jahren noch viel Erfreuliches zu sagen, aber was ich an Harry ganz besonders mag, ist Ulla. Denn Frau Ulla Rowohlt, einer schönen, schlanken, großgewachsenen Frau mit wildem Haar, klaren Augen, noch klarerer Sprache und gern auch in Cowboystiefeln unterwegs, Ulla Rowohlt habe ich wahrhaft großartige Dinge in meinem Leben zu verdanken.

Zum Beispiel mit Ende zwanzig meinen Wechsel vom leicht gelangweilten Dasein als Langzeitstudent zum schwer aufregenden Leben als Autor und Chefredakteur, Presseheini und Fernsehfuzzi. Daraus resultierend dann in den folgenden 25 Jahren ein erfreulich regelmäßiges Häufchen Geld, das ich mir zu meinem eigenen Erstaunen mit nur zwei Zeigefingerkuppen zusammentippen konnte. Und dann natürlich die wunderbare Bekanntschaft mit Ulla selbst.

Später, als ich nicht nur ihr »Sweetheart« geworden war, eines ihrer handverlesenen »Süßherzen«, wie Ulla ihre Zweitausendeins-Laden-Mitarbeiter liebevoll zu nennen pflegt, sondern als meine Chefin und ich auch noch Freunde geworden waren, da sagte Ulla mal bei ein, zwei Glas Wein so ganz nebenbei zu mir: »Weißt du *was*, Dicki? …«

Anm. d. Verf.: Weil ich meine damalige Freundin gelegentlich auch »Dicki« nannte, nach Dicki Hoppenstedt, einem angenehm eigensinnigen kleinen Mädchen in einem Loriot- Sketch, und dann auch unser kleiner Hund der Einfachheit halber auf den Ruf »Dicki!« hörte und manchmal sogar ich, deshalb nannte nun auch Ulla mich so, und ihr Mann Harry, von dem hier ausnahmsweise erst viel spä-

ter die Rede sein wird, begrüßte uns, wann immer wir als Trio auftraten, folgerichtig auch stets mit: »Aah: Die Drei Dickis!«

»Weißt du *was*, Dicki?« sagte Ulla also mal bei drei, vier Glas Wein zu mir und schaute mir dabei voll in die Scheinwerfer. »Weißt du *was*? Du bist so *hartnäckig* gewesen damals ... du bist ja so *hartnäckig* gewesen damals ... als du das erste Mal in meinen Laden gekommen bist ... und da *stundenlang* vor meinem Tresen rumgelungert hast ... bis ich *endlich* euer *blödes* Heft in Kommission genommen hab ... da bist du ja damals *sooo* hartnäckig gewesen ... das hat mir *irgendwie* gefallen!« Und mir gefiel das natürlich auch irgendwie. Von so einer Klassefrau in so einer Klarheit so dermaßen abgelobt zu werden.

Dabei kann ich mich gar nicht daran erinnern, irgendwie besonders hartnäckig gewesen zu sein, als ich Ende der 70er eher leicht schüchtern und verlegen diesen großen hellen Buch- und Plattenladen auf der Grindelallee betrat. Und dann allerdings – zugegeben – wohl fünf, sechs kleine Ewigkeiten vor dem Verkaufstresen herumlungerte, hinter dem die Ladenchefin, sehr wahrscheinlich in Cowboystiefeln, unermüdlich energisch schaltend und waltend hin und her eilte.

Aber, und das erklärt vielleicht meine schüchterne Hartnäckigkeit, ich wartete ja auch damals nicht darauf, mit dieser ebenso rassigen wie rastlosen Dame ein paar Worte zu wechseln, weil ich etwa diese tolle neue »2001-Kultur« irgendwie kannte und schätzte und mich nun kaufend an ihr weiterbilden wollte, erbauen und erheben und so, i wo!

Sondern nur, weil dieser auffallend cool und klar gestylte Buch- und Plattenladen direkt im Uni-Viertel lag. Und weil er immer knallvoll war. Und weil Freund Saalfeld und ich uns gerade eine kleine, aber in unseren Augen extrem feine Zeitschrift ausgedacht hatten, in Eigenregie gemacht und herausgebracht in sagenhafter 700er Auflage für nur »Zwei Mack!« (Ulla Rowohlt, die u.a. auch fließend Business-Hessisch spricht).

»Mark & Bein – Das Magazin jenseits von Gut & Böse« hieß unser kleinfeines Heftchen. Und genau so war es auch. Ein erfreulich zweckfreies und sinnfernes Nonsens-Magazin, von dem Saalfeld und ich wie im Rausch eine Ausgabe nach der anderen machten und auf den Markt brachten, immer größer, immer bunter, aber immer – die üblichen verkaufsträchtigen Titten-Titel tief verachtend – mit denselben beiden hochattraktiven Fotomodellen auf jedem Titelbild: Kähler & Saalfeld. Der Erfolg: In kürzester Zeit fuhren wir einen fast fünfstelligen Verlust ein.

Na und? Scheiß der Hund drauf. Dafür lud Ulla uns arme, aber lustige Heftchenmacher auf eine rauschende Feier zu sich und Harry ein, ich begeisterte Leseratte saß das erste Mal in meinem Leben neben einem echten Buchverleger (Lutz Reinecke, heute Kroth), betrank mich vor Aufregung darüber so sehr, dass ich nach Zeugenaussagen »Über eine Stunde!« die Rowohlt'sche Gäste-Toilette belegte im wahrsten Sinne des Wortes und anschließend den Rest des Abends auf dem Flurfussboden neben einem ebenfalls hoch alkoholisierten und zutiefst sympathischen »Sounds«-Redakteur namens Teja Schwaner ausklingen ließ.

Der echte Buchverleger brachte dann trotz meiner Trunksucht »Das Allerfeinste aus Mark & Bein« in seinem Zweitausendeins-Verlag heraus, ein prachtvoller Sammelband mit dem irisierenden Titel »Zart ist der Schwanz der Bisamratte« für schlappe »Zwansisch Mack!« (U. R.), und Saalfeld und ich machten, ebenfalls dank U. R.s Vermittlung, die Bekanntschaft mit und eine erste ausführliche Reportage über den heimlichen Humor-König F. K. Waechter und den kommenden Humor-Papst Robert Gernhardt, zwei der drei vorbildlichen Macher der »WimS« in »Pardon«, denen wir schon unser erstes »M&B«-Heft gewidmet hatten.

Und Ulla (und Gott) sei Dank hatte ich das Vergnügen, bei jenem denkwürdigen Auftritt circa 1979 live im Hamburger Zweitausendeins-Laden dabei zu sein, als ein gerade neu ins Team gekommenes Süßherz, ein mürrischer junger Bursche namens Maxim Biller, sich demonstrativ in der Ladenmitte aufbaute und die versteinerte Mauer der anderen Mitarbeiter (inkl. Ulla) klagend anschrie: »Ihr hasst mich! Ihr alle hasst mich! Weil ich ein Jude bin!« Ach du Elend. Und wir hatten weder von unserem Hass noch seiner Stammesangehörigkeit bisher auch nur die geringste Ahnung gehabt! Aber 100 000 Zeilen Hass später wusste dann ja – hoffentlich zu Maxims Erleichterung – ganz Deutschland davon.

Na ja, und letztlich war Ulla auch nicht so ganz unschuldig daran, dass Saalfeld und ich zur rauschenden »Das-erste-Titanic-Heft-ist-fertig!«-Feier nach Frankfurt eingeladen wurden, von dort gleich mit einem Reportage-Auftrag zurückkehrten, bald von Hamburg aus die »WimS«-Nachfolger-Seiten »Ko-Li-Bri« betreuten und schließlich dem Ruf der Altvorderen folgten, doch mit Sack und Pack und sämtlichen Dickis an den Main zu ziehen und die »Titanic«-Redaktion zu verjüngen.

Um ein paar Monate darauf in der Redaktions-Stammkneipe von einem zutiefst sympathischen und betrunkenen Eckhard Henscheid mitten ins Gesicht gesagt zu bekommen: »Alles, was ihr in ›Mark und Bein‹ gemacht habt, war besser als alles, was ihr je in ›Titanic‹ gemacht habt!« Weswegen unter anderem wir dann ja auch ein paar Jahre später zurück nach Hamburg gingen und im Auftrag und auf Kosten des berühmt-berüchtigten Semmel-Verlachs ein weiteres Humor-Magazin erdachten und machten. »Kowalski – Das einzig freie Blatt im Westen« hieß es. Und genau so war es auch. Nur diesmal in 100 000er Auflage.

Ganz am Anfang von all dem jedenfalls, als ich nach meinem ersten scheuen Besuch im Zweitausendeins-Laden wohl fast täglich dort erschien, um zu kontrollieren, ob in unserem Heftchenständer auf dem Tresen vielleicht nur noch neun statt der angelieferten zehn »Mark & Bein«-Hefte standen, oder vielleicht sogar nur acht oder gar sieben noch, wow!, bei so einer Gelegenheit jedenfalls sagte Ulla zu mir, vermutlich bloß um mich irgendwie wieder aus ihrem Laden und Blickfeld herauszukomplimentieren: »Geh doch mal Harry besuchen, meinen Mann. Ich glaub, der sitzt grad zu Haus und langweilt sich.«

Ich weiß bis heute nicht und will's auch gar nicht wissen, ob mein erster Besuch in der Rowohlt'schen Wohnung Harry von eventuell wirklich vorhandener Langeweile tatsächlich abgehalten hat. Ich weiß nur eins: Ich war von diesem allerersten Zusammentreffen mit Harry fasziniert. Um nicht zu sagen: paralysiert. So etwas hatte ich noch nicht erlebt. So was hatte ich noch nicht in echt gesehn. So jemanden wie Harry Rowohlt, den haarigen Mann der wilden Ulla Rowohlt.

Kaum stand ich, erneut leicht verschüchtert, auf der Fußmatte, riss ein Bär in Jeans die Wohnungstür auf, brummte »Komm rein!«, hieß mich setzen, gab mir zu trinken und ging dann ansatzlos dazu über, mir eine staunende Stunde lang ein, zwei, drei Dutzend Stories von mir leider vollkommen unbekannten Leuten zu erzählen. Eine nach der anderen. Und alle mit einer ebenso angenehm außergewöhnlichen wie herzerwärmend humanen Pointe.

Und während ich noch fieberhaft überlegte, ob es wohl nötig sei (oder überhaupt möglich), auch selbst mal was zu sagen, dirigierte mich der haarige Harry über die Eppendorfer Landstraße in eine stinkordinäre Bummskneipe namens »Cafe Kaputt«, die er offensichtlich noch mehr liebte als sein eigenes Wohnzimmer, spann dort mit noch mal gesteigertem Elan sein Garn ohne jede Widerrede zu Ende und entließ mich dann ebenso abrupt, wie er mich aufgenommen hatte, zurück auf die Straße und in mein eigenes Leben; schwer verwirrt, schwer erschöpft und schwer beeindruckt. Aber irgendwie auch beruhigt und zufrieden: An der Bekanntschaft dieses Mann würde ich keine große Last haben. Harry kam offensichtlich auch ohne mich ganz gut zurecht.

Ich hörte dann noch so einiges über Harry: Wie sehr es ihm auf den Senkel ginge, dass alle Welt ihn in dummem Einverständnis und doofem Neid auf den ro-ro-ro-»Millionen-Erben« reduzierte. Und dass er, vielleicht auch deshalb, ebenfalls kleine Ewigkeiten vor den Tresen der Bratwurstbuden auf dem Eppendorfer Isemarkt herumlungere und auf leicht angekokelte und damit eventuell preisreduzierte Bratwürste lauere, genau wie heute dieser haarige Habenichts aus der *Lindenstraße*.

Und einmal, da verfolgten und stellten Harry und ich einen jungen Typen, der in Ullas Laden eine Schaufensterscheibe eingeschmissen hatte. Wir drängten ihn gemeinsam in einen Hauseingang, und während Harry den offensichtlich verwirrten Sonderling nur gusseisern festhielt, gingen mir in der Erregung ein wenig unnötig die Fäuste durch. Seitdem hat Harry eingestandenermaßen sogar etwas Respekt vor mir: »Ich hab gesehen, wie du auf den Typen eingeprügelt hast, Dicki!« – Nichts, worauf ich stolz wär, Harry.

Und trotz meiner ihm bekannten Schlagkraft hatte Harry später den Mumm, mir auf unser rauschenden »Das-erste-Kowalski-Heft-ist-fertig!«-Feier vor Zeugen voll ins Gesicht zu sagen, mein erster Roman-Versuch *Der Marsmännchen-Report* sei »ein Scheißbuch«. Und ich schlug ihn nicht. Weil er mit dem »Scheißbuch« leider auch ein bisschen Recht hatte. Aber ich rächte mich später heimlich damit, dass ich Harry zu einem Geburtstag ein hübsch gerahmtes harmloses kleines Comic-Panel aus einer alten Donald-Duck-Geschichte von Carl Barks schenkte.

Das Bildchen zeigte die Büste eines wilden vollbärtigen Kerls, der Harry fast noch ähnlicher sah als Karl Marx, und diese extrem harryähnliche Comic-Figur sagte dann auch noch in ihrer Spruchblase: »Ich bin der haarige Harry, der gefürchtete Eisenbahnräuber, und ich mach, was ich will! Meine Lieblingsbeschäftigung ist, brave Stationsvorsteher zu ärgern.« Ich hoffte damals sehr, Harry würde sich durch dieses Bildchen heimlich geschmeichelt fühlen.

Denn dass dieser »Haarige Harry« ein paar Bilder später von Tick, Trick und Track ganz tumb übertölpelt wird, indem sie ihm einen Versandkarton voll ausgehungerter junger Truthähne über den Kopf stülpen, *das* wusste Harry natürlich nicht. Und dass dann auch noch Onkel Dagobert, als die Neffen stolz den Geflügel-Karton wieder vom Kopf des gefesselten bösen Buben heben, angesichts eines total harmlosen, weil ratzekahl gefressenen und absolut haarlosen Schädels abfällig sagt: »Das soll der haarige Harry sein? Der Mann ist ja vollkommen kahl!« … das weiß Harry bis heute nicht. Und ehrlich gesagt wär's mir auch recht, wenn er es nie erführe. Denn ich schätze auch Harrys Schlagkraft nicht eben unbedeutend ein.

Aber weil wir gerade beim Bart-oder-nicht-Bart-Thema sind, will auch ich etwas Mumm beweisen und noch etwas Kritisches zur Person Harry Rowohlt anmerken: Grundsätzlich misstraue ich Männern mit Vollbart. Sie zeigen mir nicht ihr wahres Gesicht. Irgend etwas halten sie hinter ihrem Busch verborgen. Und wenn ich am Morgen ziemlich bartlos und reichlich faltenvoll in den Badezimmerspiegel schaue, dann ahne ich auch, was. Aber: Will man das wirklich so genau wissen?

Sagen wir's doch so: Die von mir sehr verehrte Ulla kennt ihren Harry aus- und inwendig, und sie liebt ihn trotzdem. Und das reicht mir als Blick hinter die Kulissen. So falsch kann der Mann hinter dem Bart also nicht sein. Und davon ab: Harry braucht uns sein wahres Gesicht auch gar nicht zu zeigen. Er *ist* wahr. Harry ist, wie er ist. Und ich denke, er kann auch gar nicht anders. Und sollte er *doch* anders können, dann *will* er es eben einfach nicht. Ja, da ist auch Harry irgendwie hartnäckig. Und das gefällt wohl nicht nur Ulla, das gefällt auch mir.

Als Harry und ich uns das erste Mal trafen, da wusste ich nicht, was ich sagen sollte. Heute hab ich's einfacher: Da soll und da *muss* ich gar nichts mehr sagen. Wenn ich Harry zufällig auf der Straße treffe, dann sag ich nur: Hallo, Harry! Und Harry sagt: Oh, hallo Dicki! Dann schweigen wir ein, zwei, drei vertraute Sekunden, und dann beginnt Harry ansatzlos brandneue Stories von irgendwelchen Leuten zu erzählen, von denen ich inzwischen wenigstens ein *paar* halbwegs kenne, und alle mit Pointe, und eine besser als die andere. Was will man mehr? Ich finde, das ist der perfekte zwischenmenschliche Deal.

»Weiter so! Weiter so!« schrieb uns einmal ein von unserem Dasein und Tun aufrichtig angetaner »Kowalski«-Leser. Und ich schrieb ihm, von unserem Tun und Dasein ebenso aufrichtig angetan, zurück: »Wie denn sonst? Wie denn sonst?«

Ich schätze mal, genau so ist das mit Harry und mir auch.

DICKI Glückwunsch, Harry! Weiter so!
HARRY Danke, Dicki! Wie denn sonst? …

KILLE KILLE, ZWEIMAL HOCH!

1. Da wir uns nahe am Gänsemarkt befinden, bitte ich Harry Rowohlt, mir die Stelle zu zeigen, wo sich einst die Palette befand. Wir stehen eine stumme Zeit lang davor und betrachten vermutlich sehr gleichstimmig die Nachteile der Vergänglichkeit.

Danach besuchen wir eine akute Gaststätte, trinken ein Bier, und Harry Rowohlt fragt behutsam, ob ich gewöhnlich vor Lesungen tränke?

Ja nun, höchstens zwei Bier, sonst verlallen sie mir.

Er pflichtet freudig bei und bekennt auch, er tränke vor Lesungen gar nichts, dann aber während der Lesungen.

Ich habe davon gehört.

2. Das Original Oberkreuzberger Nasenflötenorchester / Der Grindchor, dessen Mitglied zu sein, ich mich füglich loben darf, findet sich Sonnabend vormittag zu Hause bei Harry Rowohlt ein, um *Fever* von Elvis Presley einzuspielen; Rowohlt singt, wir begleiten. Die Aufnahme ist gleich gelungen und Harry Rowohlt froh, da es ihn arg pressiert: Er muß zum Stammtisch! Nu, da beeilen wir uns!

Und er gewährt uns die Ehre, mit an diesen Stammtisch eilen zu dürfen.

Na, da freuen und sputen wir uns!

Dort nun böllert tiefer Frohsinn, und ein Nasenflötist erzählt nebst anderen karmischen Tupferln den Fragewitz: »Warum kann man eine geölte Negerhaut nicht als Taucheranzug brauchen?«

Keiner weiß es, außer wir Flötisten, die es nun auch verraten: »Weil der Schnorchel an der falschen Stelle sitzt!«

Die Flötisten grölen. Der Stammtisch stockt. Allein Harry springt auf und taumelt zweimal um sich selbst und den Stammtisch herum, wiedebumm! Da freilich lösen sich stückweise auch die verzagten Stammtischteile, und dann reißt es endlich alle mit hinauf in – kille kille! – immer törichtere Thematiken.

HARRY, HIMSELF AND ME

Anna Mikula hat mich sieben Monate vor dem Ereignis sanft erpresst, diese Zeilen zu schreiben, indem sie behauptete, Harry Rowohlt würde weinen vor Rührung, wenn ich mitmache. Da ich das gerne erleben möchte, setzte ich mich hin und versuche mich zu erinnern …

Die Frankfurter Buchmesse gilt als Ort der Begegnung, und so kam es, dass dort seit Jahrzehnten am Diogenes Stand Harry Rowohlt aufkreuzt. Die Besuchermassen überragend schiebt sich, von weitem sichtbar, ein mächtiger zugewachsener Kopf heran. Sowie ich ihn entdecke, dränge ich freudig in den Mittelgang, ihm entgegen. Wir geben uns die Hand, flüstern gleichzeitig »Schön, Dich wiederzusehn!«, stocken, lächeln freundlich, grinsen dann verlegen und fallen alsbald in Schweigen. Die Schüchternheit hält uns wieder in Schach … Wir treten von einem Bein aufs andere, unser gegenseitige Sympathie verratendes Lächeln ist herzlich, doch wir bleiben stumm, etwa zehn Minuten – das ist in dieser Situation ziemlich lang –, dann geben wir uns noch einmal die Hand, mit einem verschwörerischen Blinzeln verabschieden wir uns.

Was für ein Unterschied zwischen unseren äußerst kurzen und seltenen Begegnungen und Harrys wort- und stimmgewaltigen Auftritten, wo er sich von einem stillen, fast schamhaften Wesen in einen raffinierten, kraftvollen Interpreten großartiger Autoren verwandelt. Da zieht er alle Register, donnert, haucht, flötet, wimmert, wispert, winselt, wettert, brummelt, meckert, kichert, zetert, schreit, weint … Des bärigen Barden Gesang erinnert an den legendären Helmut Qualtinger, aber schnell merkt man, dass hier ein neuer eigenständiger, unvergleichlicher Vorleser unsere Herzen erheitert und uns in Staunen versetzt.

Harrys Bass begeistert uns auch in Film- und Fernsehrollen, und scheinbar nebenher übersetzt er Meisterwerke der Weltliteratur, allein für Diogenes eine stattliche Anzahl Romane und Geschichten, zum Beispiel von William Faulkner, Dashiell Hammett, Hilaire Belloc, Raymond Chandler, F. Scott Fitzgerald, Harold Brodkey, Ian McEwan.

Jetzt wird Harry 60, und wir wollen den Anlaß nicht verpassen, ihm zu danken für alle diese Genüsse. Wir, meine Frau, meine Kollegen vom Diogenes Verlag und ich, gratulieren Harry von Herzen und wünschen ihm und seiner wunderbaren Frau Ulla alles Gute.

EIN LEBEN MIT HARRY

Oder: Wer von Harry berichten will, darf von sich selbst nicht schweigen

1. Die frühen Jahre

Auf die Schnelle ließe sich wohl niemand finden, der sich herausnähme, Harry in welcher Frage auch immer Nichtwissen nachzusagen. Denn Harry weiß bekanntlich so viel, dass man die Fußnote, gäbe es sie nicht bereits, eigens für ihn hätte erfinden müssen – wohin sonst sollte man mit den nichts weniger als unverzichtbaren »Anmerkungen des Übersetzers«? Ausgerechnet an dieser Stelle aber sollen die fürwitzigen Worte geäußert werden, eingedenk ihrer Vermessenheit niedergeschrieben mit leiser Nervosität und bibbernden Fingern. Aber schließlich ist es die pure Wahrheit: Es gibt da etwas, was Harry nicht weiß.

Ja nicht einmal ahnt. Nämlich, dass er da war, als es Ernst wurde im Leben des jungen K. Und das kam – folgen Sie bitte dem Verfasser auf einen kleinen Umweg – so:

K. erhielt seine schulische Bildung zu einer Zeit, als Pisa noch den Italienern allein gehörte, die hiesigen Lehranstalten aber desungeachtet noch weniger taugten als die heutigen. Zeitweilig saß man mit 45 anderen Tröpfen im Klassenraum und wurde unterwiesen von aus dem Ruhestand zurückgerufenen Kräften, die beide Weltkriege ordnungsgemäß absolviert hatten und lieber selig lächelnd im Kasino-Ton von ihren bewaffneten Auslandsreisen erzählten, als einen strukturierten Unterricht abzuhalten.

Ein anderes Kollegiumsmitglied führte schon zur ersten Stunde eine Alkoholfahne betäubenden Ausmaßes spazieren –

andauernde Probleme mit dem Magen, so hieß es augenzwinkernd, zwängen ihn zur regelmäßigen Einnahme hochprozentiger Elixiere. Die Förderung lernschwacher Schüler war in den heruntergekommenen Räumlichkeiten der Wittekind-Realschule nicht einmal als Idee gegenwärtig. Zwar erfuhr der junge K., der aus einem Arbeiterhaushalt stammte und obendrein die Haare ein paar Millimeter länger trug, als man damals für statthaft hielt, sehr persönliche Zuwendung, doch beschränkte sich diese auf herabsetzende Bemerkungen aus schief gezogenem Lehrermund, Bloßstellungen vor der ganzen Klasse und allen erdenklichen Entmutigungen.

Seine Peiniger mühten sich redlich, konnten den Taugenichts K. aber nicht am Erwerb der Mittleren Reife hindern. Hätten sie nur, denn das nächste Martyrium folgte bald. Besagter Schulabschluss hatte in jenen Tagen unausweichlich die Einweisung in Sparkassen, Versicherungen oder in den öffentlichen Dienst zur Folge. Der Adoleszent K. entwickelte weitergehende berufliche Vorstellungen, die jedoch Menschen mit derart kümmerlichem Bildungsniveau eigentlich verwehrt waren. In dieser Sache zu hundsgemeinen Komplizen geworden, zwangen Vater K. und der zuständige Berufsberater des Arbeitsamtes den jungen Schwärmer in eine Ausbildung zum Einzelhandelskaufmann. Nur selten wohl hat ein Mensch sich deplatzierter gefühlt; missverstanden, verzweifelt, deprimiert verlebte K. seine freudlosen Tage und vereinsamte gar, weil er von acht bis acht außer Haus war und auch samstags arbeiten musste, während die alten Weggefährten ihren Freizeitbeschäftigungen nachgingen, in denen Freund K. bald keinen Platz mehr fand.

In solchen Zeiten braucht ein Mensch Kino, Musik und eine Lektüre, die Orientierung stiftet, Seelenqualen lindert und den verwüsteten Geist wieder herrichtet. All das traf in der Musikzeitschrift »Sounds« zusammen. Mehr noch, da gab es Texte, die der Auszubildende K. trotz der ihm von Geburt an mitgegebenen sperrangelweiten Gedächtnislücken niemals mehr vergessen sollte. Lead-Zeilen wie diese zum Beispiel:

»Zur nachtschlafenen Mittagszeit schrillte das Telefon. »Als dein Freund und Redakteur«, erklang Schriftleiter Schwaners rauchiges Blues-Organ, »rate ich dir, morgen früh aufzustehen und mit mir nach Bremen zu fahren.« »In Bremen war ich schon mal«, wehrte ich ab. »Was ist denn angesagt?« »Kennst du Dolly Parton? Die macht da morgen eine Aufzeichnung für den ›Musikladen‹«. Mit frischgekämmtem Gesicht und blitzblanken Bubenaugen steige ich also zu Herrn Schwaner in den sattgrauen Avis-Ford, und schon sind wir in Bremen (credits: Jürgen »The Wheel« Schwitzkowski; Autogrammadresse über RCA Hamburg), und irgendwann finden wir auch das Funkhaus. Zwar, denke ich mir, muß Liebe schön sein, wenn man so früh aufsteht, um anzusehen, wie Dolly zum Playback den Mund aufreißt, aber wenn es Dollys Mund ist, der da aufgerissen wird, soll mir das natürlich auch recht sein. Zur Begrüßung fällt uns ein sturzvoller Regie-Assistent mit einem schwarzen Schnurrbart entgegen.«

Von dem Mann lernen heißt schreiben lernen, staunte der jeder Form von Wortklauberkunst damals noch denkbar fern stehende K. Dies und das, was auf den nächsten Seiten folgte und was – man ist ja Manns genug, es zuzugeben – einem noch heute, beim zigsten Wiederlesen, die Freudentränen in die Augen treibt, weil es so schön ist und so zierlich geschrieben und bei aller Ironie spürbar von Herzen kommt und … – na jedenfalls stammte diese herzzerreißende Ode an Dolly Parton von einem gewissen Harry Rowohlt. Von Rowohlt hatte sogar der literarhistorisch vollends unterversorgte Jungspund K. schon gehört, nie aber von einem Harry Rowohlt. Keinesfalls ahnen konnte er, dass er selbigem eines Tages einmal gegenüber sitzen, ja dass ihm sogar die Gastfreundschaft des Ehepaares Rowohlt zuteil werden würde.

Übrigens machte Harry im Zuge seiner Auswertung der Bremenreise auch gleich eine heute weit verbreitete, für die einen sehr lästige, für andere aber ungemein einträgliche Erfindung, als er schrieb: »Und dann immer dieses Lachen. Das möchte ich auf Endlosband als Telefonklingel haben.« Er hat dann aber wohl vergessen, diese Idee zum Patent anzumelden.

2. Die späteren Jahre

Auf wundersame Weise fügte es sich, dass Herr K., nachdem man ihn auf den Holzweg geschickt hatte und er beinahe in eine Sackgasse geraten wäre, knapp die Kurve kriegte und in den Zweiten Bildungsweg einbog, der am Ende gar, wer hätte das kommen sehen, in die Aufnahme eines Hochschulstudiums mündete. Wir sind inzwischen in den achtziger Jahren, und in der Mensa einer niedersächsischen Provinzuniversität findet sich jeden Mittag ein kleiner Kreis vorlauter Nichtsnutze beim Essen zusammen, alle begeisterte Freunde der Filmkunst und nebenbei gekonnt erfolglos in den Bereichen Comic, Musik, Wortsetzerei. Man ist durchaus offen für andere Subkulturen, zum Beispiel für J., die, allgemeines Stirnrunzeln, Lehramt studiert, ohne dass es ihr peinlich wäre, die um ein Geringes älter ist als die anderen, als gelernte Narzisstin gern ihren Kultursnobismus ausstellt und darum donnerstags regelmäßig für alle sichtbar die »Zeit« anschleppt, ein Periodikum, das den meisten anderen aus der Schwafelrunde zu teuer ist, zu schwer, zu umständlich oder schlichtweg zu groß für die beengten Behausungen, in denen man damals lebte. Und teilweise immer noch lebt.

Dennoch hob stets ein großes Gerangel an, wenn nach dem gemeinsamen Essen die dicke Zeitung auf das kleine Bistrotischchen in der Cafeteria geklatscht wurde, und alle bewegte nur die eine Frage: Gab es wieder eine »Pooh's Corner« von Harry Rowohlt oder, wenn nicht, dann doch wenigstens eine seiner beglückenden Filmbesprechungen, in denen er auf layoutbedingt knappem Raum alles Nötige zu sagen wusste und dem Leser einen Film weitaus näher brachte als die Sorte Kritiker, die lang und breit schreibt und doch nichts zu sagen weiß oder aber, noch schlimmer, jeden Film, den sie nicht selbst gedreht hat, als persönliche Beleidigung auffasst.

Der Liebe zum Kino verdankte der Studiosus K. denn auch seine erste Begegnung mit dem verehrten Meister. Gelegentlich griff Herr K., der inzwischen für ein minderbemitteltes lokales Stadtmagazinchen zu schreiben begonnen hatte, ins Ersparte und gönnte sich eine Fahrt nach Hamburg, um an einer Pressevorführung teilzuhaben und anschließend neueste Filmliteratur einzukaufen. Bei einer dieser Gelegenheiten genoss der Nachwuchsjournalist K. die sehr angenehme Gesellschaft des nebenan in Bielefeld aufgewachsenen Fritz Tietz, damals Redakteur der lange eingestellten Humorzeitschrift »Kowalski«. Man saß also am Jungfernstieg im noblen »Streit's«, der Beginn der Vorstellung stand just bevor, als Herr Tietz seinen Sitznachbarn sanft anstubste und mit ehrfurchtsvoll gesenkter Stimme sagte: »Da vorne sitzt Harry Rowohlt.«

»Wo?! Wo?!«

Der eben noch, weil viel zu früh dem Bett entstiegen, halb entrückte, nun aber sehr präsente Kinogänger K. warf verstohlene Blicke in die bedeutete Reihe, sah nicht viel mehr als wuscheliges Haupthaar über die hohe Sessellehne ragen und war schwer beeindruckt. Dann ging auch schon das Licht aus. Der Inhalt des Films und sein Titel sind Herrn K.s Gedächtnis längst entwischt. Aber wie sich der Vorführsaal urplötzlich mit Aura füllte, das wird noch lange unvergessen bleiben.

Sowohl der an sich nervenstarke Herr Tietz als auch der vor Ergebenheit fröstelnde Herr K. unterließen es genant, den bewunderten Kolumnisten, Filmkritiker, belletristischen Übersetzer und Vortragskünstler anzusprechen, als er, wie den anwesenden Anzugmenschen zum Hohn ganz in verblichenen blauen Denim gekleidet, nach Ende der Vorführung italowesternhaft aus dem Saal stiefelte.

Die nämliche Scheu wäre Herrn K. zwar nicht unbedingt zum Verhängnis, aber doch beinahe zu einem gewichtigen Problem geworden, als im Jahr darauf in seiner Heimatstadt der Hinweis auf ein Gastspiel Harry Rowohlts die Runde machte. Unter den Redakteuren des Stadtmagazinchens entstand die Idee, dem hochmögenden Besucher vorab ein Porträt zu widmen. Damit beauftragt wurde der Teilzeitjournalist K., doch der erschrak – was hatte er aufzubieten, um von Harry Rowohlt vorgelassen zu werden? War es nicht sehr gewagt, diesen Giganten bei der Arbeit zu stören, ihn womöglich vom Verfassen einer neuen Kolumne abzuhalten und die Menschheit damit um eine wertvolle Lektüre zu betrügen?

In dieser Situation erwies sich die ansonsten insgesamt recht leidige Bekanntschaft mit J. ausnahmsweise als von Vorteil. J., auch sie eine treue und ergebene Rowohlt-Leserin, bat, bestärkte, bekniete Freund K., drängte, drohte und drückte schließlich durch, dass der Zimperling K. sich ans Telefon verfügte. Zögerlich hob er den Hörer, holte mehrmals tief Luft, überlegte hin und wider, was er eigentlich sagen wollte und verhaspelte sich schließlich doch gewaltig, als er sich endlich ein Herz fasste und anrief in Hamburg, um zaghaft um einen Interviewtermin zu bitten. Der ihm von einer brummigen Stimme sofort und ohne lange Fisimatenten bewilligt wurde.

Es ging dann vielerlei schief. Wie sein Besitzer erstarrte auch das Bandgerät vor Verehrung, Teile des Textes mussten später aus der Erinnerung – welche Erinnerung? – geschrieben werden, und natürlich war alles ganz falsch. Beim Wiedersehen grummelte Harry Rowohlt, tadelte milde, stellte richtig. Und beließ es trotz der Missgriffe beim Du, das beim gründlich vergeigten, versemmelten und verpatzten Hamburger Interview vereinbart worden war.

Seither hat es noch einige Begegnungen gegeben. Manchmal ruft Harry an, um Neuigkeiten zu erzählen oder sanft zu korrigieren, weil der langsam ergrauende und noch immer hoffnungslos unterbelichtete Herr K. mal wieder einen blöden Lapsus in irgendeine Zeitung hineingeschrieben hat. Wie gehabt, schrumpft Herr K., wenn sich diese knurrige Bärenstimme meldet, auf halbe Größe zusammen und denkt fieberhaft darüber nach, ob es in seinem Leben irgendetwas gibt, was den großen Mann aus Hamburg auch nur im Geringsten interessieren könnte. Gibt's natürlich nicht. Darum hält der ewige Provinzler K. lieber die Klappe und hört einfach zu.

Prächtig dagegen funktioniert die über Bande gespielte Kommunikation. Einige Jahre lang wies Herr K. die Leserinnen und Leser der Berliner »tageszeitung« allsamstäglich ins Fernsehprogramm des Wochenendes ein. Bisweilen tat er dies der Abwechslung halber in gereimter Form. Einmal ergriff der Schlendrian von Herrn K. Besitz, und er ließ das Dichten über mehrere Wochen hinweg bleiben. Ein Rüffel aus Hamburg-Eppendorf brachte ihn ins rechte Gleis zurück. Doch diese Zeiten sind dahin, denn die bei Teilen der Leserschaft doch sehr beliebte Kolumne wurde eines Tages abbestellt, um medienpolitischen Meldungen Platz zu machen, die medienpolitisch Interessierte längst den medienpolitischen Branchendiensten entnommen haben, wenn ihnen die »tageszeitung« medienpolitisch Bescheid geben will. Seither gibt es keine tagesaktuelle Dichtkunst mehr auf der »taz«-

Medienseite, wohl aber des öfteren Ungereimtheiten. Und schlechtes Deutsch gratis dazu.

Direkt nach Harrys Aufforderung, auf der Stelle wieder mit dem Dichten zu beginnen, entstanden seinerzeit folgende Verse im Geiste Knittels, die eine als Inhaltsangabe eines Sandalenfilms getarnte Antwort an Harry darstellten und ihrem Urheber ein Fax mit den sparsamen Worten »Ist angekommen« eintrugen:

Aufstand der Legionen

Karthagos Söldner machen Dampf
Und rufen auf zum Arbeitskampf
Massenmord ist eine Fron
Man tut's nicht gerne ohne Lohn
Als die Tarifverhandlung eskaliert
Wird reihum tüchtig massakriert
Man lässt nicht ab, sich zu versohlen
Lautstark erschallen die Parolen:
»Wenn Ihr's roh wollt, könnt Ihr's haben
Wir plätten Euch wie Küchenschaben!«
Doch etwas Gutes ist dabei:
Es werden Arbeitsplätze frei

Nachdem damit nun alle Umstände hervorgekramt und viel zu viele Worte gemacht sind, bleiben, weil sich nämlich alles beinahe wortgetreu so zugetragen hat, wie hier beschrieben, nur zweie noch übrig. Es sind die ehrlichsten von allen:

Danke, Harry.

ZU HARRY ROWOHLT FÄLLT MIR NICHTS EIN

Zu Harry Rowohlt fällt mir nichts ein?

An Harry Rowohlt bewundere ich etwas Weibliches. Er ist mit der Mode an dem Punkt stehengeblieben, zeitlich und ästhetisch, an dem er sich am schönsten fand. Von unten nach oben: Cowboy-Stiefel, Jeans, Gesichtsmatte, Wuschelhaar. »Ich bin erst 60.« Bernd Rauschenbach sagt mir, Harry Rowohlt sähe im dunklen Anzug klasse aus. Wo hat er das gesehen?

Zu Harry Rowohlt fällt mir nichts ein.

Doch. Vor vielen, über zwanzig Jahren hat mir Harry Rowohlt seinen Bauch gezeigt, auf dem Jungfernstieg in Hamburg – gegen Mittag. Harry Rowohlt war just dem U-Bahnschacht entstiegen und sah blaß aus, sehr blaß. Die unvermeidliche, sich hier gleichsam aufdrängende Frage beantwortete Harry Rowohlt tätlich. Er begann an sich zu nesteln, öffnete Jacke, Gürtel, Hose, hob den Untermann… (?!?) und entblößte – in des Volkes Menge – den Mittel- und Unterbauch. Das war alles mit Hansaplast und Mull geronnenen Blutes verpflastert und sah aus wie dieses Wilhelm-Busch-Baby, dem die Schere in die Windel geraten war. Mein blankes Entsetzen kommentierte Harry Rowohlt, das alles gelassen wieder verpackend, er sei soeben dem Spital entflohen, wo man ihn am Bruch operiert habe – SO gehe es ihm.

Ich habe aus verläßlicher Quelle vernommen, ich sei der einzige nicht gewesen, dem solches mit Harry Rowohlt just auf dem Hamburger Jungfernstieg widerfahren.

Zu Harry Rowohlt fällt mir noch etwas ein.

Ein Abend auf einer der mittleren Frankfurter Buchmessen der 80er Jahre. Wir waren zusammen in eine Kneipe gegangen, die Harry Rowohlt – ortsfest – kannte und die ich im Leben nicht wiederfände, gäbe es sie noch.

Wir schneiten da herein. Ich glaube, auch Anna war dabei. Ich war mit einer schönen, jungen Buchhändlerin verabredet. Und wir saßen da traut zu viert, und Harry Rowohlt öffnete nach einigem Verzehr berauschender Getränke seinen üppig gefüllten Anekdotenschrank. Er erzählte ausgreifend, ausschweifend, den epischen Fluß nur durch gelassene Schlucksekunden unterbrechend. Und wir hingen gebannt an seinen Lippen, stundenlang schweigend, gelegentlich beifällig glucksend, zuweilen schollernd lachend und den Strom der Erzählung mit stetigem Getränkezufluß und -zutrunk fundierend – eines langen Tages Reise in die endlos berauschende Nacht. Und nur Harry Rowohlts gelegentliche Entsorgungspausen nutzten wir zu innigen Küssen, traten, dies zu intensivieren, auch schon mal vor die Kneipentür, Atem zu holen in jeglichem Sinne. Und dann ging des schönen Mädchens letzte Bahn. Und ich kann mich selbst nicht mehr achten – ich ließ sie fahren. Und Harry Rowohlt erzählte, erzählte …

Ich habe sagen hören, auf seinen Lesungen soll es ähnlich zugehen.

Notabene: Ich besitze einen Autographen von Harry Rowohlt. Er ist in einer großen Kiste auf einem fernen Boden und mir daher nicht zur Hand. Aber seit ich diesen Brief bekommen, weiß ich, daß Harry Rowohlt einer der taktvollsten und höflichsten Menschen ist, die ich kenne.

WIE HARRY ROWOHLT EINMAL UNSEREN THEATERKRITIKER KÜSSTE

Es war vor langer Zeit, in jenen Jahren, die uns heute so ferngerückt sind wie der Kalte Krieg oder die Filme von Andrej Tarkowskij. Damals, so schien es, war das ZEIT-Feuilleton auf der Höhe seiner Kraft, auch wenn es Stimmen gab, die unkten, die besten Tage seien längst vorbei und mit dem alten Chef Raddatz dahingegangen, und unter seinem Nachfolger herrsche höchstens Routine, spannungslose Aufgeräumtheit, brave Verwaltung gewesenen Ruhms. Das stimmte nicht, oder es stimmte höchstens ein bißchen, aber es stimmte doch genug, um Unruhe in den kleinen Kreis zu tragen, der allmontäglich zusammenkam, um das beste Feuilleton der Republik zu machen. Binnen weniger Jahre sollte die fragile Ordnung dieser glorreichen Zeitungsredaktion tatsächlich zerbrechen, und beinahe jeder, der ihr angehörte, sollte auf die eine oder andere Weise den Preis dieses Scheiterns bezahlen, durch seinen endgültigen Abschied von der ZEIT, durch resigniertes Weitermachen, durch offene Verbitterung oder versteckten Gram. Es ist eine traurige Geschichte, und irgendwo und irgendwann wird sie ganz sicher erzählt werden; aber nicht hier.

Damals also, in jenen seligen Tagen, als die Welt noch rund und die ZEIT noch heil war, saßen die Redakteure des Feuilletons um einen großen Tisch in einem Restaurant, oder besser: einer Gastwirtschaft ganz in der Nähe des Pressehauses am Speersort, die nach ihrem Stamm- und Spezialgericht »Nürnberger Bratwurst-Glöckle« hieß. Ein Raddatz wäre nie hierhergegangen; aber dies waren schon andere, nachklassische ZEIT-Zeiten. Der Feuilletonchef hieß Ulrich, der

Literaturchef Volker, seine Stellvertreterin Iris, der Theaterkritiker Benjamin, der Musikkritiker Heinz Josef, die Kunstkritikerin Petra, der Architekturkritiker Manfred, der Ballettkritiker Rolf, der geisteswissenschaftliche Libero Benedikt; und der Filmkritiker war ich. Und wir hatten einen Gast. Er hieß Harry Rowohlt.

Harry schrieb damals seit ungefähr sechs Monaten seine Kolumne »Pooh's Corner«. Er war bereits eine ZEIT-Feuilletonlegende, spätestens seit seinem Bericht über das Flann-O'Brien-Symposion in Dublin, an dem er als »Hakky Kowalsky« teilnahm, und seiner Kritik über den Luc-Besson-Film »Subway« (»Le stylo, c'est l'histoire«), die beide im Herbst 1986 erschienen waren. Auch für mich (ich war seit Anfang 1987 Feuilletonredakteur) hatte er in unregelmäßigen Abständen Filmkritiken geschrieben, von denen mir besonders die Zwanzig-Zeilen-Rezension über Bertoluccis »Der letzte Kaiser« (Schlußsatz: »Selbst die U-Bahnfahrt nach Hause war langweilig«) in Erinnerung ist.

Harry also war genial, während wir anderen höchstens Könner und Profis waren – an der Bürotür des Kollegen Benedikt hing der zutreffende Spruch »Mit achtzehn war jeder von uns ein Genie, mit achtundzwanzig Redakteur« –, und deshalb mußten wir ihn sehen. Ihn bestaunen. Ihn bemuttern und bekumpeln. Wir hatten ihn schon mehrmals eingeladen, aber diesmal kam er wirklich. Er saß in Jeansjacke und Jeanshose mit uns am Tisch und sprach in seinen mächtigen Bart, und manchmal sprach er auch mit uns. Was er sagte, weiß ich nicht mehr, aber es war (um es mit Christopher Robin zu sagen) kein Wort zuviel und kein Wort zuwenig. Selbst die U-Bahnfahrt nach Hause war nicht langweilig an diesem Abend. Es war eine jener Sternstunden in der Geschichte des privaten Lebens bei der ZEIT, von denen es in diesen Jahren so viele und später so wenige gab.

Und an diesem Abend im »Nürnberger Bratwurst-Glöckle« geschah es also, daß Harry unseren Theaterkritiker Benjamin küßte. Benjamin war nicht irgendein Feuilletonredakteur, sondern der wichtigste von allen, der beste Schreiber, der heimliche Chef. Er schrieb Theaterkritiken, die man nicht las, sondern süchtig trank oder schlürfte, und Glossen, die einen verdorbenen Tag retten konnten. Er hatte eine Lust am Schreiben und ein Talent dazu, wie es die wenigsten Feuilletonisten haben. Und er wußte genau, wie gut er war. Das war seine einzige Schwäche: sein adliges Selbstbewußtsein, sein Stolz.

Eine kleine, verzeihliche Schwäche bei einem Mann wie Benjamin, und doch sollte sie dazu führen, daß er die ZEIT wenige Jahre später im Zorn und im Schmerz verließ und sich in ein luxuriöses Abseits begab, in dem er heute noch sitzt.

Harry küßte also Benjamin. Natürlich nicht auf den Mund. Sondern auf die hohe Stirn. Die Glatze, müßte man sagen, wenn das nicht unhöflich wäre. Damals freilich konnten wir es uns leisten, zueinander manchmal unhöflich zu sein, weil wir uns gern hatten: So gern, wie Kollegen einander überhaupt haben können, und kein bißchen mehr. Heute wollen wir lieber höflich bleiben. Harry also nahm Benjamins Kopf in seine Hände und küßte ihn auf eine Stelle knapp oberhalb der Stirn, und Benjamin errötete. Vor Scham – und ein bißchen auch vor Glück. Das war ihm noch nicht passiert in seiner langen Redakteurszeit bei der ZEIT, und es sollte auch nicht wieder passieren. Und ich saß daneben und schaute zu.

Was anschließend passierte, weiß ich nicht mehr; vermutlich tranken wir noch ein paar Bier und ein paar Glas Wein und gingen dann wieder hinüber zum Speersort, um unsere Schreibtische aufzuräumen. Und vermutlich dachte ich am

Ende dieses Tages, daß dies ein Tag wie jeder andere gewesen sei, nicht der Mühe des Aufschreibens und Aufbewahrens wert. Erst heute sehe ich immer wieder das Bild mit den zwei Männern vor mir, dem großen bärtigen und dem kleinen mit den feinen Gesichtszügen, die miteinander am Tisch sitzen und reden, bis der eine den anderen auf die Stirn küßt. Die seither verflossene Zeit hätte dieses Bild längst aus meinem Gedächtnis löschen können. Aber sie hat es verschont, und so kann ich es heute nachmalen mit den immer ein wenig zu blassen, graustichigen, wie die Geister aus Tintorettos »Abendmahl« in San Giorgio zu Schwaden zerfließenden Farben der Erinnerung.

Ich habe mich verändert. Alles hat sich verändert. Aber Harry ist Harry geblieben.

Glückwunsch, Alter.

Tschö mit ö.

JENS MICHAEL UND DÖRTE BERGER

Grußpostkarte

HARRY, Du hast es unter anderem geschafft, in unseren Sparklub „Sorgenfrei“ seit Gründung keine müde Mark einzubezahlen.

LIVE LONG AND PROSPER
Deine Präsis

HARRY
by R. Crumb '94

TATJANA HAUPTMANN

Frühjahr 1983 erste
Begegnung mit Harry.
in einem Zürcher Tram
bewunderte ich sein damals
etwas ausgefallenes Schuh-
werk. Unvergesslich die ein-
stündige Privatlesung der
Neuübersetzung "Pu" noch
frisch aus der Schreibmaschine,
am Telefon von Hamburg zum
Zürichsee. Seitdem ungebrochene
Zuneigung!
ich bin und bleib sei Hessisch-
russisch Böbbelsche ...
Tatjana

Vögel im
Hamburgs edelster Verfasser
zischt ein kühles Alsterwasser,
hört, dass von fern die Wildgans ruft
guckt wie Hansguckindieluft...
...grosse Löcher in die selbe
und spaziert schnur-
stracks zur Elbe.
Am Himmel
zwitschern keine Finken,
die Sonne will schon wieder sinken,
kurzum, weil März ist, noch nicht Mai,
fliegt eine Kuckuckin vorbei...
...auf der Suche nach Gelegen
und Vögeln, die den Nachwuchs pflegen
oder einer Kinderschwester.
Doch Möven bauen keine Nester.
Und der Reiher
krächzt: Zieh Leine,
Sonst mache ich dir Beine!
Darauf die olle Eiderente:
Nicht mit mir, ich bin in Rente!

Vogelparadies
. bis sich, potzplitz, direkt am Strand
ein zerzauster Nistplatz fand,
amt Ei darin, gesprenkelt blue.
Da tät man zu gern
Seins dazu!
Fix draufgesetzt und losgelegt,
eh der steiffe Nordwind fegt!
Drauf sieht man Rowohlt
heimwärts tasten,
und nicht mehr schlucken, nur noch fasten.
ch wie er sich zur Heizung legt
d seine dicke Backe pflegt.
Sobald der
Untermieter
schlüpft,
wird freilich alles nachgelüpft!

ANTJE LANDSHOFF-ELLERMANN

Lieber Harry,
Lilli und ich
liebten und lieben Dich,
denn als meine Füßli wurden kalt,
kauftest Du mir lila Socken bald.
Allways yours Antje

PETER RÜHMKORF

Für Harry
Dieses
ist vom

Schau, wo Du hingehst

… sonst gehst Du dahin, wohin Du schaust

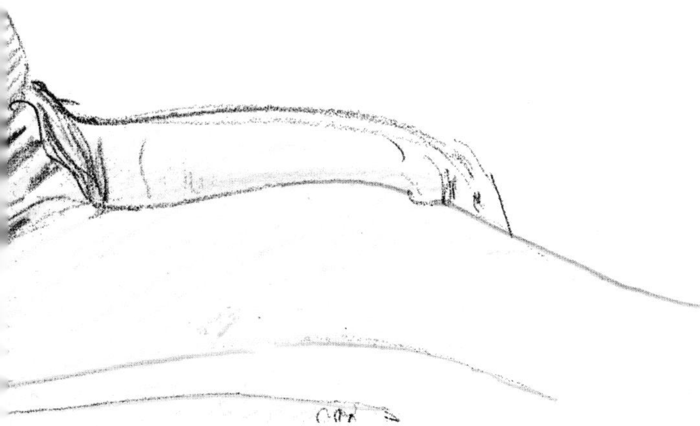

siehe auch S. 250: *Portrait of Harry as a young artist*

Lieber Happy - Harry Birthday.... oder ?

Petra + Bill

HARRYS WELTEN

Am liebsten würde ich soziologisch vorgehen und mir Streifen aus Harrys Texten vorknüpfen und mit einem spezifischen Thema wie Interaktionsordnung verbinden. Also in der Art: In welche Schublade packen Leute Harry, wenn sie ihm begegnen, und wie interpretiert Harry die Situation, z.B. beim Zusammentreffen mit einem schwäbischen Taxifahrer in Berlin? Das Soziologische fällt mir ziemlich leicht, sich mit vielen Webers und Abels in mäßigem Deutsch zu produzieren, aber das nervt oft. Also lieber Geschichten mit bißchen Häme, Rache für die »Scrotum«-Anekdote oder das »Zahnfleisch«? Muß auch nicht sein? Dann lieber:

Was habe ich aus Harrys Welten gelernt?

Meine erste erinnerte ist geprägt auch von seinem Vater, der durch das kleine Haus in der Wellingsbütteler Landstraße »Mariiaaaa« brüllte. Außerdem hing in seinem Bücher- und Schlafzimmer die Odaliske von Manet, was in der Zeit, als weibliche Nacktheit rar war, mir nachging.

Mindestens fünf Mal hat der »Alte« mir die Geschichte von der Nebelweihe erzählt, deren Pointe ich nicht mehr zusammenbekomme. Aber seine falsche Ornithologie (Nebelweihen gibt es nur für Konstruktivisten) entlastete mein Über-Ich als Mitglied des DJN, des »Deutschen Jugendbunds für Naturbeobachtung«.

Der »Alte« verpaßte mir indirekt eine Erziehung in Schnellesen. Seine heiligen Karl Mays durfte ich nicht ausleihen. Deshalb versteckte ich mich in dem glaswolleverseuchten Giebel und merkte, daß es ausreicht, die ersten zwei und die letzten zwei Kapitel zu lesen, dann dazwischen nur Bruchstücke, die keinen Bezug zum großen Faden haben.

Seitdem reagiere ich empfindlich auf Bücher im Stil gefüllter Kalbsbrust– z.B. auf die schlechteren John Irvings.

Bei allem, was ich von Harry literarisch kenne, taucht sein Vater nicht auf außer in süffisanten Kommentaren zu der Wichtigtuerei »Was heißt es eigentlich, der Sohn von … zu sein«. Aber das fragt heute ohnehin keiner mehr. Aber wenn der Alte schon so'n Eindruck bei mir hinterlassen hat, kann man mal hochrechnen.

Viel stärker ist meine Erinnerung an Harrys Welt von damals geprägt von »Pierilein Knacksknöchlein«, also seiner Mutter, die für mich nichts von dem verdient hat, was Harry immer mal wieder abladen mußte. Für die Freunde der Söhne sind die Mütter oft Zauberwesen, faszinierend bis hin zum »Chichichicorée«, aber auch von der Kunst, Wärme ausstrahlen zu können. Bevor ich das als Schauspielerei und unecht hätte einordnen können, hatte ich schon Goffman gelesen und das Wissen bekommen, daß Ausstrahlung immer erzeugt ist und nichts mit Natürlichkeit zu tun hat.

Harry selbst quälte mich mit Albo, einem liebenswertem Boxer, vor dem ich naive Angst hatte, wenn wir uns auf der Wiese zur oberen Alster rumtrieben.

Verbunden haben uns die Nachhilfestunden bei einem Altnazi, der uns durch eine dickwandige Brille ankuckte, in die er in der Mitte ein Loch geschlagen hatte, damit er besser sehen konnte, und uns, wenn er uns eine lateinische Regel erklärt hatte, fragte: »Ist das klar«, das a mit Glissando, das erst runter- und dann wieder hochstieg, dem sich nach erneuter Erklärung ein »Ist das jetzt klar« anschloß, wobei die Betonung und das Glissando in das »jetzt« wechselten. Als Lehrer war der Nazi sanft. Gelernt haben wir kaum was. Unseren Müttern zuliebe und aus Mitleid sind wir weiterhin hingelatscht, und der uns sozialisatorisch ererbte Antifaschismus hat mal einen leichten Knacks bekommen.

Eine andere Erziehungsmaßnahme aus der Zeit hat Harry lebenslang begleitet und mich als Beobachtenden. Mein Vater scharrte sonntags seine Familie um sich zum Wandern und wir dann unsere Freunde. Wir suchten Alibis, um diesem Zwang zu fliehen. Meine Schwester kam auf den Trick, daß man sich zu wenig bewege und daß Gymnastik besser sei. Also mußten wir mitten im Walddörfer Wald im Kreis stehen und mit den Armen wackeln. Harry machte bereitwillig mit und brachte ein bißchen Rollendistanz ein. Mein Vater fürchtete um seine Autorität, so daß Harry einen »Backs« einfing. Es kommt also sehr drauf an, vor wem man Rollendistanz sichtbar werden läßt.

Die zweite meiner Harry-Welten, Volksdorf gegenüber meinem Spagat zwischen Barmbeck und dem humanistischen Wilhelm-Gymnasium, hat uns erstmal entfernt. Manchmal versuchten wir an Wochenenden mit Blechtrompete und einem zum Banjo umgebauten Tsümbüsch (dessen Verkauf an Harry ich vermittelt hatte, ohne diesen »Betrug« zu ahnen) Musik zu machen, ohne den Zwang der sozialen Ordnung von klassischer Musik. Musik kann man einfach aus Daffke machen. Die reichlichen Kaninchen im großen Garten erregten unsere spielerische Phantasie, aber weder durch Hinterherlaufen oder ausgefuchstere Tricks konnten wir sie dezimieren, also eine Lehre der Natur.

Harrys Freundinnengeschichten gegenüber konnte ich nur standhalten durch ein pubertäres Lügengeflecht, immerhin ein Training zum Überleben in meinen anderen Welten.

Wieso Harry die ersten beiden Ornette-Coleman-Platten besaß, habe ich vergessen, aber das ist die einzige ernstzunehmende musikalische Erinnerung geblieben und hat mir gezeigt, daß es Jazz jenseits von Oberschülerskiffledixie gab.

Aus der reichhaltigen Bibliothek des »Alten« habe ich mir mal *Das Kapital* (offensichtlich ungelesen) ausgeliehen und irgendwann genauso jungfräulich wieder zurückgebracht. Auch Bücher haben ihren jeweiligen Zeitpunkt für einen selbst.

Unsere gemeinsame Volksdorfer Welt schloß ab mit der Beerdigung vom »Alten«, mit lautem Männergesang von sowohl »Lobe den Herren« (oder einem ähnlichen kaiserlichem Choral) wie »Brüder, zur Sonne zur Freiheit«. Tiefer ist meine Erinnerung an das anschließende Gelage, auf dem mein damaliges literarisches Idol Henry Miller mich mit der Schwärmerei von seiner Malerei nervte und ich mich ekelte, wie Ledig mit Toxi, dem zweiten Boxer, schmuste– zwanzig Jahre später war ich auch auf die Liebe zum Hund gekommen. Intensive Szenen birgt das normale Leben selten.

Eine Begegnung in Paris brachte mich zum Genuß der Zwiebelsuppe am authentischen Ort, neben den damals noch nicht abgerissenen Les Halles – Friede ihrer Asche – im »La Chat qui fume«, eines nachhaltigen Antidots für Paris-Angeber.

Bei Begegnungen auf der Buchmesse in der zweiten Hälfte der Sechziger bewegten wir uns in verschiedenen Welten. Gegenüber meiner SDS-Uni-Jazz-Welt stand Harrys Bildung durch das Dritte Programm (those lucky radio days), seine Welt der Lehrlinge oder die MP, die ihm wohl irgendein Chaot zu irgendeinem Geburtstag geschenkt hat.

Seine Lehrlingszeit brachte ihn nach Berlin, zu Marga Schöller und in die Wohnung der Gerhardts. Um die Ecke von Gerhardts, in der Bundesallee stand auf einem Podest in vielleicht zehn Meter Höhe eine Bismarckstatue, und wir entwarfen Pläne, wie wir uns die zu eigen machen konnten. In der Zeit mußte ich ihm mal beweisen – in einem längst verschollenen Imbiß am Olivaer Platz –, daß ich mehr und schneller Bier trinken konnte. Schöller bedeutete vorher für mich und viele anderen SDSler nur die Chance, im Durchgang die Bücher schnell einzusacken. Harry hat meine emotionale Bindung zu dem Laden so tief verankert, daß ich spätestens seit *amazon* nachträglich mein Gewissen zu erleichtern suche, indem ich alle Bücher nur noch dort bestelle und kaufe, selbst welche, die mir in der gebildeten Atmosphäre der Knesebeck eigentlich peinlich sein müßten. Harrys tiefe Aufrichtigkeit zeigt sich auch in seiner Empörung übers Schwarzbrennen – oder ist das Eigeninteresse?

Zu Harrys Welt gehört auch sein Verhältnis zur Technik. Ich konnte überhaupt nicht begreifen, daß er meine Faszination für Laptops nicht teilen konnte, obwohl ich ein Schlüsselerlebnis hatte. Als er mal bei mir in der Eylauer (Preussisch-Eylau, da kann man inzwischen wieder hinfahren – wo immer das liegt) übernachtete, holte er mich völlig verzweifelt aus dem Bett, weil ihn das Berliner Zwangsschloss mit Doppelbartschlüssel in den Wahnsinn trieb. So mußten wir uns bei Holsts Hertha-Kneipe noch ein Schlafbier genehmigen, bis ich ihn durch diese Klippen durchlotsen konnte. Seitdem hat er nie wieder bei mir übernachtet, aber ich bei ihm, so fühle ich mich in seiner Schuld. Auch kleine Probleme können einen von der Rolle bringen.

Bei einem Hamburger Besuch führte er mich mit Cello unterm Arm in eine lebendige St-Pauli-Kneipe, wahrscheinlich längst verschickimickit, und anschließend zum Chinesen zur »Hühnertatzensuppe«. Harry war erleichtert, daß noch immer kein Oberlehrer seinen Korrekturwahn durchgesetzt hatte.

An einem Sylvester landeten wir in der Ernst-Merck-Halle, in der er mich dazu brachte im Kettenkarussell lauter Saxophonsoli zu Truck Stop zu spielen. Ob die das gemerkt haben, ist im Biernebel verschwunden. Mein seit 1960 unverbrauchtes Barmbecker Missingsch kam da gut an. Harry war übrigens sowieso der Meinung, daß Country & Western und nicht Jazz die angemessene Musik für Weiße wie mich sei. Er hat es mir mit der Haltung leichter gemacht, mich mit den Phasen durch C&W rauf- oder runterziehen zu lassen, zu versöhnen.

Harrys erwachsene Welt hat mich gelehrt, daß es zwei Idealtypen von Kulturwelten gibt, die »Raucher« und die »Säufer«. Die Raucher elaborieren selbst noch den elaboriertesten Code und müssen permanent Geistesnähe produzieren. Die Säufer entwickeln Phantasie oft auch mit restringierten Codes, sie kultivieren die Spannungen des Alltags. Übersetzungen von »Rauchern« lassen mich zum Original greifen, bei Übersetzungen von »Säufern« kann ich mich in den Text fallen lassen. Suchtis sind übrigens beide, die Raucher saufen und die Säufer fressen. Für eine dritte Gruppe, die »Fresser«, kann ich keine Form festmachen, aber Fresser sind ohnehin oft konturenlos.

Neben all diesen Lehren, mit deren Aufzählung ich Dir, Harry, etwas von dem zurückgeben möchte, was ich von Dir bekommen habe, gibt es ein »zweitschönstes« Geschenk. Mein Vater betonte immer, daß es einen »besten« Freund nicht geben kann, und sprach deshalb immer von seinem »zweitbesten« Freund, die naturgemäß je nach Geschichte wechseln konnte. Dieses Geschenk ist »Happy Birdsday«. Wann und warum du das geschaffen hast, weiß ich noch nicht, aber ich beziehe es voll auf mich mit meinem neuväterlichen Egozentrismus und lerne die Verse auswendig, um meinen Wilhelm-Busch-Schatz zu erweitern.

3 BIRDS AT SWIM

Als Harry Rowohlt lobesam
noch morgens mit zum Schwimmen kam
in Frankfurts Stadtbad Mitte
– das war, wo heut das Hilton steht,
ja, leck mich, wie die Zeit vergeht! –
da war er stets der Dritte
in unsrem kleinen Schwimmverein.
Wir ließen sonst ja keinen rein.

Man konnte dann drei Herren sehn,
anbetungswürdig jugendschön,
in Dreieckshöschen superform
– das Körperlein von stolzer Pracht
trotz kaum vergangner, harter Nacht –
ganz nah an der Olympianorm,
die Herren Gernhardt, Knorr und ihn
delphingleich ihre Bahnen ziehn.

Dies ist der Wahrheit letzter Stand.
Ich seh uns noch am Beckenrand,
wenn Harry Rowohlt lobesam
– ganz cool, wie ohne Regung
mit glorreich fließender Bewegung –
das Handtuch von den Schultern nahm
und seinen Körper zeigte.
Worauf das Kurorchester geigte.

FÜR HARRYS HALBZEIT

Du bist mir so nah trotz Ferne,
Wir haben einander sehr lieb.
Wir sehen uns selten, doch gerne
Ach wenn es doch immer so blieb!

In Zürich zum Beispiel, ich warte …
In London – der traurigste Tag.
In Missen … Auf Messen es scharte
Um Dich sich ein ganzer Verlag.

Doch Du hast nur für mich alleine
Die schönsten Meisses, bis ich weine.

In Hamburg und in Budapest
Da feiern wir ein frohes Fest.
Ich spiel für Dich die Geigen
Komm tanzen wir den Reigen!
Auf Wiedersehn in Leip- und Danzig
Bleib der Du bist bis 120!

LIEBE ANNA MIKULA,

ich hatte inbrünstig gehofft, Sie könnten vergessen, daß Sie mich angeschrieben haben – und jetzt Ihr gnadenloser Mahnanruf, der mich völlig aus dem Alltag und wahrscheinlich wieder in die Fangarme der Tabakverarbeiter sowie des Dämons Alkohol wirft. Mensch, ich bin Beamter und kurz vor den Weihnachtsferien, der Computer pfeift warnend, weil die Festplatte soeben Altersteilzeit beantragt, und zwischen den Tasten wandert eine kleine hellbraune Spinne herum, so daß ich manche Buchstaben erst später bedienen kann (ich singe: »In meinem Motherboard wohnt eine Spinne« nach der Melodie »Vor meinem Vaterhaus steht eine Linde«). Außerdem habe ich einen geschwollenen rechten Mittelfinger und verbeulte Knie als Folge eines Sturzes während einer Treibjagd im Hunsrück, soll trotzdem Kaminholz in der Gärtnerei der Justizvollzugsanstalt in Wittlich besorgen und neuen Weinbergspfirsichbrand in Zeltingen, mit Harrys Mutter in der Reha in Kues ihre Wiederauferstehung nach dem Oberschenkelhalsbruch und die Wiederinbetriebnahme von Auto und Mühle bereden, meinem verwüsteten Autositz ein neues Lammfell überziehen, mit meinem Kind telephonieren, weil es bald ein solches kriegt, den Rauhreif auf dem Wald über den Weinbergen photographieren, die kunstvoll montierte Stange mit der wundervoll duftenden Hirschsalami und den Landjägern im Gästezimmer wieder abbauen (kann man auf dem Land Gästen überhaupt etwas Schöneres bieten?) und Röschen wieder einmal eindringlich darauf hinweisen, daß man als Försterkatze nicht ausschließlich Kleinsäuger von der Roten Liste zur Strecke bringen und stundenlang über den Wohnzimmerteppich kegeln soll

(Spitzmäuse sind hier besonders gefährdet, da sie sich fest auf ihre Unbekömmlichkeit verlassen).

Um das alles etwas gelassener zu sehen und in eine vernünftige Reihenfolge zu bringen, habe ich gerade einen Spaziergang entlang der Mosel eingeschoben, der aber außer reichlich Schwanenkacke an den Schuhen und zwei Stunden Zeitverlust keine Ergebnisse brachte. Jetzt sitze ich bei einem sehr gesunden Rooibostee mit viel Grand Marnier und überlege weiter, wie ich Ihnen, liebe Anna, glaubhaft versichern kann, daß ich wirklich überhaupt keine Zeit zum Schreiben habe und daß mir zu Harry aber auch gar nichts einfällt.

Warum müssen Freunde denn so alt werden, daß man Festschriften für sie herstellen muß! Kann man dann nicht gleich bis posthum warten – dann darf man ihnen traditionell sowieso nur Gutes nachsagen, alle sind erleichtert über das Gelüge, und jeder denkt: na gut – Schwamm bzw. Erde drüber! Aber über einen lebenden Sechzigjährigen auch nihil nisi bene? Nein, das kann er nicht ernstlich erwarten oder gar verlangen, und für die Festschriftsteller würde das eine geradezu übermenschliche Anstrengung bedeuten. Bin ich mit Harry befreundet, oder ist er mit mir …? Keine Ahnung. Er hat zwar mal spät in der Nacht gesagt, er liebt uns (Neio und mich), und ich würde jedem, der etwas Gemeines über ihn oder auch nur über die Eppendorfer Landstraße sagt, die Schnauze polieren – aber muß man deshalb gleich befreundet sein? Würden Sie jemanden als Freund bezeichnen, der Sie als hilflosen Gast in der Großstadt auf nüchternen Magen einen Abend lang zu Bockbier und Ratzeputz einlädt? Na gut, er hat dem Taxifahrer, weil die Scheibe sich nicht schnell genug herunterdrehen ließ, 100 DM für die Reinigung der Rückbank gegeben, und als ich am nächsten Morgen auf dem Wohnzimmerteppich widerwillig zu mir kam, hat er mir besorgt eine eiskalte Dose dänisches Bier als hanseatisches Frühstück gebracht. Aber das war nun schon mein einziges – und daher auch schönstes – Erlebnis mit Harry.

Das heißt – da war ja noch lange vorher, nämlich im Juni 1977, der neunzigste Geburtstag von seinem Vater und der Tag, an dem wir uns kennenlernten; Ulla, Degenhardts und der Alte Hein aus Köln waren ebenfalls zu Gast in Volksdorf, und vermutlich gab es auf der kleinen Terrasse am Garten Matjes zur kalten Ente – meine ungetrübte Erinnerung reicht genau bis zu dem Augenblick, als Harry beidhändig je eine Flasche Sekt und Cointreau in die durchaus schon hochkarätige Ausgangsmasse entleerte. Im Morgengrauen räumten der Alte und ich – schlaflos verwirrt, aber wohlerzogen – ungespültes Geschirr und Leergut in die am leichtesten erreichbaren Schränke und versuchten Stunden später, aber noch immer im gleichen Zustand, möglichst unbeschadet über die vielen roten Ampeln in der Kölner Innenstadt zu kommen. Aber das ist ja eigentlich eher eine Episode von einer ganz anderen Freundschaft – die wir Jahre später immerhin gemeinsam zu Grabe trugen: ich mit meiner ersten Trauerrede, Harry mit Gedichten von Peter Huchel und Gottfried Benn dazwischen, mit viel trockenem Wein und inbrünstigen Liedern vom Leben hinterher beim Leichenschmaus. Richtig, ja, wir trafen uns dann doch noch einige Male: bei den Pennern in der Koblenzer Bahnhofskneipe, in Marbach (Ernst Rowohlt 100), in möglichst ungemütlichen Imbißbuden an der Mosel oder bei einigen seiner gewaltigen Lesungen bzw. Erzählungen in Mainz und Trier, wo man vor Durst erst schier um- und danach fast von der Straße abkam.

Wenn ich es recht betrachte, handeln diese kleinen Geschichten irgendwie alle vom Trinken; ich glaube aber, das ist reiner Zufall, und die anderen, normalen Geschichten fallen mir jetzt bloß nicht ein. Ich hoffe jedoch inständig, daß es den Buchmitarbeitern nicht auch so geht – sonst wird aus der Festschrift der Freundschaft noch eine Art »Sittengeschichte des Umtrunkes«.

Liebe Anna, es ist wirklich schade, daß ich Ihnen bei Ihrem löblichen Vorhaben nicht weiterhelfen konnte, aber das nächste Mal – nichts überstürzen – sagen wir: zum 80.? – klappt es bestimmt mit meiner Mitarbeit; dann bin ich schon lange in Pension und habe reichlich Zeit für gründliche Erinnerungen. Und sollte in der Zwischenzeit Harry aus irgendeinem Grund nach mir fragen, so lasse ich ihm mit Hölderlin ausrichten: »Aber das Saitenspiel tönt fort aus Gärten. Vielleicht, daß dort ein einsamer Mann ferner Freunde gedenkt und der Jugendzeit.«

Es grüßt Sie herzlich

Ihr Werner Durchdenwald.

LIEBER HARRY, GROSSER BÄR,

nimm das Alter nicht so schwär.
Werde nie zum Kettenraucher
wünscht Dein alter Haubentaucher.

BUCHMESSE 2004

Harry kommt vorbei. Große Freude.

Setz Dich! Macht er. Willst Du was trinken? Was willst Du trinken. Vielleicht einen Kaffee, habt ihr einen guten? Na klar.

Sag mal, hast Du eigentlich Langhans' Aufruf zur Altersekstase gelesen?

Nö. Aber den hat er doch neulich in Berlin mit Schirrmacher unter Schirmherrschaft der »taz« losgelassen. Na ja, auch egal. Aber ein guter Satz war doch drin, nämlich:

Wer einmal Gott war, kann es wieder sein!

Da geht ein Leuchten in Harrys Gesicht auf, erst in den Augen, dann grinst er und sagt:

Ja, das verlernt man nicht, wie Schwimmen und Radfahren!

Solche Sätze, lieber Harry, können ganze Messen retten.

Meine Verehrung für immer.

Deine Antje

63

Harry überredete mich, als moralische Unterstützung mit auf den »Dom« zu kommen.

Mädchen anmachen 1963.

Es nieselte.

Nach einigem Hin und Her entschieden wir uns für den Spruch: Mein verehrtes Fräulein, darf ich Ihnen meinen Schutz und Schirm anbieten?

Harry ging mit geballter Entschlossenheit auf zwei Mädchen zu und verschwand mit ihnen hinter der Ecke einer Zuckerwattebude.

Ich blieb zurück. Es war mir peinlich.

Kurze Zeit später kam Harry errötet und grinsend ohne Mädchen zurück. Mein verehrtes Fräulein, darf ich Ihnen meinen Schutz und Schlitz anbieten? war der Spruch geraten. Abgeblitzt.

Ein Glück, der bittere Kelch ist an mir vorübergegangen, sagte Harry.

Der »Dom«-Besuch war gerettet.

ÄNNCHEN UND DER KRASSE WAHN

Es wird behauptet, dass die Stadt Calau, in der Lausitz gelegen, den bekannten liebenswürdigen Sprachverhunzungen ihren Namen gab, die sich als Calauer grosser Beliebtheit erfreuen. Das ist richtig. Nicht jedoch stimmt, dass ein Redakteur der Heimatzeitung die ersten Wortspiele dieser Art in Umlauf gebracht hat. Vielmehr sind sie zurückzuführen auf die zu Unrecht vergessene Altgräfin Ännchen von Calau (1613 - 82), Schöpferin des Liedtextes: »Ännchen von Calau, mein Geld und mein Gut …« Winterhalter und Angelica Kauffmann haben die bedeutende Frau gemalt, wohl nach alten Vorlagen. Denn beide sind sich darin einig, dass Ännchen ihre dunklen Haare glatt an den Schläfen angelegt trug, der Mode entsprechend mit Mittelscheitel. Das von Angelica Kauffmann gemalte Bildnis befindet sich, soviel ich weiss, im Museum in Chur. Das Winterhalter-Porträt ist mir nur durch eine Reproduktion bekannt.

Ich habe sie so eingehend erwähnt, weil ja vielen unserer Fans bekannt ist, dass Harry und ich von Ännchen von Calau abstammen, mag auch Harrys augenblickliche Frisur nicht darauf hindeuten. Das Talent zum Calauern haben wir allerdings, wie man so sagt, mit der Buttermilch eingesogen. Wir beherrschen die Materie bis in die äussersten Dimensionen, wo Schüttelvers, Reh- und Cohnspiel und ähnliche Unartigkeiten angesiedelt sind. Diesbezüglich sind wir dermassen verwandt, dass ich jüngst, als ich mein Passfoto in ein Zeitungsbild einmontierte, das Harry als Lindenstrassen-Penner zeigt, auf Anhieb merkte: Alles passt. Andererseits mutet Harry zuweilen seinem Publikum zu, dass er mit meiner Stimme liest, – jedenfalls mit der Imitation davon.

Abende lang haben wir einander mit einschlägigen Übungen aufgeschaukelt, frohen Herzens, stets voll Hochachtung vor Ännchen von Calau, der Grossmeisterin dieses Metiers, wie Forschungsergebnisse bald zeigen werden. Die Tradition lebt, lebte immer. Erwähnt sei hier ein Vierfach-Schüttelvers des Insel-Verlegers Benno Kippenberg, der bisher wohl unübertroffen ist:

Ist das nicht ein krasser Wahn?
Streicht doch dieses Lumpenpack
meinen alten Wasserkrahn
mit dem neuen Pumpenlack-

Tja. Möget ihr, liebes Grosspublikum, wie es etwa bei Harrys Konkurrenten Thomas Gottschalk antritt, uns missverstehen, Harry und ich und unsere Fans – alle wissen, wo Calau liegt – erfreuen uns an diesem, zugegeben, Kleinfeuerwerk; Schwärmer, keine Raketen und Kanonenschläge. Unsere abwegigen Unterhaltungsmanieren strengen an. Manchmal musste ich, infolge einer Begegnung mit Harry, eine Woche nach Karlsbad zur Erholung fahren. Karlsbad ist entsprechend seinem Publikum absolut calauerfrei. Auch das Reh-Spiel wird dort nicht betrieben. Auf die Frage »Gebäck für Rehe?« bekommt man in Karlsbad keine Antwort. Dabei ist sie einfach: »Re(h)torte.«

Freunde! Sammelt das Zeug doch auf, es liegt überall herum, wo Harry und ich mal langgedackelt sind. Vorgeschlagener Titel für »gestammelte Werke«:

Rowohlt als auch.

FILM IST WARTEN. Warten, warten, warten …! Für einen jungen, ungeduldigen Schauspieler ist das ein sehr gewöhnungsbedürftiges Phänomen. Man will schließlich drehen und nicht warten. Irgendwann kommt man drauf, dass Warten ein wesentlicher Teil der Arbeit ist. Man wird auch fürs Warten bezahlt und nicht nur fürs Drehen. Zyniker, oder Realisten, hier verschwimmen die Grenzen, behaupten, man wird ausschließlich fürs Warten bezahlt. Aha! Also wappnet man sich: man bringt halbgelesene Bücher mit, einen Schachcomputer, verschiedene Geduldsspiele, Bedienungsanleitungen für Mobiltelefone, Walk- oder Discmen, die auch nur annähernd gründlich zu lesen man nie die Zeit hatte. Exzentriker bringen sogar das Drehbuch mit. Sollen sie mich ruhig warten lassen, ich bin gerüstet!

Oder aber – man bringt überhaupt nichts mit, weil man das Glück hat: die Garderobe mit einem Kollegen namens Harry Rowohlt zu teilen! Man öffnet die Garderobentür, auf der Couch liegt ein langhaariger, rauschebärtiger Strotter und schläft … also betritt man rücksichtsvoll, auf Zehenspitzen, den Raum – in dieser Sekunde schnellt die schlafende Erscheinung in die Höhe wie ein asiatischer Kampfsportler: »Habe ich dir gestern die Geschichte erzählt, wie mich in Dublin ein Taxifahrer angequatscht hat …?« »Nein.« »Also, ich komme aus diesem Pub …« Man setzt sich gemütlich in einen Fauteuil (ja, ja, unsere Garderoben sind so luxuriös ausgestattet, da läßt sich H.W.G. nicht lumpen!), legt die Beine auf den Tisch – wozu hat man schließlich alle diese amerikanischen Filme gesehen – sucht nach einem Feuerzeug, um Harrys französische Zigarette anzuzünden, lehnt sich genüsslich zurück, lauscht – und betet innerlich, dass sie einen heute wieder einmal besonders lang warten lassen! Von

Dublin geht die Erzählung zum samstäglichen Hamburger Stammtisch, von dort zu einem Wien-Besuch – die dortigen Begegnungen werden mit erstaunlich authentischem Wiener Dialekt wiedergegeben – von Wien geht es dann zu den Schauplätzen der berühmten Harry-Rowohlt-Leseabende (Orte, die man nur in Spezialkarten findet), um dann ein erfrischendes Bad im Ozean der von Harry gelesenen Bücher zu nehmen, freut sich, dass man das eine oder andere davon auch selbst gelesen hat – unter Gebildeten plaudert sich's bekanntlich leicht –, und wird durch einen harschen Durchruf: »Zu Bild 926 ins Studio 1! Dazu Harry, Heinz …«, wie Cindarella um Mitternacht, aus einer Traumwelt in die hässliche Realität der harten Arbeit zurückgeholt. Die drei Stunden Warten waren eine Aufmerksamkeit der Produktion. Und keine kleine!

Lieber Harry, möge dir die irische Fee der Poesie, als kleine Gegenleistung für das, was du für sie getan hast, noch ungezählte glückliche, phantasie- und geschichtenpralle Jahre schenken!

Und mir noch viele Drehtage mit endlosen Wartezeiten! Happy Birthday, my friend!

NACHDENKEN ÜBER HARRY R.

Zugegeben: Ich kenne Harry R. nicht sehr gut, und gewöhnlich mache ich mir über Menschen, die ich nicht sehr gut kenne, keine oder wenig Gedanken. Ich denke, das ist verständlich, denn ich kenne die meisten Menschen nicht sehr gut, und wollte ich mir über sie Gedanken machen, käme ich vermutlich kaum dazu, mir über Dinge Gedanken zu machen, die wichtig sind.

Bei Harry R. ist das anders. Oft, während mir der Friseur Haare und Bart schert oder ich in Wartezimmern Lebenszeit vergeude, wenn ich des Nachts auf den Schlaf warte oder auf öden Autobahnen oder Landstraßen einher-zuckle oder in Supermarktschlangen der Kasse entgegentrödele – bei all diesen Gelegenheiten kommt mir Harry R. in den Sinn.

Ich frage mich zum Beispiel: Wie mag er wirklich aussehen? Es muss unter Bart- und Haupthaarinszenierung und hinter der randlosen, spiegelnden Brille die wahre Gesichtsphysiognomie verborgen sein, nur sind von seiner gesamten Schädelhaut allenfalls 8 Prozent sichtbar. Einiges deutet darauf hin, dass der Anblick durchaus anmutig sein könnte und er diese Larve beileibe nicht nötig hätte; dann aber wiederum denke ich, er wird sich nicht ohne Grund tarnen, immerhin kennt er sich doch am besten.

Es ist noch nicht lange her, da befiel mich der Verdacht, es könne mehr als einen Harry R. geben, so einfach wäre er maskentechnisch zu reproduzieren, und die Tatsache, dass er zur selben Zeit an mehreren Orten Lesungen gleichzeitig durchzieht, dürfte für diese Hypothese sprechen.

Zugespitzt stellt sich die Frage so: Wie sähe Harry R. glatt rasiert, mit modischem Stufenhaarschnitt und dezent koloriert, mit Maßanzug, Weste, geschmackvoller Krawatte, Uhrkette und tadellos gewichstem Schuhwerk aus? Wie der jüngere Sean Connery oder doch eher wie der ältere Bruder von Brad Pitt? Schwer zu erraten. Eher wie Mario Adorf in seinen besten Zeiten, wäre zu vermuten.

Diese beunruhigenden Fragen führen unweigerlich zu dem Wunsch, ein Bildnis des Knaben Harry R. als Vergleich zur Verfügung zu haben. Unmöglich, dass er schon zu dieser Zeit so ausgehen hat. Ich stelle ihn mir eher zierlich vor, mit großen, fragenden Augen wie denen Franz K.s auf jener berühmten Fotografie. Ich werde ihn um eine frühe Aufnahme bitten, wenn ich ihn das nächste Mal treffe. (Kurze Hosen? Vermutlich Knickerbockers oder Breeches.)

Ein andermal gerate ich über die Frage ins Grübeln, was aus ihm wohl geworden wäre, hätte er sich nicht vorwiegend ans Übersetzen gemacht. Sicher etwas Großes, vermutlich in Richtung Annette von Droste-Hülshoff oder Conrad Röntgen. Durchblick hat er ja und etwas Biedermeierlich-Dichterisches ebenso. Oder aber etwas Bedeutendes auf dem Felde der Politik, gemahnt er mich doch, besonders an besinnlichen Sonnabendmorgenden nach durchzechter Freitagnacht, nicht selten an den Eisernen Kanzler kurz nach seiner Entlassung durch Wilhelm II. im Jahre 1890. Wahrscheinlicher allerdings wäre Kapitän auf Großer Fahrt, denn wer ihn einmal auf der Großen Hafenrundfahrt beobachten durfte, wie er, Wind und Wetter trotzend, den Blick starr auf den Horizont gerichtet und jederzeit bereit, das Ruder zu übernehmen, tollkühn auf der Bugspriet ritt – wer hätte da nicht spontan Parallelen gezogen zu den großen Weltumseglern vom Schlage eines Captain Cook oder Admiral Nelson?

Dann wiederum mache ich mir Gedanken über die Wahl seiner Zahnpasta und darüber, ob sie weise getroffen wurde. Denn es geschah einmal, dass ich ihn, der gerade simultan fernsehend und zähneputzend seinen Feierabend genoss, durch meinen Besuch überraschte, und er, den Blick nicht von der »Lindenstraße« wendend und nicht ablassend, den Putzvorgang weiter durchzuführen, mich mit einem brüderlichen Kuss begrüßte. Oder war's mein Weib? Gleichwie: vermutlich war es Dentagard, die mit dem Rosskastanienextrakt, und mag sie auch noch so erfolgreich Parodontose und Karies vorbeugen und dem Zahnschmelz jenen opaken Glanz verleihen, den sein Lächeln weithin berühmt gemacht hat – schmecken tut sie nicht!

Und immer wieder taucht zwischendurch in mir die Frage auf, ob er wohl etwas mit dem Rowohlt Verlag zu tun hat. Muss ihn bei Gelegenheit doch mal fragen.

Weiter geht's in den quälenden Gedanken. Was wird nur aus ihm werden, sobald er alles übersetzt hat und nichts mehr übrig bleibt? Mit anderen Worten: Wie wird er seinen Lebensabend gestalten?

Wird er alle Bücher wieder zurückübersetzen? Das wäre naheliegend und zu wünschen, gewännen sie in vielen Fällen vermutlich an Qualität hinzu. Wird er Rosen züchten wie der andere große Kanzler der Deutschen und das Bocciaspiel erlernen? Wird er sich endlich seinen Traum erfüllen und in Kursen der Volkshochschule Eppendorf Griechisch lernen, ich meine, so dass ihn der Grieche auch versteht und er ihn? Beiden wär's zu wünschen, wahrlich!

Vermutlich aber wird er sich eine Harley-Davidson kaufen: Nur noch den Helm aufgesetzt, der Rest stimmt heute schon vollkommen, und alles wird so sein, wie es bestimmt ist, und er wird davonbrausen, immer auf der B5 nach Norden, hinein in die verdammte untergehende Sonne, über Brunsbüttel und Heide hinaus, vielleicht sogar bis Husum … Born to be wild, yeah! Wer weiß?

Dies schöne Bild lässt mich zurückdenken an jene Tage, in denen wir untergehakt an vorderster Front mit zornigen Parolen und im Togliattimarsch gegen die reaktionären Schweine … ach, Unsinn, das war ja gar nicht Harry R., dass war Richard B., und das war nicht ich, sondern Rudi D. Nun, das herannahende Alter lässt einen hier und da etwas vergessen und durcheinanderbringen. Aber schön war's doch, und wir waren wirklich wilde Hunde!

Endlich frage ich mich, was ich ihm zum Geburtstag schenken könnte. Ich habe ihm einmal, lang ist's her, ein Pflaumenbäumchen geschenkt, das er lieblos behandelte und, ohne es einmal gegossen oder sonst wie gepflegt zu haben, eingehen ließ. Dann schenkte ich ihm eine Kreuzfahrt durch die Ägäis; auch diese Gabe nahm er nicht an, mit der Begründung, er kenne diesen Teil des Mittelmeers wie seine Westen-(sic!)tasche. Im nächsten Jahr versuchte ich es mit einem Ford Escort: Fehlanzeige! Er habe keinen Führerschein, sagte er, und außerdem stehe er auf Opel. Auf Opel, man stelle sich das vor! Schließlich schenkte ich ihm eine Gutenbergbibel, die er brüsk mir dem Hinweis auf seine Areligiosität zurückgehen ließ. Damit ließ ich's bewenden.

Diesmal kriegt er gar nichts.

Doch so brüsk kann ich meine Geburtstagsadresse nicht ausklingen lassen. Daher gebe ich ihm einen Spruch mit auf den Weg, den ich in einem alten Buche fand und der ihn das nächste Jahr begleiten soll:

Gum forglach dorus na bliadhna ùire chum rit, sonas is sàmchair.

TRIBUTE TO HARRY ROWOHLT

I am delighted to salute Harry Rowohlt on his 60th Birthday. Harry magnificently translated into German two of my novels, *Jack the Bear* and *Triphammer*. The first has been rendered into a dozen languages, and some of the titles seem to me a little less than faithful. I can live with the Danish *Mig og Min Far*, and I can almost live with the Swedish *Har Du Det Bra Jack?*, but what am I to make of the French *De l'importance du jus de pomme dans le traitement des blessures de cœur*? Harry's title was inspired: *Jack der Bär*. And with the same imaginative abandon, *Triphammer* became, in German, *Triphammer*.

It's not just the titles. In the original, Jack lives in a house with a laundry chute; in Danish it becomes an incinerator. Apparently when your clothes get dirty in Copenhagen you burn them. We had some problems in Spain with dirty words; Jack, my narrator, is a street kid who develops a crush on a girl at school; they make out in the backseat of a Buick, and afterwards Jack daydreams: »A week from now we'll probably be fucking up a storm. We'll fuck all over the place. Just fuck, fuck, fuck. Our Guardian Angel in the sky will look down on us and say, ›Wow, those kids are real fuckers.‹« Obviously you can't talk that way in Barcelona. So, after a few years, when *Jack el Oso* finally did appear, I turned to the obscene passage I've just quoted, and discovered that the Iberian Guardian Angel looks down on the fornicating duo and exclaims, »Estos chicos son muy calientes.«

One of Harry's more inventive touches especially pleased me. Jack the Bear's Jewish grandmother has a heavy German accent. How do you do a German accent in German? And then, with another turn of the screw, Jack pretends on the telephone to *be* his grandmother. How do you do a German accent improvised by an American kid who knows no German, knows only what his *Oma* sounds like? Harry's solution: print it up in Gothic. It works in perfection.

As do you Harry. I've saved all the letters you've written me over the years, all your questions about both books – the wacky verbal free-for-all of a Bay Area teen-ager, the mordant idiom of a small-town middle-aged police officer – and you hit the jackpot every time. Oh, my partner in crime, my faithful colleague, I send you my heartfelt gratitude and my fervent congratulations on your milestone birthday, *Pfadfinder-Ehrenwort!*

ICH FREUE MICH, Harry Rowohlt zu seinem 60. Geburtstag die Reverenz erweisen zu dürfen. Harry hat zwei meiner Romane, *Jack the Bear* und *Triphammer* hervorragend ins Deutsche übersetzt. Der erste wurde in ein Dutzend Sprachen übertragen, und manche Titel kommen mir nicht allzu wortgetreu vor. Ich kann leben mit dem dänischen *Mig og Min Far* und beinahe mit dem schwedischen *Har Du De Bra Jack?*; doch was soll ich mit dem französischen *De l'importance du jus de pomme dans le traitement des blessures de cœur* anfangen? Harrys Titel war genial: *Jack der Bär*. Und in einem weiteren Höhenflug der Phantasie wurde aus *Triphammer* auf deutsch *Triphammer*.

Doch es geht nicht nur um die Titel. Im Original lebt Jack in einem Haus mit einem Wäscheschacht; im Dänischen wurde daraus eine Verbrennungsanlage. Wenn in Kopenhagen die Kleider schmutzig werden, verbrennt man sie offenbar. In Spanien hatten wir Probleme mit schmutzigen Wörtern: Jack, mein Erzähler, ist ein Gassenjunge, der sich auf der Schule in ein Mädchen verknallt. Sie machen auf dem Rücksitz eines Buicks rum, und danach träumt Jack vor sich hin. In Harrys Übersetzung klingt das so: »In einer Woche würden wir wahrscheinlich original bumsen, daß die Schwarte kracht. Wir würden uns dumm und dämlich bumsen. Bumsen, bumsen, nur noch bumsen. Unser Schutzengel oben im Himmel würde herniederblicken und sagen: ›*Wow*, was sind diese jungen Leute doch für Bumser.‹« Offenbar darf in Barcelona nicht so geredet werden. Als ein paar Jahre später *Jack el Oso* endlich erschienen war, blätterte ich die zitierte obszöne Passage auf und entdeckte, daß der iberische Schutzengel beim Anblick des vögelnden Duos ausruft: »Estos chicos son muy calientes.«

Wie viel mehr Freude machte mir da doch einer von Harrys besonders phantasievollen Einfällen. Die jüdische Großmutter von Jack dem Bären hat einen schweren deutschen Akzent. Wie macht man auf deutsch einen deutschen Akzent? Und als wäre das nicht schon genug, tut in einer Szene Jack am Telefon, als wäre er seine Großmutter. Wie macht man einen deutschen Akzent, den ein Amerikanerjunge improvisiert, der kein Deutsch kann, sondern nur weiß, wie seine *Oma* klingt? Harrys Lösung: »Setzen wir die entsprechenden Passagen in Fraktur.« Das bringt's total.

Wie Du, Harry. Ich habe alle Briefe behalten, die Du mir im Lauf der Jahre geschickt hast, all Deine Fragen zu beiden Büchern – dem durchgeknallten verbalen Freistil eines Teenagers aus der Bay Area sowie dem bissigen Idiom eines Kleinstadt-Polizisten mittleren Alters –, und jedesmal hast Du den Nagel auf den Kopf getroffen. Oh, Du mein Komplize, mein treuer Kollege, ich danke Dir von Herzen und sende Dir glühende Glückwünsche zu Deinem kugelrunden Geburtstag, *Pfadfinder-Ehrenwort!*

IN A QUIET ROAR Harry Rowohlt said to me, »I've been all over Ireland, many times. The one place I did not like was Limerick. Now I know why?«

He knew why because he had just translated my book, *Angela's Ashes*, which is set in Limerick, where I grew up. Limerick would have been too small for Harry, too constricting. (It has changed. Oh, how it has changed.) Some say *Angela's Ashes* is a sad book. Some say it's funny. Whatever it is it had the perfect, most perfect, translator in Harry.

Did someone know my favorite author is Rabelais and did they know Harry had stepped right out of Rabelais? Yes, yes, is gargantuan, he is lusty butâhe also loves an Irish writer, Flann O'Brien, whom I revere.

Our love of Flann (also known as Myles na cGopaleen) made us brothers. It showed how Harry could switch from huge Rabelaisan perceptions to the quiet, sardonic, slashing humor and scholarship of the great Flann.

But then (â“) to meet Harry.

In his element at the Frankfurt Book Fair: the two of us interviewed on an early morning radio program, the two of us singing *Kevin Barry'* at that hour of the morning into the microphone while we looked longingly at a bar at the end of that great room.

I know no German, but I've been told repeatedly that Harry's translation of *Angela's Ashes* is a masterpiece of the translator's art.

Harry made me BIG in Germany, so thank you, Harry, and long life.

When I pass over into the next life and discover that God and the devil speak only German, I want Harry as my guide, my translator, my Virgil.

LEISE BRÜLLEND sagte mir Harry Rowohlt: »Ich bin oft und überall in Irland gewesen. Der einzige Ort, wo es mir nicht gefiel, war Limerick. Jetzt weiß ich, warum.«

Er wußte, warum, weil er gerade mein Buch *Angela's Ashes* übersetzt hatte, das in Limerick spielt, wo ich aufgewachsen bin. Limerick wäre zu klein für Harry gewesen, zu beengend. (Es hat sich verändert. Und wie.) Manche sagen, *Angela's Ashes* sei ein trauriges Buch. Manche sagen, es sei komisch. Wie dem auch sei: In Harry hat es den perfekten, unüberbietbar perfekten Übersetzer gefunden.

Wußte jemand, daß Rabelais mein Lieblingsautor ist und daß Harry ist, als hätte Rabelais ihn erfunden? Ja, ja, er ist gargantuanisch, er birst vor Lebenslust – aber er liebt auch einen irischen Autor, Flann O'Brien, den ich verehre.

Unsere Liebe zu Flann machte uns zu Brüdern. Sie zeigte, wie Harry wechseln konnte von riesenhaften Rabelaisischen Wahrnehmungen zum stillen, sardonischen, schneidenden Humor und zur Gelehrsamkeit des großen Flann.

Aber Harry persönlich kennenzulernen …

In seinem Element auf der Frankfurter Buchmesse: Gemeinsam wurden wir für eine Radiosendung frühmorgens interviewt, gemeinsam sangen wir in aller Herrgottsfrühe *Kevin Barry* ins Mikrophon, während wir sehnsüchtige Blicke auf die Bar am Ende des großen Raumes warfen.

Ich kann kein Deutsch, doch ich habe mir wiederholt sagen lassen, Harrys Übersetzung von *Angela's Ashes* sei ein Meisterwerk der Übersetzerkunst.

Harry hat mich in Deutschland GROSS gemacht, drum: Vielen Dank, Harry, und ein langes Leben.

Wenn ich ins nächste Leben hinüberwechsle und dort feststellen muß, daß Gott und der Teufel nur deutsch sprechen, dann wünsche ich mir Harry als meinen Begleiter, meinen Übersetzer, meinen Vergil.

SEILBAHNEN IN KÖLN, TAMARINDENSAFT UND EIFFELTURMHALTER

Wenn ich Harry und Ulla besuche, entwickeln Harry und ich jeweils einen großen Forschungs- und Entdeckerdrang. Ulla reagiert wie Kanga und läßt uns sozusagen gelassen auf Bäume klettern und mit Tannenzapfen werfen.

Was wir tun:

• Wir essen einen ganzen Tag nur rohen Fisch.

• Wir vergleichen die Conférence verschiedener »He Lüchts« (He Lüchte?!) auf Hafenrundfahrten.

• Wir retten Raupen, die uns in der U-Bahn zulaufen und setzen sie im Park aus.

• Wir streiten darüber, ob's in Köln eine Seilbahn gibt (Ich hatte recht, und es gibt eine! Und ich bin schrecklich in meinem Triumph, sagt Harry).

• Wir streiten am Telefon

KARA	Hast Du meinen Brief gekriegt?
HARRY	»Atmosphäre« schreibt man vorne nicht mit »ph«
KARA	Wenn Du mir SONST NICHTS ZU SAGEN HAST…!

• Wir lesen uns interessante Druck- und Hörfehler vor (statt »wo Paläste sich an Paläste reihen« »wo Palästeninenser sich an Palästen reiben«).

• Wir tauschten Dramolette aus, die wir erleben. Ein Beispiel:

Kiosk, Heidelberg

KARA Guten Morgen, ich hätt' gern *Die Zeit*.

VERKÄUFER Viertel nach zehn.

KARA Nein, die Zeitung *Zeit*.

VERKÄUFER Ach so.
(Telefon klingelt)
Was die wieder alle wollen …

KARA Vielleicht wollen sie die *Zeit*?

VERKÄUFER (ins Telefon) Viertel nach zehn?

Manchmal produzieren wir auch unsere eigenen. Im Folgenden muß man wissen, daß ich immer sage, daß Harry so französich spricht, daß man immer gleich hinterher »Ist ja gut!« sagen will, weil ja alles *derart* richtig betont, nasal und stimmhaft ist …

Am Telefon

HARRY *(hebt ab)* Mmmh?!

KARA Weißt Du, was »Handtuchhalter« auf französisch heißt?

HARRY *(lacht, Pause)* Ach, das ist wirklich eine Frage?

KARA Ja.

HARRY Ich ruf' Dich wieder an, Kind.

(Pause, Telefon klingelt)

KARA Jaa?

HARRY »Porte Serviette«. Und »Tellerhalter« heißt »Porte Assiette«.

KARA Prima.

HARRY Und ›Eiffelturmhalter‹ heißt ›Porte Tour Eiffel‹.

KARA Und hin kommt man durch die Porte Maillot.

HARRY Da kannst Du Deinen Badeanzug dranhängen. *(Gelächter)* Also, Porte Serviette.

KARA Ist ja GUT!
HARRY Na endlich.

• Wir kaufen ein Glas Tamarindensaft von einem der zahllosen fliegenden Händler.

• Wir diskutieren die Dramaturgie der *Lindenstraße* unter besonderer Berücksichtigung der handlungsverdeutlichenden Musik – etwas, woraus ich schließlich die Form der Lindenstraßensynopse entwickle. Harry freut sich, weil ich nicht mehr sofort nach der *Lindenstraße* anrufe und er endlich wieder *Weltspiegel* gucken kann.

• Wir tauschen Träume aus. Beispiel:
Ich verfolge eine langweilige Theatervorstellung auf dem Gelände der Berliner Philharmoniker. Treffe Harry, der in einem Zimmer neben einer Apotheke wohnt, und stelle fest, daß er farbige Schulhefte hortet. Er schimpft auf den Wienerwald. In einem Buch steht, daß Harry mal einem Konzert von Gidon Kremer beigewohnt hat, das sein ganzes Leben verändert habe. Er bestellt noch einen Marzipanjoghurt, den er aber nicht mehr essen kann, weil ich zum Aufbruch dränge.

• Wir loben uns, wenn sich das auch manchmal indirekt ausdrückt.
KARA Ich hab' den Job!
HARRY *(grantig)* Wird auch Zeit! Wir haben uns schließlich lange genug Mühe mit Dir gegeben!

Das habt ihr. Und ich hab' Euch sehr lieb.

ALS DER BÄR NOCH LÖWE WAR

Es war anno 1977, ausgehender Winter, als ich mit Klaus P. Rogner, Isolde Rieger und Jörg Fauser im Münchner Mariannenhof saß; ums Eck, in der Maximilianstraße Nr. 52, war unser Büro, und die mittägliche Redaktionskonferenz für unser bedauerlicherweise recht kurzlebiges Magazin (welches allerdings damals bereits die Nachfolger, etwa das viel später erschienene »Transatlanitk«, skizzierte, dieses a parte) – wo war ich stehengeblieben?

Jedenfalls, vom Nebentisch her stach mir beständig ein Mann ins Auge, löwenkopfartiger Kopf, mit vielen, bis auf die Schultern fallenden, löwenfarbenen Wuckerln, wie wir in Österreich sagen: Stoppel-Locken (von Stoppelzieher, auch: Korkenzieher). In dessen Begleitung befand sich eine recht ansehnliche, wenngleich unmittelbar als belanglos einzustufende junge Frau, mehr landläufig hübsch. Das ist insofern zu erwähnen, als Klaus P. Rogner mein Schielen nicht mehr ertragen konnte, den mächtigen Mann als Harry Rowohlt identifizierte, »Harry, mein Junge!« zu ihm sagte und ihn an unseren Tisch bat. Was dazu führte, daß mir von da an jedwede weitere Erinnerung an die begleitende Person fehlt.

Als der Abend herbeidämmerte und man sich freundschaftlich verständigt hatte, darüber hinaus mehr oder weniger 2-3 Ausgaben unserer Zeitschrift besprochen waren, die übrigens unter Mitwirkung des Herrn Harry Rowohlt (er übersetzte später Susan Sontags Lang-Erzählung *Baby* und gab Ezzes für das neue Unterfangen) tatsächlich zustande kamen, verließen wir wohlgelaunt jenen Mariannenhof.

Damit könnte es sein Bewandtnis haben mit dem denkwürdigen Tag unter dem Rubrum »Wie ich Harry Rowohlt kennenlernte«. Indes: Wie weit gefehlt. Tür an Tür mit dem Gasthaus befand sich eine Eis-Bar, vielmehr ein Eis-Salon, und Harry (wie ich ihn da bereits nennen durfte), kaufte sich am zur Straße gehenden Ausschank eine Kugel Zitroneneis und gab der wunderschönen, obendrein mit einem ARM-dicken STROHblonden Zopf ausgestatteten Eis-Verkäuferin eine Mark und einen energischen Zungenkuß. – Die Zeit stand still! Jeder, noch mehr wir Zeugen als die einander Küssenden, hielten den Atem an, und wir Gaffenden warteten auf die ganz und gar fürchterliche Watschen, die sich Rowohlt gleich einfangen würde. Die Schönheit indes strahlte den Löwen, späteren Bären, an und sagte ein wenig japsend: »Vergelt's Gott, und pfüat di!«

Da wußte ich gleich, diese Geschichte, die des Harry-Rowohlt-Kennenlernens, ist noch nicht zu Ende (geschrieben).

NEGERINNENKÜSSE

Als ich am 16. Dezember 1993 im Haus Drei in Hamburg unter dem Titel »Überall ist Wunderland, überall ist Leben« meine allererste Lesung hatte (Eintritt 4 Mark, ermäßigt 3 Mark), zusammen mit Frank Schulz und Enno Dugnus, der zwischendurch ein paar Jazzstücke spielte, war ich doch sehr aufgeregt, was sich übrigens später gegeben hat. Damals hatte ich nur ein paar Geschichten von Frau K. und noch so dies und das, und ich versprach mir von Frank, dass er mich unterstützen würde – was dann auch in bester Manier geschah.

Mein erster kurzsichtiger Blick ins Publikum verriet mir, dass die Veranstalter doch tatsächlich einen Penner eingelassen hatten. Etwas, das ich später bei so genannten Benefiz-Veranstaltungen in der »Mission« dann relativ gelassen nahm. Dort setzte sich das Publikum aus einigen interessierten Leuten zusammen, hauptsächlich aus dem Personal; der Rest schlief entweder auf den Tischen oder pöbelte und musste dann rausgeschmissen werden.

Unsere Lesung fand aber ohne irgendwelche Störungen statt, ja, in der Pause kam der bewusste Penner zu mir und legte zwei Negerküsse auf meinen Tisch mit der Bemerkung, man dürfe ja nicht mehr Negerküsse sagen, sondern was anderes, z.B. Schoko- oder Schaumküsse. Ich erwiderte darauf, dass mich »Negerinnenküsse« auch zufrieden stellen würden. Gleichzeitig stellte ich fest, dass dieser Penner weder unangenehm roch und sich durchaus kultiviert ausdrücken konnte.

Er war – na, jetzt sind aber alle überrascht, was? Er war Harry Rowohlt.

Und, Harry, musstest Du Eintritt bezahlen, oder haben sie Dich auf »Gästekarte« rein gelassen?

HARRYMONIA

Die inoffizielle Harry Hymne,
zu dessen 60. gesungen vom ganzen Saal
(nach der Melodie der inoffiziellen Hamburg-Hymne)

D *ist der Anfang*
E *ist das Ende (doch)*
R *hat heut Geburtstag,*
den jeder von uns grüßt

H *ist der Hafen*
A *ist die Alster*
R *Das ist der Rowohlt*
der in dein Herz sich liest

R *das ist die Reeperbahn*
Y *hängt hinten dran*
das ist ya wohl DER HARRY,
den niemand je vergisst

Zuerst kommt immer noch Harry,
und denn kommt der Harry noch mal,
und den kommt ne' ganze Zeit gar nichts
und was denn kommt, das ist mir egal.

DAS PFERD, DAS SELBSTMORD BEGING

Als ich einmal einem Mann in Irland begegnete, der genauso gut Harry Rowohlt gewesen sein könnte

Der Strand von Kilnadoohey, südwestlich von Louisburgh im County Mayo gelegen, ist für den normalen Irland-Reisenden nicht zugänglich, es sei denn, er steigt durch einen hüfttiefen Bach, überklettert eine Bruchsteinmauer, zwängt sich durch mehrere Stacheldrähte, durchwatet eine sumpfige Wiese und erwehrt sich des nervösen Ziegenbocks von Eloise Murphy, der sein Platzrecht verteidigt. Genau hier begegnete ich vor Jahren einem riesigen vollbärtigen Iren. Er trug einen US-Army-Parka mit Kaninchenfell-Kragen, der ihn vor einem stetig auffrischenden Wind schützte.

Man könnte auch sagen, es war eine regnerische, dunkle Nacht, aber in Wirklichkeit war es genau 18.00 Uhr, und jener Ire, so stellte sich bald heraus, hatte einen schottischen Akzent, der sich allerdings im Laufe eines längeren Gesprächs als deutscher entpuppte, wenngleich er hin und wieder in nordamerikanische Richtung abzurutschen drohte. Der Mann war ein Kosmopolit, der später von sich behaupten sollte, eigentlich sei er der *Playboy of the Western World*. Aus Gründen der Landschaftsmalerei trabte ein einsames, reiterloses Pferd am Meeressaum entlang.

Ich stellte mich unter meinem Decknamen vor, James Connolly, und der Fremde behauptete leichtfertig, Patrick Pearse zu heißen, was natürlich eine schnell durchschaute Verstellung war; denn Patrick Pearse, Katholik und Rebell, war im Jahre 1916 von Engländern erschossen worden – nach einem schrecklichen Revolutions-Gemetzel am Ostersonntag, mitten in Dublin, während die Mehrheit der Bevölkerung beim Pferderennen war. Nein, Patrick Pearse war tot, so tot wie James Connolly.

Der Parka-Mann behauptete, auf der Suche nach dem Grab von Mr Murphy zu sein, jener legendären Figur aus einer frühen Prosa-Arbeit von Samuel Beckett. Er vermutete das Grab zu Recht am Strand von Kilnadoohey zu finden. Man hatte ihm erzählt, dass der echte Mr Murphy, Becketts Vorbild, vor mehr als 60 Jahren in einem Torfbett dicht am Strand begraben worden sei, nachdem er sich zu Tode getrunken hatte, weil seine Verlobte, um etwas Geld zu verdienen, nach Boston ausgewandert war, ohne jemals zurückzukehren. Murphy hatte dann eine andere geheiratet, Mrs Iris Murphy, geborene McGill, die ihn ein paar Jahre nach der Hochzeit ohne die ortsüblichen priesterlichen Riten heimlich bestattet hatte, mitten in der Nacht, weil es ihr peinlich war, als offizielle Witwe eines Alkoholikers einkaufen zu gehen. Sie hatte ihn tot am Strand gefunden, die Füße lagen im Wasser. Das hatte sie beschämt, was verwunderlich war, denn östlich von Kilnadoohey wohnten nur Alkoholiker. Ihre Tochter, Eloise Murphy wiederum, hatte die strohgedeckte, weißgetünchte Kate geerbt, nachdem auch Mrs Murphy sich aus der Welt davongemacht hatte, und Eloise M. lebte nun mit dem erwähnten Ziegenbock zusammen, der nachts im Wohnzimmer des am Strand gelegenen Zweizimmerhauses schlief … Wir schweifen ab.

Der Parka-Mann rauchte eine auf eine recht ungeschickte Weise selbst gerollte Zigarette, die im Meereswind nach wenigen Zügen verglühte. Seine Grabsuche, so stellte sich schnell heraus, war nur ein Vorwand. Auch wusste er nicht, dass Mr Murphys Schädel bei den jährlichen Springfluten zum Spielball der Wellen wurde. Wie durch Zauberhand freilich versammelten sich alle Knochen des Unglückseligen bei Ebbe immer wieder in dem seit langem schon von Beckett-

Forschern aufgebrochenen Grab, wenngleich nicht in der natürlichen Anordnung. Eloise hatte bei Gelegenheit bemerkt, ihr Vater solle endlich damit aufhören und sich entscheiden, was er eigentlich will.

Was also war es, was den Unbekannten in Wirklichkeit an den entlegenen Strand am Rande Europas geführt hatte? Wir wissen heute, dass es sich um seine Verabredung mit einem 25-jährigen nordirischen Terroristen handelte, dessen sozialistischer Republikanismus über alle Zweifel erhaben war. Jener Ire unter dem Decknamen »Patrick« – und einen besseren Decknamen konnte es in jener Gegend gar nicht geben – hatte sich verspätet, weil er im nahe gelegenen Westport in Mahoney's Pub hängengeblieben war – und zwar für die nächsten 15 Jahre. Der kosmopolitische Parka-Mann also, der etwas verloren und enttäuscht am Strand stand und auf jenen Patrick vergebens wartete, einsam wie ein Mönch (in Irland stehen viele Mönche am Meer und denken an ihre Verlobten in Boston) – der Deutsche – ja, das war er – trug in seiner Hosentasche die Anleitung zum Bau einer Nagelbombe. Es handelte sich um einen alten Konstruktionsplan spanisch-anarchistischer Herkunft mit vielen Nägeln. Er war so alt, dass er sogar noch eine Zündschnur von drei Meter Länge vorsah.

Aufgrund eines lächerlichen Zufalls hatte der Fremde auf der Busfahrt von Galway nach Louisburgh statt seines Schnupftuchs eben jenen Plan aus der Tasche gezogen. Neben ihm saß ein etwa 60-jähriger irischer, des Englischen kaum mächtiger, hingegen fließend Gälisch sprechender Elektroingenieur. Er sah die Zeichnung und hatte, während der Bus über die schlaglöcherübersäten Straßen rumpelte, sogleich einige Konstruktionsverbesserungen mit Batterie vorgeschlagen, die unser Mann im Vertrauen auf die Qualität der irischen Stromversorgung bereitwillig akzeptierte. Die

Übergabe des Plans, so hatte er sich vorgestellt, sollte einem Akt irisch-deutscher Verbrüderung ähneln, in Erinnerung an die unvergessenen Waffenlieferungen der königlich-preußischen Marine, die im Jahre 1916 ein U-Boot an die Westküste Irlands geschickt hatte, wenngleich die angelieferten Gewehre ihren Bestimmungsort, Dublin nämlich, niemals erreichen sollten, aus Gründen, die an dieser Stelle zu erklären nur ablenken würde. Kurz gesagt: Verrat.

Es dämmerte. Eloise Murphys Ziegenbock wanderte langsam nach Hause. Der Parka-Mann fror. Wohin mit dem Plan, mag er sich gefragt haben. Vielleicht aber auch: Wie kann man eine Revolution machen, wenn die Revolutionäre aus den Pubs nicht herausfinden? Er zerriss den Plan in viele kleine Stücke und warf sie in den Wind. Wie winzige Möwen stoben sie davon. Im Hintergrund trabte das oben erwähnte Pferd in die Richtung, aus der es gekommen war. Der Fremde folgte langsam den Hufspuren im Sand, die sich freilich nach hundert Metern in der inzwischen schäumenden Brandung verloren. Es war ganz offensichtlich: Das Pferd hatte Selbstmord begangen. Es konnte ja nicht bis Boston schwimmen, wo die Verlobten von Kilnadoohey an ihre Heimat dachten und an all die Männer, die sie verlassen hatten. Der Mann, jetzt nur noch ein Schatten in der anbrechenden Nacht, ging weiter, während die immer mächtiger werdenden Wellen mit weißen Mähnen den Strand stürmten.

A HASIDIC TALE

(Assembled for my friend Harry Rowohlt who not only tells Jewish stories extremely well, but who actually understands them)

Harry R., and his friends, a German Theologian, and a Hasidic Rabbi, are having coffee and Mohnstrudel.

Says the Theologian to the Rabbi, »What is this Talmud that the Jews are forever talking about?«

Says the Rabbi, »You would not understand.«

Harry R., trying to salvage ecumenical amity, lifts a finger tentatively.

»Go ahead, Harry,« says the Rabbi.

Says Harry, »The Talmud is a compendium of laws pertaining to marriage, divorce, inheritance, health, sexuality, ethics, actually covering every aspect of life, written in Hebrew and Aramaic, with the comments of rabbis and comments upon the comments written by ensuing generations of rabbis.«

»Excellent, Harry,« says the Rabbi.

Says the Theologian, »So what is there not to understand?«

»Well,« says the Rabbi, »The Talmud asks questions. For example the Talmud says, ›Two chimney sweeps come down the same chimney. When they emerge, one is clean, the other one dirty.‹ The Talmud asks, ›Which one washes?‹«

Says the Theologian, »The dirty one of course.«

»Wrong.« Says the Rabbi, »Harry, want to try?«

Harry says, »The clean one, seeing that the other is dirty, washes. The dirty one, seeing that the other is clean, does not wash.«

Says the Theologian, »A charming folk tale. But of course it makes no sense. If two men come down the same chimney, they would both be dirty.«

Says the Rabbi *(with a certain lack of generosity),* »I told you you wouldn't understand the Talmud.«

The men sip their coffee introspectively. Then the Rabbi turns to Harry. »Your knowlege of Jewish lore is remarkable. How do you do it?«

Harry taps his forehead knowingly. »You've got to have toches, Rabbi.«

EINE CHASSIDISCHE GESCHICHTE

(Zusammengepatscht für meinen Freund Harry Rowohlt, der jüdische Witze nicht bloß perfekt erzählt, sondern sie auch versteht)

Harry R. und seine Freunde, ein deutscher Theologe und ein chassidischer Rabbiner trinken Kaffee und naschen Mohnstrudel.

Sagt der Theologe zum Rabbiner: »Was ist denn dieser Talmud, von dem die Juden dauernd reden?«

Sagt der Rabbiner: »Sie würden es nicht verstehen.«

Harry, um die ökumenische Freundschaft zu retten, hebt zögernd den Zeigefinger.

»Bitte, Harry«, sagt der Rabbi.

Sagt Harry: »Der Talmud ist ein Kompendium der Gesetze, die Heirat, Scheidung, Erbschaft, Gesundheit, Sexualität, Ethik, eigentlich jeden Aspekt des Lebens, betreffen. Er ist auf hebräisch und aramäisch geschrieben, kommentiert von Rabbinern, deren Kommentare wiederum von späteren Generationen von Rabbinern kommentiert wurden.«

»Hervorragend, Harry«, sagt der Rabbiner.

Sagt der Theologe: »Und was ist daran nicht zu verstehen?«

»Tja«, sagt der Rabbiner: »Der Talmud stellt Fragen. So sagt er: ›Zwei Schornsteinfeger kommen denselben Schornstein hinunter. Als sie herauskommen, ist der eine sauber, der andere aber schmutzig.‹ Der Talmud fragt: ›Welcher wäscht sich?‹«

Sagt der Theologe: »Der schmutzige natürlich.«

»Falsch«, sagt der Rabbiner: »Harry, was meinen Sie?«

Sagt Harry: »Der Saubere sieht, daß der andere schmutzig ist, und wäscht sich. Der Schmutzige sieht, daß der andere sauber ist, und wäscht sich nicht.«

Sagt der Theologe: »Eine entzückende Volkssage, aber völliger Unsinn. Wenn zwei Männer denselben Schornstein herunterkommen, sind natürlich beide schmutzig.«

Sagt der Rabbiner *(nicht sonderlich großmütig)*: »Ich habe Ihnen ja gesagt, Sie würden den Talmud nicht verstehen.«

Die Herren trinken in sich gekehrt ihren Kaffee. Dann sagt der Rabbiner zu Harry: »Ihre Kenntnis jüdischer Weisheiten ist bemerkenswert. Wie schaffen Sie das?«

Harry tippt sich wissend gegen die Stirn. »Toches muß man haben, Rabbi.«

8 ALEXANDRINER MIT EINER ZWISCHENNACHRICHT FÜR HARRY ROWOHLT ZUM 60STEN

Wer schuf dies groß klug Haupt wer brannte diese Locken
Die voller prächtger Macht am Schädelende hocken

Wer schnitzte diesen Rumpf ab dessen schmaler Mitte
Die Hosen währschaft stehn im treuen Bluejeans-Schnitte

Wer schließlich meißelte die Nas mit ihren Flügeln
Zum Schnaufeerker für die Stimme, kaum zu zügeln?

(Tja, Kinder – da sind Könner am Werk gewesen)

Die Stimme hören wir mit steter Freundschaftswonne
Noch gerne fuffzig Jahr dann – überm Grab – nur Sonne!

Harry Rowohlt

LIEBER HARRY – Ausrufezeichen – Gedankenstrich (und zwar sechzig Millimeter)

Als man es mir ins Bewusstsein gepflanzt hatte, dass Du mit diesem Datum in Zusammenhang gebracht wirst, da war meine erste Reaktion – öha. Ich betone – öha – nicht ein oberflächliches »hoppla« oder »sapperlot« – auch ein »da schau her« oder »sieh an« entspräche keinesfalls diesem wirklich aus der Tiefe des Ungefähren kommenden ÖHA. Kein leichtfertiges »Ja mei« oder ein lapidares »na und« oder gar ein zur Zeit gängiges »Mensch« kann mit diesem – ÖHA – identifiziert werden.

Der Harry … ———————————————— ist schon etwas, womit eine Gefühlswallung einen korrespondierenden Begriff sucht – ihn aber auch im ÖHA findet. Warum? Weil dieses ÖHA – ungehemmt – rasch – geradlinig – blitzartig – einem rasenden »Heureka« ähnelnd, ohne Fernsteuerung, also unbeeinflusst auf den Event reagiert.

Sechzig Jahre Harry Rowohlt
– ÖHA –
Mit Respekt, Dein Polt Gerhard

HARRY HAS translated I think two or three books of mine. I am not sure the third got done, because as I recall a contract was drawn up and Harry went missing. Without ever having met Harry, I formed a fond impression of him at this point: he was a robust drinker and talent people went looking for, like Malcolm Lowry or Jack Kerouac.

I do know something about him as a translator. In doing my first book, in 1987 or so he wrote me some twenty or thirty questions about the precise meanings of phrases and words in their idiomatic English. I remember writing him six pages of answers and working harder at them than I had at the book. Harry wanted to know, for one thing, just what Schlitz beer was in the terrain of American sociology. Schlitz beer was a white working man's beer that had become something of a black man's beer as it fell in the anthropological hierarchy of American beer. My answer was so nuanced that I felt Harry had made me a genius in asking the question.

A woman in the book tells two boys, to frighten them, that they don't know what it means to eat a woman. When they ask, she says, »It's like sucking mayonnaise through a Brillo pad.« Harry wanted to know precisely what a Brillo pad is. The book in question has been translated by ten other translators who did not ask what a Brillo pad is, or anything else. I hardly trust those translations to be any good. If you tell Harry that eating a woman is like sucking mayonnaise through a Brillo pad, Harry is the kind of guy who asks what a Brillo pad is. And then goes missing. I like Harry very much.

If I can ever come to Germany I want him, and only him, to show me the German equivalent of Schlitz beer, and then maybe we can go have a look at German scouring pads. I hope Harry has the happiest 60th birthday in the world.

HARRY HAT meines Wissens zwei oder drei Bücher von mir übersetzt. Ich bin nicht sicher, ob das dritte je zustande gekommen ist: Ich glaube mich zu erinnern, daß ein Vertrag unterschrieben wurde und Harry verschwand. Ohne Harry je getroffen zu haben, hatte ich mir zu diesem Zeitpunkt ein liebevolles Bild von ihm ausgemalt: Er war ein kräftiger Trinker und ein Talent, dem die Leute nachliefen, wie Malcolm Lowry oder Jack Kerouac.

Über ihn als Übersetzer kann ich etwas sagen. Als er um 1987 herum mein erstes Buch übersetzte, schickte er mir zwanzig oder dreißig Fragen über die genaue Bedeutung englischer idiomatischer Wendungen oder Wörter. Ich erinnere mich, ihm zur Antwort sechs Seiten geschickt zu haben, die mir mehr Arbeit gemacht hatten als das ganze Buch. So wollte Harry beispielsweise wissen, wo Schlitz Beer in den USA soziologisch einzuordnen sei.

Schlitz, ursprünglich das Bier weißer Arbeiter, war in der anthropologischen Hierarchie amerikanischer Biere gesunken und zu einem Bier für Schwarze geworden. Meine Antwort fiel dermaßen nuanciert aus, daß ich das Gefühl hatte, dank Harrys Frage zu einem Genie geworden zu sein.

In diesem Buch sagt eine Frau zwei Jungen, um ihnen Angst einzujagen, sie wüßten ja nicht einmal, wie es sei, eine Frau zu lecken. Als die beiden nachfragen, sagt sie: »Es ist, als würde man Mayonnaise durch einen Brillo-Pad saugen.« Harry wollte wissen, was genau ein Brillo-Pad sei. Das betreffende Buch ist von zehn anderen Übersetzern übersetzt worden, die weder nach einem Brillo-Pad noch sonst was fragten. Mein Vertrauen in diese Übersetzungen ist nicht sonderlich groß. Sagt man Harry, eine Frau zu lecken sei, als würde man Mayonnaise durch einen Brillo-Pad saugen, dann will er wissen, was ein Brillo-Pad ist. Und dann verschwindet er. Ich mag Harry sehr gern.

Sollte ich je nach Deutschland kommen, will ich, daß er und nur er mir das deutsche Gegenstück zu Schlitz Beer zeigt, und vielleicht können wir uns dann noch stahlwollene deutsche Scheuerschwämme anschauen gehen. Ich wünsche Harry den schönsten 60. Geburtstag der Welt.

ZAUSEL WER

Harry haßte sein Väterchen, Harry haßte sein Brüderlein, Harry haßte ihren Namen, den auch er, der Spätgeborene, trug und der ihm angesichts seiner zarten Statur, seiner Feingliedrigkeit und seiner hellen Sopranstimme unpassend, ja, irgendwie roh erschien. Vor allem aber haßte Harry die Ware, mit der Vater und Bruder ihr Geld verdienten: Bücher.

Wie ein Krebsgeschwür wucherten sie, ihre Anzahl im Vierteljahrsrhythmus verdoppelnd, über die elterliche Wohnung hin und nahmen ihm zuerst den Platz zum Spielen, dann die Luft zum Atmen.

Schlimmer als die Bücher waren nur ihre Erzeuger, die Dichter. Die brachte Väterchen manchmal abends von der Arbeit mit nach Hause, und dann hatten diese meist alten Männer nichts Eiligeres zu tun, als die bislang ja wenigstens stumm herumstehenden oder -liegenden Bücher zu ergreifen und laut aus ihnen vorzulesen. Stundenlang. Ohne Ende. Harry haßte diese vorlesenden Dichter und schwor sich, nie so zu werden wie sie. Wenn die vorlesenden alten Männer mal nicht vorlasen, mußte Harry sich auf ihre Knie setzen und »Hoppe, hoppe Reiter« spielen. Auch dieses Durchgeschütteltwerden dauerte stundenlang. Harry wußte nicht, was er mehr haßte, das Vorlesen oder das Durchgeschütteltwerden. Beim Vorlesen mußte er wenigstens nicht kotzen.

»Das heißt nicht ›kotzen‹, mein Junge, das heißt ›dem Porzellangott opfern‹ oder ›die Schuhe anbrüllen‹.«

Harry haßte Dichter, besonders, wenn sie originell sein wollten.

Manchmal brachte Väterchen statt der alten Männer junge Damen mit nach Hause. Die lasen dann mit leiser Stimme etwas vor, was zwar meist kürzer war als bei den alten Männern, aber in einer völlig unverständlichen, dem Deutschen nur ähnlichen Sprache abgefaßt war, die sie »Lyrik« nannten. War die Lyrik aus, schauten die Frauen Harry in die Augen, fuhren ihm über seine blonden Seidenlocken und sagten: »Ganz der Papa. Was willst Du denn mal werden?« Harry antwortete nicht. Er haßte Frauen.

Als Harry volljährig war, erbte er die Firma, die seinen Namen trug. Er verkaufte sie sofort an eine Kaffeerösterei im Bremischen, die fortan in ihren Filialgeschäften neben Kaffee auch Bücher anbot. Harry haßte Kaffee.

Mit dem Millionenerlös gründete er eine bis auf den heutigen Tag äußerst erfolgreich arbeitende »Internationale Stiftung zur Förderung des Analphabetismus« und behielt noch grad so viel für sich, daß er sorgenfrei hätte leben können, hätte nicht jeder Hundertmarkschein, den er ausgab, so einen seltsam-modrigen Geruch wie von stockfleckigen Büchern verströmt. Früher oder später mußte er eine Möglichkeit finden, sein Leben unabhängig von diesem »Blutgeld« zu führen, wie er den Verkaufserlös bei sich nannte – übrigens ein nur auf den ersten Blick überzogener Ausdruck, hatte doch die väterliche Firma einen Großteil ihres Gewinns mit Schilderungen von Menschen gemacht, die andere Menschen umbrachten.

Der Einschnitt in Harrys Leben kam ohne Vorankündigung, und zwar nachts auf einem Fest zur Feier des 500jährigen Bestehens eines berühmten Zürcher Schwindelunternehmens. Den ganzen Abend über hatte es außer kurzweiliger Festvorträge über die Kunst der Bilanztrübung oder über die Sieben Stufen des Vertröstens nichts als gefüllte Windbeutel gegeben, und Harry war etwas schwummerig in seinem empfindsamen Magen. So stellte er sich an die Bar des weiträumigen Etablissements, in dem die Feier über die Bühne ging, und orderte einen doppelten Veilchenlikör.

»Um Gottes willen, was trinken *Sie* denn da?« Der Mann neben ihm starrte voll Abscheu auf die lila Farbe, die in dem Glas vor Harry düster phosphoreszierte.

»Veilchenlikör.«

»Igitt«, sagte der Mann und schwieg indigniert.

»Das hat rein familiäre Gründe«, sagte Harry, stürzte den doppelten Veilchenlikör hinunter und schüttelte sich. »Igitt«, sagte auch er.

»Klingt so, als würden Sie das Zeug nicht regelmäßig trinken.«

»Ich sach doch: rein familiär.« Harry spürte, daß das in den Ohren des Fremden keine zureichende Begründung sein konnte, aber was ging den schließlich Harrys Familie an. Veilchenlikör war das einzige Alkoholikum gewesen, das nie über die Lippen von Harrys Vater und Harrys Bruder gekommen war, und so trank er dieses leicht jenseitige Getränk gewissermaßen aus Trotz. Wenn er überhaupt trank, denn Harry hatte sich nie viel aus Alkohol gemacht, und seit sein Vater und sein Bruder (und zwar »Arm in Arm«, wie der Polizeibericht gerührt festgehalten hatte), im Vollrausch von der Reeperbahn gestürzt waren und sich die Hälse gebrochen hatten, rührte Harry eigentlich so gut wie überhaupt keinen Rauschtrunk mehr an: *So* wollte er dereinst nicht enden.

Aus einem logisch nicht ganz einwandfreien Trotzgefühl heraus (oder war's die Schwummrigkeit in seinem Magen?) bestellte Harry einen weiteren Veilchenlikör und stürzte auch ihn, gewissermaßen zügig, hinunter. Als schließlich der Inhalt eines dritten Glases in Harrys Magen einrastete, sagte der Mann neben ihm: »Na, Sie scheinen wohl 'ne größere Familie zu haben.«

»Lassn Se bloß meine Familie in Frieden!«

Aber der Mann schien durch die halt- und bodenlose Atmosphäre des Fests in eine dezent leichtsinnige Stimmung geraten zu sein und forderte burschikos: »Ach was, Hosen runter: Was ist mit Ihrer Familie?«

Der Barmixer schien durch diesen Satz hellhörig geworden zu sein, und Harry sprach leicht verwirrt mehr in dessen als in des Fremden Richtung: »Lieber lasse ich hier vor Ihren Augen meine Hosen runter, als daß ich auch nur ein Wort über meine Familie verliere!«

Der Fremde schien seinen kühnen Vorstoß etwas zu bereuen, welches Gefühl er in die abwiegelnde Formel »Nu na, nu na!« faßte.

Exhibitionismus lag Harry normalerweise fern, aber in seinem lila wabernden und penetrant nach Veilchen duftenden Hirn schossen und krochen folgende Gedanken zusammen und durcheinander:

1) Was will dieser Arsch eigentlich neben mir?

2) Ob meine Unterhosen sauber sind?

3) Warum kuckt der Barmixer dauernd zu mir rüber?

4) Was für Unterhosen hab ich überhaupt an?

Harry knaupelte unauffällig mit Daumen und Zeigefinger hinter dem Sichtschutz seines breiten Schlangenleder-Flechtgürtels am Bund seiner Unterhosen herum und glaubte, das Fabrikat erkannt zu haben: »Zausel wear« entfuhr es ihm, wobei die Worte in seinem grauenhaften Englisch wie die Identitätsfrage »Zausel wer?« klangen.

Der Fremde schreckte hoch, wie aus eigenen Gedanken: »Wie? Wo?«

»Zausel wer«, wiederholte Harry und begann, die Hirschhornknöpfe seiner Designerjeans aufzuknöpfen. Er mußte in Stiftungsangelegenheiten zwei, drei Mal im Jahr nach New York fliegen (die Analphabetisierungskampagne in den USA wollte einfach nicht anspringen), und er nutzte diese Trips wie jeder gesunde Mensch zum Einkaufen. Bei seinem letzten Besuch waren ihm in einem Laden in Hell's Kitchen Unterhosen aufgefallen, wie er sie aus Deutschland nicht kannte. Nicht, daß sie etwa extravagant geschnitten oder aus exquisiten Materialien wie Seide oder Brokat gewesen wären, auch wiesen sie keine exotischen Färbungen in Veilchenviolett, Neongrün oder Infrarot auf. Es handelte sich vielmehr um grundsolide, weiße Herrenshorts mit Eingriff und Bantam-Flachsäumen, in zweifädigem Doppelfeinripp, mit dreifacher Schrittverstärkung. Gefertigt waren sie aus langstapeliger Baumwolle mit Elastan-Einlage und zeigten eben die richtige Festigkeit, die einerseits dem Träger das Gefühl von Sicherheit und Rutschfestigkeit gab, die andererseits die Wäsche angenehm leicht, ja kaum spürbar werden ließ. Was bei Harrys Kaufentscheidung dann aber fast den Ausschlag gegeben hatte, war der charmant-hillbillyhafte Name des Produkts: ›Zausel wear‹.

»Hier, sehen Sie selbst« vollendete Harry seinen Gedankengang und ließ mit einer entschlossenen Bewegung seine Armanijeans auf die Knöchel hinunterrutschen und entblößte so nicht nur den Augen seines Nachbarn, sondern eines großen Teiles der Festgäste, die sich inzwischen mehrheitlich in der Bar eingefunden hatten, ein Paar blütenreine Unterhosen, die wie angegossen um Harrys knabenhaft schmale Hüften saßen. In die Rückenpartie des Bundes war mit einem zurückhaltend grauen Faden eingestickt: »This genuine piece of fine Zausel wear belongs to H.R.« – ein Service, den sich die New Yorker Firma bei der Abnahme von mindestens drei Unterhosen leistete.

Harry deutete mit einer komplizierten Handbewegung hinter seinem Rücken auf die Inschrift. Ihm war deutlich so, als wollte er damit irgendetwas beweisen, da er aber auch nach einer mehrere Sekunden dauernden Erstarrung in dieser Haltung nicht drauf kam, was es sein könnte, bückte er sich und zog die Jeans mit einer ruhigen, wie selbstverständlich wirkenden Bewegung wieder hoch und knöpfte sie umständlich zu. Mit Erstaunen registrierte er, daß ihm die Selbstentblößung nicht peinlich war. Genossen hatte er sie freilich auch nicht oder sich gar dabei erregt gefühlt. Nein, er hatte einfach eine völlig natürliche Sache getan: Wenn einer solch wunderbare Unterhosen anhatte wie er, warum sollte dieser sie dann nicht jedermann zeigen dürfen? Sein Publikum empfand genau so. Wer immer Zeuge dieser kurzen Szene geworden war, ob Mann, ob Frau, bewunderte den Mut und die Anmut dieses Mannes, der etwas in Unschuld und Würde tat, wovon jeder schon mal geträumt hatte (wenn auch sicherheitshalber in Albträumen), und dessen weitstrahlender Charme erst gar kein Gefühl der Peinlichkeit aufkommen ließ.

Diese Reaktion hatte auch der Fremde gespürt, dessen Miene mit einmal einen Anflug von Entschlossenheit bekam. »Ich mache Ihnen ein Angebot.«

Harry wurde schlagartig nüchtern und rückte von ihm ab. »Sie haben mich mißverstanden«, sagte er piquiert. Harry haßte zwar die Frauen, aber fast noch mehr haßte er Schwule.

Der Fremde stutzte, dann grinste er: »Nein, jetzt haben *Sie mich* mißverstanden. – Ich bin Dramaturg bei den Merz-Werken.« Er überlegte, ob er diesen Versprecher korrigieren sollte. Mehrere Launen des Schicksals hatten ihn nach einem Studium der Theaterwissenschaft in die Werbebranche verschlagen, und er brachte noch manchmal die Ebenen seiner Geschichte durcheinander. Da Harry keine Einwände erhob, fuhr er fort: »Zugegeben, Merz ist nicht Zausel, aber …«

Harry unterbrach ihn: »Sie kennen Zausel wer?«

»Ich sagte ja, ich bin vom Fach.«

»Von den Merz-Werken?«

»Immerhin der zweitgrößte Trikotagen- und Dessous-Hersteller Deutschlands, europaweit Nummer drei. Und was die Qualität unserer Wäsche angeht, können wir uns durchaus mit Zausel messen.«

Harry bemühte sich, interessiert zu wirken. »Und da leiten Sie also das äh Werks-Theater?«

»Neinein, ich bin die PR-Abteilung, Reklame und Corporate Identity und so weiter.«

»Und so weiter«, wiederholte Harry, in dessen Magen grad die Schwummrigkeit wieder Einzug hielt.

»›Merz –: Höschen mit Herz‹ : Das ist von mir.«

»Sagen Sie mal«, Harry schwante furchtbares, »sind Sie etwa Dichter?« Wenn der Kerl jetzt auch noch anfing, seine Gedichte vorzulesen ---

»Da sprechen Sie was an! Aber keine Angst, ich bin rein fürs Angewandte. Allerdings: Früher hab ich auch mal hin und wieder ... naja, Schwamm drüber.« Der Mann sah zwar aus, als hätte er auf den leisesten Wink hin liebend gern die nächsten paar Stunden über seine zurückliegenden Dichtungsversuche gesprochen, aber Harry sprang nicht darauf an: »Was haben Sie denn nun für ein Angebot?«

»Angebot. Richtig. – Sie haben mich da eben auf die –«, der Fremde zögerte ein wenig, » – ja, ich glaube, ich kann das sagen – auf die genialste Werbeidee gebracht, die es in der Wäschebranche je gegeben hat. Oder die idiotischste. Das wird sich herausstellen.«

Zwei Monate später hatte sich Harrys Leben von Grund auf verändert. Im Auftrag der Merz-Werke bereiste er die Bars der Republik, stellte sich an ihre Tresen, ließ nach einer von ihm selbst als angemessen einzuschätzenden Zeitspanne seine Hosen herunter, zog sie nach ein paar Sekunden wieder hoch und ging. Natürlich trug er bei diesen Aktionen Merz-

Unterhosen, aber dieser Marken-Name war weder groß und deutlich auf die Wäsche geschrieben, noch sollte Harry ihn während der Entblößung rufen; auch der herzige Reklamespruch kam ebensowenig zum Einsatz wie irgendwelche Prospekte oder Give-aways seines Auftraggebers. Das Geniale an der Werbekampagne war, daß sie das Produkt nicht nannte. Und daß sie auf Langzeitwirkung setzte, auf ein allmählich durch Deutschland ziehendes Gerücht, in den Bars tue sich etwas Eigenartiges. Nach einigen Wochen bereits begannen habituelle Barbesucher mehrmals am Abend gespannt auf die Eingangstüren ihrer Stammlokale zu schauen, ob sich in ihnen etwa heute der – nach allem, was man gehört hatte – charmante und gutaussehende Mann mit dem Hosentick zeigen wollte. An den Theken wurde diskutiert, ob es sich um einen spleenigen Engländer, einen Perversen oder einen Lockvogel von »Vorsicht Kamera« handeln mochte. Die Lokalpresse in einigen mittelgroßen Städten griff die Diskussion nach einiger Zeit auf; aber erst, als sich die investigativen Klatschspaltenreporter größerer Blätter der Sache annahmen, kam nach und nach die Wahrheit heraus. Da Werbung – intelligente Werbung, verstand sich – längst als zur Kultur gehörig betrachtet wurde, gab es bald darauf in einigen Feuilletons regelrechte Kritiken von Harrys Auftritten, zumal auch das Theaterstudium des PR-Mannes der Merz-Werke nicht unbekannt blieb.

Dies war der Zeitpunkt, zu dem die Firmenleitung der Merz-Werke eine Änderung an der Kampagne durchsetzte. Sie gab Harry eine Begleiterin an die Seite, die durch eine Adaption von Harrys Mitteln den Absatz eines etwas erfolglos dahindümpelnden Push-ups heben sollte. Das ging gründlich schief – mußte schief gehen. Das Auftreten der Schauspielerin zerstörte mit ihrer gehobenen Büste die – wie soll man es nennen? – die Bereitschaft, die Einhelligkeit, die stillschweigende Übereinkunft, den Verabredungsgrad im Publikum, Harrys unschuldige *Performance* über alle Geschlechtsgrenzen hinweg als einen pre-sexuellen Präsentationsakt reiner Warenästhetik zu nehmen. Die Schauspielerin spaltete das Publikum sofort in solche, die sie begehrten, und in solche, die auf sie eifersüchtig waren. Der *Push-up* wurde schnell nebensächlich und die Schauspielerin schließlich zur Genugtuung der PR-Abteilung wieder *ad acta* gelegt, worauf eine Münchener Boulevardzeitung titelte: »Wäschemann gibt Luder auf«. Die Merz-Aktien und Harrys Honorare stiegen.

Nach einem Jahr bekam Harry eine neue Frisur verpaßt und ließ sich einen Vollbart stehen, denn es hatten sich die Fälle gehäuft, in denen Harry bereits beim Betreten einer Bar mit dem Ruf »Los, Harry, Hosen runter!« empfangen worden war.

Sich häufende Einladungen zu *Talk-Shows* lehnte Harry stets ab; das Werbekonzept der natürlichen Beiläufigkeit vertrug sich nicht mit einem öffentlich darüber ausgefragten Werbeträger. Als hingegen die ersten Veranstalter von Bällen auf den Gedanken kamen, Harry gegen Zahlung eines zusätzlichen Handgelds als Überraschungsgast einzuladen, begrüßte das die PR-Abteilung der Merz-Werke als willkommene Ausweitung des Aktionsradius. Beim Wiener Opernball spürte Harry, daß er wohl auf dem Höhepunkt seiner Karriere sein mußte und daß es folglich klug wäre, bald aufzuhören, bevor es bergab mit ihm ginge. Zwar war seine Frackhose an der Champagnerbar gerutscht wie geschmiert, doch hatten die langen Frackschöße das meiste verdeckt – ein vorhersehbarer Fehler, der ihm früher nicht unterlaufen wäre.

Das Ende seiner Tätigkeit für die Merz-Werke kam dann schneller als gedacht. Beim Bundespresseball in Berlin trug er einen die Blicke nicht behindernden Smoking, als er seine

Hose fallen ließ. Unglücklicherweise stand genau in diesem Augenblick die *First Lady* der Vereinigten Staaten von Nordamerika hinter ihm, der die Werbekampagne der Merz-Werke unbekannt geblieben war. Die diplomatischen Verstörungen waren nicht unbeträchtlich, und als Harry auch noch öffentlich machte, ihm wäre wohler gewesen, hätte er bei dieser Gelegenheit wenigstens »Zausel wer« getragen, entließ Merz ihn mit einer hübschen Abstandszahlung vorzeitig aus dem Vertrag.

Harry blieb in der Branche; in der Kölner Lindenstraße kaufte er einen kleinen, aber traditionsreichen Wäscheladen, den er Dank seines Charmes und seiner Kompetenz sehr erfolgreich ausbauen konnte. Zu seinem 25 jährigen Geschäftsjubiläum, das mit seinem 60 jährigen Geburtstag zusammenfiel, erfüllte er sich einen lang gehegten Herzenswunsch: Er wurde Alleinimporteur für Zausel-wear in Europa. Als er das erste paar Zausel-Unterhosen gerührt in seinen Händen hielt, erinnerte er sich des Services mit den eingestickten Kunden-Initialen und beschloß, ihn bei sich auch einzuführen.

Der untersetzte Mann war Harry vom ersten Betreten des Ladens an unsympathisch gewesen, ohne daß er hätte sagen können, warum. Aber der Mann kaufte 20 Paar Zausel-Unterhosen, da hatte er Anspruch auf die eingestickten Buchstaben. »Darf ich fragen, wie Ihre Initiale sind?«

»US«, sagte der Mann kurz angebunden.

Harry versuchte einen Witz: »Dann lautet die Inschrift: ›Siss dschenuien Pieß of fain Zausel wer bilonks tuh ass‹ – wollen Sie denn Ihre Unterhosen mit jemand teilen?«

»Nicht ›to us‹ Sie Blödmann: U Punkt S Punkt.«

Harry mochte den Mann wirklich nicht, aber er wiederholte fast entschuldigend: »U Punkt S Punkt. Logisch: Initiale.«

»Jawohl, Initiale. US: Uwe Suhrkamp.«

Harry wollte freundlich sein und stellte die erstbeste Frage, die ihm in den Kopf kam: »Ach – haben Sie was mit dem Suhrkamp Verlag zu tun?«

Tief in seinem Inneren spürte Harry, daß der kurze, energische Schwinger, den der bullige Mann auf seiner Kinnspitze landete, eine lange Leidensgeschichte hatte. Dann wurde es Nacht um Harry.

VERABREDET MIT HARRY

Als gelernte Buchhändlerin hasse ich Dichterlesungen. Übersetzerlesungen können nicht viel besser sein. Es dauerte also eine Zeit, bis ich endlich eine dieser legendären One-Man-Shows unseres Freundes Harry besuchte.

Beginn: 20 Uhr in der Max-Emanuel-Brauerei.

Eineinhalb Stunden Freundschaftsdienst – hatte ich mir ausgerechnet, und danach der übliche Zug um die Häuser, viele kurzweilige Bierchen und als abschließende Grundstimmung immer wieder das schöne Gefühl, originell und großmütig zu sein.

Überflüssig zu beschreiben, wie die »Lesung« ablief, das kann man besser in den Feuilletons nachlesen. Ich saß auf jeden Fall überwältigt in einem überfüllten Saal zwischen jugendlichen Kettenrauchern, alleinerziehenden Teenagermüttern und niedlichen alt gewordenen Buchhändler-Damen.

Nach drei Stunden wurde mir schwindlig, viele Fans befanden sich im Koma, wer mit der Attitüde des Übersetzers vertraut war, rettete sich jetzt in den Schankraum. Dass auch der ungeübte Rest überleben konnte, hatte mit der Saalmiete zu tun, die nur für vier Stunden ausgehandelt war.

Im vorderen Raum, also in der Kneipe vom Max-Emanuel, schäumte das Leben wieder auf, alles drängelte. Ich stieß mit einem Menschen zusammen, den ich von irgendwoher kannte. »Mensch, ich kenn dich von irgendwoher«, sagte ich.

Er kannte mich aber nicht, das ging so hin und her, bis er hilfsbereit meinte:

»Vielleicht kennst du mich vom Fernsehen her oder aus dem Kino, ich bin Ben Becker.«

Wie peinlich, ich kannte ihn wirklich nur aus dem Fernsehen.

»Macht doch nichts, ich sitze da drüben beim Vilsmaier, kannst dich ja zu uns setzen.«

Ich deutete in Richtung reservierter Lesungstisch und sagte: »Danke, aber ich sitze da drüben bei Harry Rowohlt, der hat übrigens vorhin im Nebensaal gelesen.«

»Ach, das ist ja wunderbar, den wollte ich immer mal kennen lernen.«

Kein Problem, ich würde die beiden miteinander bekannt machen. Wir drängelten uns bis zu Harry vor, der von acht Frauen umzingelt saß, eine davon weinte.

»Harry, das ist Ben Becker, der möchte dich gern mal kennen lernen.«

»Mit dem Arschloch rede ich nicht.«

Unerschüttert in Ausdruck und Anmut – nur in der Stimme ein merkwürdig unkontrolliertes Zwitschern –, sagte ich: »Das meint der (tirilili) nicht so, er ist nur etwas müde, unser Bi-Ba-Butzemann.«

»Ist doch o.k.«, sagte der Schauspieler friedfertig und trollte sich.

Ich war dann die neunte Frau im Kreis um Harry und fühlte mich – weiß Gott warum? – verpflichtet, die weinende Witwe eines Künstlers, mit dem Harry vormals befreundet gewesen war, zu verteidigen. Am Ende dieses Abends befand ich mich allein mit der Witwe im »La Bohème«. Sie redete und trank mehr als ich. Und weinte immer mal wieder. Die Zeche zahlte dann ich, und ich glaube, ihr Taxi aufs Land auch.

»Das war gestern Abend nicht sehr nett«, sagte ich am Telefon wie so oft nach einem Harry-Treff. »Sach ich doch«, meinte Harry.

Aber so was hielt uns nicht ab vor dem nächsten Zug um die Häuser.

Zum Beispiel ein knappes Jahr später, als wir nach der üblichen Sause um vier Uhr morgens den kleinen Hunger verspürten und vergeblich Einlass forderten in diese schmierige Münchner Mafia-Kaschemme La Piazette (die gerechterweise danach pleite gegangen ist).

Schuld war sicher Harrys Bart, den ich auch jetzt gerne mit der Schere bearbeiten würde. Während wir noch stritten, wessen Outfit uns beiden hier gerade die Tour vermasselte, sah ich eine Küchenhilfe aus einer Seitentür kommen, die sich dank hydraulischer Technik nur ganz langsam schloss. Ich rannte um mein Leben und erwischte die Tür, bevor sie zufiel.

»Harry, von hier aus kommen wir rein!«

Es ging eine Stahltreppe hoch, und wir waren direkt im Vorratsraum der Schicki-Kneipe. Zentnerweise Butter, Nudeln, Brot, Schinken, Käse, Eier …

Harry reagierte empfindsam: »Das ist mir alles zuviel.«

Er köpfte dann doch ein paar rohe Eier, und ich schnitt mir ein Stück von dem Schinken ab, den die Mafiosi mit Recht nur in Flusen über ihre Pizzen verteilten.

Egal, das war nicht der Weg in die Kneipe, wir mussten hier schnellstens wieder raus. Stahltreppe runter, Kombüsentür auf, wir waren wieder auf dem Brienner Ring. Ein Strizzi in Kellnerkluft rauchte vor dem Eingang, er sah uns, schnappte in Panik nach Luft und flüsterte: »Bleibt sofort stehen. Ich hole die Polizei.«

Da waren wir schon längst über alle Berge im Taxi.

»Ich kenne niemanden sonst, der eine so große Küche hat wie du«, sagte Harry vorwurfsvoll, als wir am nächsten Tag telefonierten.

O'HARRY

Im Hamburger Literaturhaus standen und saßen die Zuhörer dichter gedrängt als im Showroom des International Hotel in Las Vegas. Natürlich waren mehr Frauen da, besonders reife. Auf der Bühne sang O'Harry mit seiner kräftigen Bariton- bis Bassstimme von Pooh und Polizisten. Er brauchte weder eine Gitarre noch eine Band. Ihm reichten sein Buch und sein Whiskey als Verstärker. Die Männer hörten kennerisch grinsend zu, und die Frauen hingen an seinen durch die Barthaare hindurchschimmernden Lippen.

Doch dann fehlte etwas. Er suchte was. Wie Elvis, der nach *Hound Dog* und *Teddy Bear* schweißgebadet nach einem Taschentuch suchte, bis ein Mädchen ihm eines zuwarf, um es klatschnass zurückzubekommen.

Unser Bart-Barde schwitzte nicht, sondern schien eher erkältet. Er räusperte sich, zog die Nase hoch, als wolle er vor Rührung über den Text anfangen zu weinen. Er suchte in seinen Taschen und sagte dann im selben Tonfall wie zuvor Inspektor O'Corky: »Hat jemand mal n'Taschentuch da?«

Im Falle Harry gab es nicht ein Tuch, sondern es regnete Tücher. Papier und Stoff, glatt und verschrumpelt, uni und gemustert, mit Initialen und Blumen, parfümiert und dry, frisch und benutzt. Anscheinend waren auch Bras und Tangas darunter. Und Harry nahm ein Teil, schnäuzte sich so laut, dass das Mikrophon verzerrte, nahm einen Schluck und las weiter. Er hatte eine Meta-Ebene erreicht. Man kann nur hoffen, dass die Taschentuch-Episode für ein Hörbuch mitgeschnitten wurde.

Aber unser Super-Star will noch mehr. Er meint, man müsste Gitarre spielen können.

O'Harry, das wäre zu viel. Der Bär singt Flann O'Brien, begleitet sich auf der Gitarre, fragt nach einem Taschentuch. Aber da er keine Hand frei hat, putzen ihm die Damen persönlich die Nase und wischen die Lider. Da bleibt kein Auge nass.

KEHRWOCHE BEI HARRY ROWOHLT

Harry Rowohlt zu lieben ist einfach und einleuchtend, ist Harry Rowohlt doch Sinnbild für die berühmte Weigerung Gottes, in Erscheinung zu treten.* Natürlich gilt dies nicht für den stets pünktlich und bestens präpariert zum verabredeten Termin auf der Matte stehenden Kleindarsteller und Vortragskünstler. Eher schon für den »Pooh's Corner«-Kolumnisten Harry Rowohlt, dessen Auftauchen in der »Zeit« so erratisch und unvorhersagbar ausfällt wie Marienmanifestationen und wie diese in den letzten Jahren ganz ausblieb, was Kleingläubige schon zum Zweifel an der Existenz dieser Kolumne, ja von Harry Rowohlt selbst führte. Ganz sicher gilt es aber für den literarischen Übersetzer.

116 Bücher, 5 Theaterstücke und einen Film hat Harry Rowohlt übersetzt. Welche Kärrnerarbeit das bedeutet, wird nur ermessen, wer selbst schon einmal versucht hat, den einen oder anderen Text von einer Sprache in die andere zu bringen. Man kann es sich natürlich aber auch leicht machen und mit A. A. Milne sagen: »Diese ganze Schreiberei. Bleistifte und was nicht alles. Überbewertet, wenn man mich fragt. Steckt doch nichts dahinter.«

Aber auf so was kann natürlich nur ein Esel kommen. In diesem Fall ein Esel namens I-Ah in Milnes Kinderbuch-

* Wie Epiphanien Gottes kann auch der unvorbereitete Kontakt mit Harry Rowohlt zu geistigen Ausfallserscheinungen, Schreckstarren oder Stumpfsinn führen. Unser erstes Telefongespräch lief meiner Erinnerung nach etwa so ab:

SCHECK: »Scheck.«
ROWOHLT: »Oh, Sie sind Schwabe.«
SCHECK: »Ach, und das hören Sie mir am Telefon an?«

klassiker von 1926 *Pu der Bär*. Daß er es auf Deutsch sagt und so schön, haben wir Harry Rowohlt zu verdanken. Warum übersetzt Harry Rowohlt? »Weil ich sehr ungern vor die Tür gehe«, hat er neulich einmal auf diese Frage geantwortet. »Beim Übersetzen kann man zu Hause bleiben.«

Schwer, sich der schlagenden Evidenz dieses Arguments zu entziehen. Andererseits lehrt die Erfahrung, bei Selbstaussagen von Schriftstellern Vorsicht walten zu lassen – ist Harry Rowohlt doch auch der einzige Mensch auf der Welt, der glaubt, an meinen Ohren zu reiben bringe Glück. Er tarnt seine perverse Vorliebe zwar hinter der Aussage, Millionen Griechen glaubten das auch, was sich allerdings auf mehreren Griechenlandreisen nicht verifizieren ließ. Wem außer Gott und Harry Rowohlt würde ein einigermaßen bei Trost befindlicher Mensch denn auch erlauben, ihn an den Ohren zu reiben?

Ich glaube eher, Harry Rowohlt übersetzt, weil ihm dies ermöglicht, »ich« zu schreiben, ohne sich selbst zu meinen. Das führt über die Zeit zu einem quasi fabrikneuen, jedenfalls von den Narzissmen des Literaturbetriebs kaum angemackten Ego, dem man dann um so lieber begegnet. Außerdem erfährt man beim Übersetzen eine Menge Sachen, die nicht in der Zeitung stehen. Zum Beispiel von Kurt Vonnegut, dessen *Zeitbeben* und *Gott segne Sie, Dr. Kervokian* Harry Rowohlt übersetzt hat und der einmal sagte, er schreibe für Menschen, die klüger sind, als ihr Status in der Gesellschaft erahnen lasse. Harry Rowohlt zielt auf eine ähnliche Leserschaft.

Freilich erweist schon ein flüchtiger Blick in Harry Rowohlts Übersetzungen, dass in ihnen eine furchtbare Unordnung, biblisch gesprochen: ein Tohuwabohu herrscht. Der Schweizer Ursus Wehrli hatte unlängst die einleuchtende Idee, Kunst aufzuräumen. Höchste Zeit, dies endlich auch mit Texten zu machen. Bei einer durchschnittlichen Seitenzahl pro Buch von 225 Manuskriptseiten hat Harry Rowohlt über die Jahre 27 850 Normseiten à 30 Zeilen und 60 Anschlägen übersetzt, was nach der Arno-Schmidt'schen Überarbeitungskonstante mit 4,62943088 zu multiplizieren ist und also 232 073 370 Buchstaben einschließlich Umlauten und Satzzeichen ergibt. Aufgeräumt, also nach einer gründlichen philologischen Kehrwoche, sieht Harry Rowohlts übersetzerisches Gesamtwerk so aus:

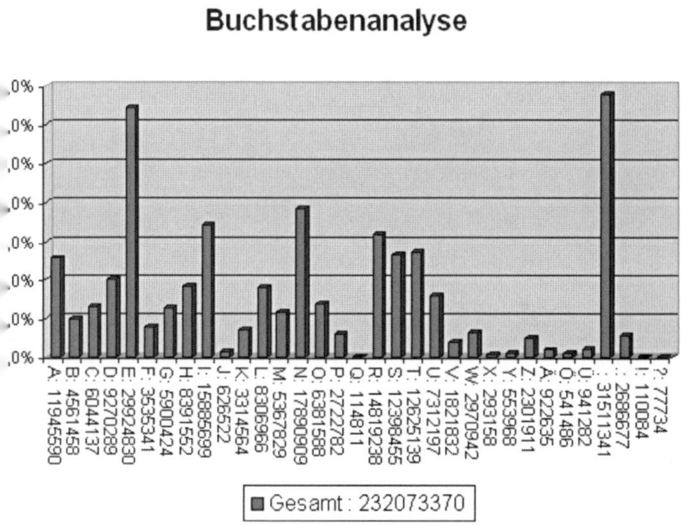

Damit sind wir nun in jenem Bereich hermeneutischer Auslegung angelangt, den Robert Jauß vor Augen gehabt haben muß, als er die klassischen Sätze schrieb: »Ebenso können zwei Menschen dasselbe Sternbild am Nachthimmel betrachten, und doch wird einer einen Wagen sehen und der andere vielleicht einen Bären. Die »Sterne eines literarischen Textes sind fixiert, variabel sind die Linien, die sie verbinden.« Im Bereich der ewigen, immer wieder neu zu stellenden Fragen der Interpretation: Warum ist Harry Rowohlt das Leerzeichen das liebste? Wie erklärt sich seine extreme Abneigung gegen das Q, seine idiosynkratische Neigung zum E? Was stört ihn am Ö im Vergleich zum Ä und Ü?

Kommenden Generationen von Interpreten wird es vorbehalten sein, aus dem hier gebotenen Material ihre Schlüsse zu ziehen.

KISSENSCHLACHT

Als ich vor sechs Jahren das Restaurant »Mario Ganzoni« in Hamburg-Eppendorf übernommen habe, habe ich auch »Den Stammtisch« übernommen.

Der Stammtisch, das ist ein Zusammentreffen von Literaten, Kritikern und Assoziierten, die sich allsamstaglich unter dem Patronat von Harry R., sommers wie winters, auf der Terrasse treffen und in fideler Runde den Nachmittag verleben.

Es kam also der erste Samstag, Stammtischtag, und meine Bedienung sagte, »wir müssen noch die Kissen holen«. Ich entgegnete, dass wir keine Kissen hätten und ich überhaupt bei Ganzoni noch nie ein Kissen gesehen hätte.

»Doch«, beharrte die junge Dame, »die Stammtischkissen«. Jede weitere Diskussion mit mir ablehnend, ging sie die »Kissen« holen.

Was sie brachte, war eine Ansammlung federkielgespickter, muffig riechender, hier und da mit gewissen Altersflecken übersäter Kinderkopfkisseninnenteile in den Farben Hellblau und Hellrosa. Diese waren in einem eigens dafür bereitgehaltenen Korb verwahrt, der in Alter und Befindlichkeit den Kissen um nichts nachstand und seine Pflegebedürftigkeit offen zur Schau stellte. Jedem Betrachter musste sich zweifellos die Frage aufdrängen, ob, sollte man diese Symbiose auflösen, die Kissen, ihres Behältnisses beraubt, den Inhalt über Terrasse und Eppendorf entlassen würden oder ob der Korb der mit den Enden seiner Weidenruten krampfhaft in den Kissen Halt zu finden suchte, bei seiner Entleerung dem Schöpfer entgegentreten würde.

Ich merkte an, während ich mit Herpessalbe und einem geliehenen Abdeckstift die schlimmsten Spuren meines Zusammentreffens mit den maroden Gebilden zu vertuschen suchte, daß diese Kissen NIEMANDEM zuzumuten seien.

Meine Bedienung hatte jedoch bereits, wieselflink, alle auf den Stühlen verteilt und damit der besonderen Wertschätzung für die Stammtischgäste Ausdruck verliehen.

Mein erstes Zusammentreffen mit den Mitgliedern des Stammtisches war also geprägt von der Sorge, ob die Kissen, nur diesen Samstag noch, ihre Aufgabe erfüllen würden, und dem Erstaunen über die Sorglosigkeit der Gäste im Umgang mit diesen Ganzoni-Devotionalien.

Wir haben vor einigen Jahren neue, weniger »exklusive« Sitzauflagen besorgt, die nun auch den übrigen Gästen zur Verfügung stehen. Merkwürdigerweise haben weder Harry noch dessen Kombattanten dieses jemals wirklich bedauert.

Die literarischen Gespräche über Neuerscheinungen, Erstlingswerke und Wiederauflagen, bei denen nicht zuletzt Harrys Werke immer wieder im Fokus stehen, wurden und werden, unabhängig von der jeweiligen Po-Unterlage, mit Vehemenz und Inbrunst geführt.

Lieber Harry: Noch viele schöne Samstage mit Deinen Freunden und den »Mittelschichtlerinnen« wünscht Dir

Dein Marco

MONUMENTALER, GENIALER USW., ABER EBEN VOR ALLEN DINGEN ZUTIEFST SEELENVOLLER, KURZUM: LIEBER HARRY,

schon ist's verfehlt, das Interesse
dieser meiner Grußadresse,
Dich zu loben und zu preisen,
ohne hymnisch zu entgleisen.

(So was geht mir immer schief,
wie so mancher Liebesbrief.)
Letzter Versuch, das Wort zu nennen:
Selig ist es, Dich zu kennen.

Das schwört mit freudig erregtem Puls
Dein Dir viel Glück wünschender

Frank Schulz

Mein schönstes Erlebnis mit Harry Rowohlt
kommt noch.*

* Das will ich jedenfalls hoffen. Ich scheue mich (aus rabulist-, egoist- und abergläubischen Gründen), voreilig eines der bisherigen vielen schönen Erlebnisse mit Harry in den Superlativ zu befördern: bei unvergeßlichen Begegnungen in der »Glocke« und anderen Kneipen; am Eppendorfer Samstags-12-Uhr-Stammtisch (meine Initiation verpaßte ich um exakt 12 Stunden, weil ich ganz selbstverständlich davon

ausgegangen war, daß ein Samstags-12-Uhr-Stammtisch mit Harry Rowohlt um 12 Uhr *nachts* stattfinden müsse); auf Bahnrück- fahrten Bochum–Hamburg (in denen wir, wiewohl Geiseln mörderischer Raubkater, ich bewaffnet mit Dosenbier, Harry darüber hinaus mit Anekdoten, uns geradezu suhlten); auf einem Ausflug zum Nordkolleg Rendsburg, in dessen Verlauf wir (unverkatert!) auf den Nordostsee-Kanal gafften und Harry Heino-Jaeger-würdig in die Rolle einer Art Kuddel Daddeldu schlüpfte, der einen Stegreifabgesang auf die christliche Seefahrt hielt, gipfelnd in dem missingschen Lamento, bei den heutigen Löschzeiten verbleibe ja nur mehr knapp Muße für einen »ans'tändigen Filterkaffe«, woraufhin Nordkolleg-Chef Stephan Opitz in einen Koller geriet (»Filterkaffe! Filterkaffe! Wenn ich doch bloß vermitteln könnte, was daran so komisch ist!«), was Harry wie folgt kommentierte: »Hätte ich nicht gedacht, daß ich mal mit etwas reüssiere, das ich nicht verstehe«; und zum Beispiel bei einer gemeinsamen Lesung im Bochumer Schauspielhaus vor rund 220 Zuhörern. Für mich eine gehörige Menge; Harry allerdings meinte, wäre er allein gewesen, hätte er den Saal vollgemacht. (Diese Bemerkung, das weiß jeder, der Harry kennt, würde Harry als arrogant nur jemand ankreiden, der ihn nicht kennt.) Zum Abschluß erfüllte Harry meinen Wunsch, diejenige von »Pooh's Corners« mit dem Titel »Aha, ein Sátori« vorzulesen: »*Sátori* ist ein Begriff aus dem Zen-Buddhismus und bedeutet ›eine kleine Erleuchtung, die meist von einem kurzen Gelächter begleitet wird‹, also sozusagen ein Ahaha-Erlebnis. Wenn wir zum Beispiel eine Flasche öffnen und zügig einschenken, hören wir, daß ›Fuchs, du hast die Gans gestohlen‹ weder ein Kinder- noch ein Jägerlied ist, sondern ein Trinklied.«

Als ich diese Kolumne ausgewählt hatte, hatte ich nur bis dorthin gelesen, denn dieses Ahaha-Erlebnis war's, um das es mir ging. Nun las Harry aber noch weiter im zugegebenermaßen exponentiell komplizierter werdenden Text, bis er vor 220 Zuhörern mit den Worten abbrach: »Hä? Was ist denn das für'n Quatsch.« (Siehste? Hätte ich Harry nicht gekannt, hätte ich mich jetzt dafür schämen müssen, daß ich ihm die obige Bemerkung als arrogant angekreidet hätte.)

3 HARRY-LIEDER ZUM MITSINGEN

Harry, lies mal wieder was vor
(nach der Melodie von »Junge, komm bald wieder«)

Harry, lies mal wieder
mal wieder
was vor!

's lebe dein fluider
luzider
Humor …

Lies uns was Schönes,
Komisches vor!
Sing uns obszönes
Kramzeugs ins Ohr!

Harry, lies mal wieder
mal wieder
was vor!

Harry hat 'nen Sammelkater
(nach der Melodie von »Fuchs du hast die Gans gestohlen«)

Ach du lieber dicker Vater,
ach Herrjemine!
Ach Herrjemine!
Harry hat 'nen Sammelkater,
'leison, kyrie-he-he!
Harry hat 'nen Sammelkater,
'leison, kyrie!

Aber dennoch hat sich Harry …
(nach der »Bolle«-Melodie)

Harry reiste jüngst nach Kölle
zum Lindenstraßen-Set.
Die Mitropa war die Hölle,
zu fett das Omelett,
der Whiskey bös' verwässert, die Kellnerin skalpiert –
aber dennoch hat sich Harry janz köstlich amüsiert!
Aber dennoch hat sich Harry janz köstlich amüsiert!

Am Bahnhof fragt' ein Kenner
(und wurd' dabei ganz jeck):
»Sie sind doch dieser Penner?«
Und Harry kriegt' 'nen Schreck
und nahm den blanken Euro, den der ihm offeriert' –
aber dennoch hat sich Harry janz köstlich amüsiert!
Aber dennoch hat sich Harry janz köstlich amüsiert!

Und in der Lindenstraße
Wurd' fleißig dann gedreht,

den Fans zum Heidenspaße
vorm Farbfernsehgerät.
Zwar lief sein Method Acting nicht ganz so wie geschmiert –
aber dennoch hat sich Harry janz köstlich amüsiert!
Aber dennoch hat sich Harry janz köstlich amüsiert!

Und Harry soff die Nacht durch
und fuhr per ICE
zurück ins schöne Hamburch
im Restaurant-Coupé:
Der Kater war 'ne Bestie, die Kellnerin pikiert –
aber dennoch hat sich Harry janz köstlich amüsiert!
Aber dennoch hat sich Harry janz köstlich amüsiert!

Zwei Reisende geruhen,
sich anzuwanzen: »Ach!
Ham Sie wohl was zu tuen
mit dem Rowohlt-Verlach?«
Mit einem Korkenzieher hat er die zwei kastriert –
aber dennoch hat sich Harry janz köstlich amüsiert!
Aber dennoch hat sich Harry janz köstlich amüsiert!

Und all die Nervenknoten
entwirrten sich (zum Glück),
als voller Anekdoten
kam Harry nun zurück.
Ob seiner bunten Fahne war Ulla konsterniert –
aber dennoch hat sich Harry janz köstlich amüsiert!
Aber dennoch hat sich Harry janz köstlich amüsiert!

Laudatio anläßlich der Verleihung des Heinrich Maria Ledig-Rowohlt-Übersetzerpreises

LADIES AND GENTLEMEN, DEAR HARRY ROWOHLT,

When you, Harry Rowohlt, at your own risk, asked me, a mere observer from a distant sideline, to deliver what is called – in our best classical tradition, – a *laudatio* for the ritual at hand, your intention was, I assume in good trust, not just to embarrass me in front of such a select audience.

It may have been because all others that were requested wisely refused the task. Your own will be a tough act to precede.

Or else you may have been motivated by the certainty that I would not steal too much of the limelight and certainly not outshine your own rhetorical lustre. So in bridging the gap between the soup and the main course I am not even trying to say anything new, perceptive or original about a public literary figure, who is most likely better known to all of those present than to myself.

I feel like someone asked to carry word play to Dublin.

As we have already heard, »Everybody knows Harry«, so we could leave it at that. The sheer bulk of Harry Rowohlt's output is impressive. I declined to look at a list of all translations as such a roll call of achievements would be tedious, and so would a list of all the previous awards.

Harry Rowohlt is not a novice at receiving prizes and praise. I am sure he'll take this one in his grumbling stride. His trophies, at home, if they fit into his home, must match those of Manchester United.

Only a few of his many facets should be singled out. Above all Harry Rowohlt has brought a good part of modern Ireland to the German speaking word, as a literary Ambassador. He has become an honorary Irishman, also someone, on a more mundane level, who could enter any Irish pub and blend in with no questions asked.

In fact I have always seen him, whatever else, as an inspired Hamburg equivalent of the Dublin pub regular, with analogous eloquence, a gift of the gab, quick at repartee and mimicry. No doubt he would – did – hold his own in downing a few pints in the process.

Incidentally, he also shares a dislike that many Irish used to have of James Joyce, which is understandable enough, but also grounded in a misconception — which is also common among a majority of scholars — that Joyce composed mainly puns, *Wortspiele*, or, in German dismissive parlance, *Kalauer*. Oddly enough, he himself excels at them; they seem to generate themselves without much effort.

In true Irish tradition many of his own stories and memoirs appear at times to be much more obliged to their intrinsic quality as stories, their stupendous entertainment value, than to a strict basis in fact. Or else Harry Rowohlt must have had a very adventurous fascinating life indeed, which may well tune in with a particularly far-flung, resourceful, capricious and audacious vocabulary.

A man for many seasons of astounding versatility, Harry Rowohlt is not *just* a translator (actually few translators are just translators), but of multiple endowments as a writer, a commentator on various scenes, a reciter, a performer, gifted entertainer and a part time actor. These activities accrued along the way. The mere scope is frightening.

Talking of scope, it includes everything from children, whom he delights with Winnie the Pooh, down to highbrow intellectual snobs like us, so much so that Pooh has become a household word even in Germany. There is something Anglo-Saxon, and, to reiterate, particularly Irish in making literature of all degrees amusing, enjoyable and gutsy.

There is, or was, one limitation. His authors are all male, this not because of some bias, but as he explained, out of a sense of diplomatic delicacy as he would not encroach on a wide territory that should be left, judiciously, to his female colleagues, who in fact, as we know, form the majority within the profession.

This is not the occasion to expatiate on the craftsmanship, the art and or even the conditions of translation – that innate paradox of a metamorphosis where everything changes in another language and yet everything has to remain the same.

Harry Rowohlt does not share the common lot of most practitioners who remain largely invisible, unnoticed and unappreciated, wallflowers at best and singled out mainly by mistakes, actual or projected. He is very much in the public eye, has become a trademark, sterling, displayed even in advertisements.

I have always been allergic to evaluating translators on a simple scale of quality, »good« or »bad« or a few adjective from a standard repository (»congenial« topping the list of inane stereotypes). Since a translator can hardly juggle as many balls as most of our best authors do, what then are – in Harry Rowohlt's guide lines – the basic requirements, and what can, with a sigh of resignation, go by the board? So I wondered what would be Harry Rowohlt's procedures, recipes, programme, not an easy task within such multifaceted achievements.

His success is vital proof that a translation – since, for all practical purposes, a translation occludes its original – has to read and sound well in its own right. It is this, the tone and punch, that gave Harry Rowohlt's translations their reputation and prominence. They are also superbly adapted to his own voice (or is it the other way around?). Harry Rowohlt can breathe life into his prose. This has been amply testified by numerous readers who were struck by the works that they did not compare with any original, just on the basis of their own memorable delight.

His overall rule is not, it appears, what would be my own automatic preferences (those of a pedantic philologist), an ideal closeness to the text. Of such close correspondence Harry Rowohlt is of course supremely capable, it is just not an exclusive principle. Some of his phrasings are of the kind no-one else might have thought of, but they feel instinctively on target, no matter how elusive that target may be.

Please don't ask me what I mean by designating some of his method paradoxically as consonant epicentric latitude. You notice that the slur »re-creation« – »Nachschöpfung« for heaven's sake – is carefully avoided.

That, apart from such shots in the dark, his principles or the tricks of the trade cannot be pinpointed is something he himself will certainly not object to. Classifiability is definitely not one of his characteristics.

He also does not seem a loyal adherent of the dogma that a writer, even a good writer, cannot or should not – if need be – improved upon.

Some years ago I had to introduce Harry Rowohlt, hardly known to me then, and I inevitably brought up Flann O'Brien, that highly pseudonymous author, whom our translator has turned into a German classic. In all innocence and confidence I underlined the difficulty of such a task. But he countered, brusquely pulling the rug from under my feet, that, NO, this was not difficult at all. No sleepless nights, he made it sound like child's play (which, come to think of it, some of Flann O'Brien's verbal pranks are). It was not my impression that he was showing off in coy modesty.

Just imagine if he were right, if it really did come easy to him, by way of inspiration or some mysterious affinity. It would be enough to provoke envy and anger. There is, it shows all too well, no justice in the world as far as our mental equipment is concerned.

But what I heard ties in with a statement in one of his interviews. There he claims, rightly, that incompetent authors are irksome to translate, but – much more surprising – the really good ones, like the aforesaid Flann O'Brien, give him little trouble. They write so well, he explains, that all you have to do is to scuttle after them (his idiom »hinterherjachtern« is more punchy than any equivalent I can think of). They, good writers, have done the job for you already. You just follow suit. Now such an authoritative pronouncement comes perilously and deceptively close to that naive view popularly held in the world outside, not by experts assembled here, that translation simply amounts to substituting one's own words and constructions.

I am sure most colleagues would not entirely agree. In fact I think that a mildly censorious finger should be wagged in his direction (if not a yellow card held up) before we pass on to the business at hand. And yet the apparent swagger does in fact point to what appears an awesome facility, a way with words, an adroitness with German idioms and registers, a vocabulary that is effective, colourful, vibrant, luxuriant. (It is awesome certainly for a Swiss for whom standard German, let alone its idiomatic abundance, is at best a painful exertion, at our clumsy fingertips.)

In particular he even manages to resolve English participal constructions into German subordinate clauses that *do not drag* — or do not necessarily drag.

Again one can only speculate about a unique gift, linguistic genes or something of the sort, but we are sure there is a lot of discipline and commitment, research and browsing in dictionaries at work. The sweat just does not show. In fact given such an output, one wonders how Harry Rowohlt ever finds time to leave the closet and the library where translators spend most of their hours, late into night, for the multitudinous roles he seems to play without manifest effort. Not to forget his forays into the state of affairs that he finds less than perfect in newspaper columns, or asides from his reading tours nor an occasional harsh comment on some of his colleagues. Words from his resonant mouth are not generally minced.

There is probably very little that most of you did not know already, and my decorative ramble is probably not out of tune with what a discerning jury has already taken for granted There is no doubt that the prize of the Heinrich Maria Ledig-Rowohlt-Stiftung has been well awarded. We can only nod appreciatively.

It was my, in retrospect now, not entirely arduous task to pave the way for the award itself and for the response – which will no doubt be delivered with the expected growling charm and characteristic acerbic flavour.

(So ungefähr hätte die Laudatio ausfallen können, wenn ich mich nicht hätte ins Englische flüchten können. Eben leicht anders, auch schon weil mich die Natur nicht zum Übersetzer ausersehen hat)

ALS DU MICH, lieber Harry Rowohlt, als einen etwas abseits Stehenden vor ein paar Wochen anriefst, um mich, auf eigene Gefahr, in das bevorstehende Ritual einzubinden, einer Laudatio im klassischen Stil, da wolltest Du mich, nehm ich nun mal an, nicht unbedingt vor erlauchter Gesellschaft vorführen, denn ich kenne Dich, wenn nicht sehr gut, aber doch besser. Denkbar wäre es, daß sich andere Angefragte geziert haben, in weiser Voraussicht, daß man rhetorisch verblaßt. Ich, mit landesüblicher helvetischer Unbeholfenheit, würde Dir bestimmt nicht vor dem Rampenlicht stehen, da ich wie andere potentielle Opfer Dir nicht das Wasser reichen könnte. Wobei Du auch nicht gerade als Freund dargereichten Wassers giltst. Wie ich nun die Lücke zwischen Suppe und Hauptgericht ausfülle, ganz wie es sich gehört, werde ich kaum etwas Neues oder tiefer Schürfendes über eine Figur vorbringen, die den meisten besser vertraut ist als mir.

Ich komme mir vor, als hätte ich Wortspiele nach Dublin zu tragen.

Wir haben bereits vernommen, daß »alle den Harry kennen«, und dabei könnte man es belassen und gleich zum festlichen Akt schreiten.

Harry Rowohlts Ausstoß ist überwältigend, und entmutigend ohnehin. In christlichem Mitgefühl verkneife ich mir eine Aufzählung, die ebenso langwierig wäre wie eine Liste früherer Krönungen. Harry Rowohlt ist nicht gerade ein Neuling in Sachen Preise oder Lobpreisungen. Auch diese Auszeichnung wird er grummelnd hinter sich bringen. Seine Trophäen zuhause, sollten sie dort hineinpassen, reichen wohl an die von Bayern München. Nein –'tschuldigung, Bayern München möchte ich ihm denn doch nicht antun.

Was nicht ausgelassen werden kann, ist seine Rolle als literarischer Botschafter Irlands in Deutschland, als *Ire honoris causa*, oder aber, weniger geschwollen, einer, der in jedem beliebigen irischen Pub nicht sonderlich auf- und schon gar nicht abfallen würde. In der Tat sehe ich ihn als Hamburger Entsprechung eines Kumpanen in einem Dubliner Pub, mit einschlägiger Eloquenz, Hieb- und Schlagfertigkeit und einem Flair für Nachahmungen. Und so nebenbei käme er auch anstandslos ein paar Pints zu Rande. Anstand ist nicht alles auf dieser Welt. Oder, wenn's denn sein muß, etwas Whiskey, solang es denn Paddy ist.

Was ich taktvoll übergehen will, ist, daß er auch zu einer in Irland immer noch verbreiteten, wenn auch abnehmenden Abneigung gegenüber James Joyce neigt, in der irrigen Ansicht, der selbst altgediente Joyceaner anhängen, Joyce verfahre hauptsächlich mit Wortspielen oder ergehe sich in Kalauern. Man verzeiht es ihm schon deshalb, weil er selber mit dieser Gattung anzüglich – ich meine natürlich vorzüglich – umgehen kann, ganz so, als stellten sie sich von selber ein.

In guter irischer Tradition scheinen auch seine Geschichten oder Erinnerungen mehr der kernigen Qualität der Erzählung verpflichtet, ihrem grandiosen Unterhaltungswert, als der Verankerung in einer Wahrheit. Es sei denn, Harry Rowohlt führe ein derartig abenteuerliches, schillerndes Leben ganz im Einklang mit seinem weit ausholenden, gewitzten, kapriziösen oder verwegenen Wortschatz.

Bei seiner bizarren Vielseitigkeit ist Harry Rowohlt beileibe nicht *nur* Übersetzer – in der Tat sind die wenigsten Übersetzerinnen nur Übersetzer –, sondern rundum begabt als Schriftsteller, Kolumnist, Vorleser, Kommentator der Zeitumstände, Darsteller und Schauspieler. Es scheint, er hat diese

Rollen unterwegs wie nebenbei, ohne Plan oder Vorhaben, aufgelesen, ein beunruhigendes Repertoire. Es reicht von den Kindern, die er mit Winnie dem Puh berückt hat, bis hinab zu den intellektuellen Snobs unseres Zuschnitts. Er hat Pooh im deutschen Sprachbereich Asyl gewährt. Ihm, Harry Rowohlt, haftet etwas Angelsächsisches an, oder (um nochmals darauf herumzureiten) Irisches, in der Fertigkeit, Literatur aller Schattierung unterhaltsam, markig und spritzig zu gestalten, was sich gelegentlich (was hier auf der Buchmesse besser unausgesprochen bleibt) von einem wohlgewirkten Grauton einheimischer Literatur erfrischend abhebt.

All dies geht nicht ohne Vorbehalt. Seine Autoren sind durchweg männlich, nicht auf Grund eines Vorurteils, sondern, wie er einmal erklärte, auf Grund der Einfühlung, daß sich ein Mann besser nicht in ein Territorium einpreschen sollte, das den Kolleginnen vorbehalten bleiben soll, die ja denn auch die Mehrheit ihrer Zunft ausmachen.

Es wäre des bereits Bekannten zuviel, mich hier über das bloße handwerkliche Geschick und die Kunst auszulassen, oder die leiden Zustände der Übersetzerei wieder einmal zu bejammern. An der paradoxen Grundbedingung kommt niemand vorbei, daß Übersetzung alles verändern muß und doch alles gleich lassen sollte. Hier teilt Harry Rowohlt das Los aller Praktikanten, die gemeinhin unsichtbar, unbeachtet ein Mauerblümchendasein fristen oder bestenfalls ihrer kleinen Unachtsamkeiten wegen flüchtig Erwähnung finden. Aus dieser Reihe tanzt Harry Rowohlt souverän, als Mauerblümchen käme er nicht mehr an, er ist beinahe monumental augenfällig und zum Markenzeichen geworden. Man führt ihn sogar, die Huldigung eines Übersetzers, in Verlagsanzeigen auf.

Es hat mir nie zugesagt, Übersetzungen mit den knappen Etiketten »gut« oder »schlecht« zu versehen oder sie mit den

Standardphrasen abzutun (mit »kongenial« an der Spitze aller Floskeln), als gehöre ich einem literarischen Quartett an. Da nun mal auch der gewandteste seines Fachs nie mit gleich vielen Bällen jonglieren kann, wie es die hervorragenden Autoren tun, nach welchen Kriterien wird nun vorgegangen? Was muß unbedingt übernommen werden, was darf, bei resigniertem Schulterzucken, notfalls unter den Tisch fallen? Was sind die Richtlinien, die sich Harry selber vorsetzt? Ich wäre gern dahintergekommen.

Sein Erfolg belegt, daß eine Übersetzung, da sie sich in der Praxis breit vor das Original schiebt, vor allem als etwas Eigenständiges gut zu klingen hat. So sind es einmal der Tonfall und der schiere Schwung, die Harry Rowohlts Umwandlungen unverkennbar gemacht haben. Sie scheinen ideal auf seine eigene sonore Stimme angelegt. So haben es Zuhörer erlebt, die seinen Texte verfallen sind, ohne daß sie vom Original je etwas vernommen hätten.

Wenn er denn artikulierte Leitlinien haben sollte, so entsprächen sie nicht meinen eigenen Vorlieben, denen eines pedantischen Philologen, dem es möglichst auf den ursprünglichen Wortsinn ankommt. Dazu ist Harry Rowohlt durchaus in der Lage, aber anketten läßt er sich von keinem noch so originellen Original. Auf manche seiner Wendungen wäre sonst nie jemand gekommen, aber sie treffen fast instinktiv ins Ziel, auch wenn es, das Ziel, sich noch so sträubt. Mir scheint Harry Rowohlts Vorgehen stimmige epizentrische Bewegungsfreiheit. Diese etwas unpräzise Formulierung ist allemal besser, als die dämliche nichtssagende, phrasenhafte »Nachdichtung« zu bemühen.

Warum er gerade so verfährt, wie er es tut, und mit welchem Vorsatz, dahinter kommen wir nicht. Und wenn er es selber wüßte, würde er es uns kaum aufbinden. Niemand würde ihm je vorwerfen, daß er leicht einzuordnen ist. Er hält sich ja auch nicht loyal an das Dogma, daß ein Schriftsteller, selbst ersten Ranges, nicht auch zu verbessern wäre.

Vor ein paar Jahren fiel es mir zu, ihn an einer kleinen Feier in Zürich vorzustellen, und weil mir auf Anhieb nichts Besseres in den Sinn kam, brachte ich Flann O'Brien ins Spiel, den irischen Autor mit den vielen Pseudonymen, dem Harry unterdessen das deutsche Bürgerrecht verliehen hat. In aller Unschuld kehrte ich die ganz besonderen Schwierigkeiten dieses Sprachvirtuosen hervor, lief dabei aber voll ins Leere, da Harry von Problemen überhaupt nichts wissen wollte. Die gab es, in diesem Fall, nicht, also keine schlaflosen Nächte, fast ein Kinderspiel. Nun kommen in der Tat einige von Flann O'Briens Schrulligkeiten dem Kinderspiel recht nahe und würden Feld-Wald-und-Wiesen-Übersetzern, und auch mir, der ich keiner bin, ordentlich zu schaffen machen. Ich hatte nicht das Gefühl, daß Herr Rowohlt, was er für mich damals noch war, mit seiner Aussage angeben oder kokettieren wollte, obgleich er, wie man mir zuraunte, Eitelkeiten nicht immer abhold ist. Nehmen wir aber einmal an, Harry Rowohlt schafft diesen Autor ohne sonderliche Beschwerden, daß also die Inspiration sozusagen frei ins Haus kommt oder eine Art Wortverwandtschaft besteht. Das würde nur wieder einmal belegen, daß es in diesem Leben, was unsere geistige Ausstattung angeht, halt keine Gerechtigkeit gibt.

Ein kauziger Snobismus steht allemal gut an. Das führt gleich zu einem Interview, wo Harry Rowohlt zu Protokoll gibt, daß ihm inkompetente Autoren lästig fallen und beschwerlich sind, die guten aber, wie der besagte Flann O'Brien, leicht von der Hand gehen. Die schreiben so gut, daß man nur »hinterherzujachtern« hat, denn die haben die Arbeit bereits für den Übersetzer erledigt. Da braucht man nur hinterherzu-, eben, »-jachtern« (wenn ich mal nichts anderes zu tun habe, will ich übungshalber ein wenig jachtern). Nur kommt so ein Bekenntnis unheilvoll nahe an das verbreitete naive Vorurteil dort draußen in der Welt (nicht bei uns abgeklärten Sachverständigen im Saal), daß Übersetzen einfach nur in einer Art Austausch der Wörter besteht.

Nicht alle Übersetzerkolleginnen würden der Wertung zustimmen oder seiner eigenen Klassierung von Autoren. Ein gelinde mahnender Finger ist allenfalls zu erheben, eine gelbe Karte wäre allerdings übertrieben. Die implizierte Leichtfertigkeit aber stammt wiederum aus einem besonderen Talent, einem Umgang mit Sprache, Idiomen und Registern, was natürlich einen sprachlich immer etwas hinterherhechelnden Helvetier erst recht beeindruckt.

Im ganz Besonderen bringt es Harry Rowohlt sogar zustande, mit dem von Syntax geplagten deutschen und daher meist schleppenden Nebensatz leichtfüßig umzugehen.

Wie immer ist der Ursprung einer Begabung kaum zu erraten – linguistische Gene oder etwas oder was auch immer –, doch Begabung allein tut's nicht. Eine ansehnliche Portion Disziplin, Einsatz, Engagement, Recherchen gehören dazu. Es ist nur so, daß man den Schweiß des Angesichts nicht bemerkt. Beim schieren Umfang des Übersetzten wundert man sich bloß, wo in aller Welt Harry Rowohlt die Zeit findet, aus der stillen Kammer oder der Bibliothek ins pralle Leben hinabzusteigen und in die vielerlei Rollen zu schlüpfen, die er gewissermaßen mit links auch noch bewältigt, seine Streifzüge in die Zeitumstände oder die Kommentare zum Alltag, seine Lesetouren und, ab und zu, kleine Seitenhiebe auf Kollegen, ohne pflegliche Leisetreterei.

All das Vorangegangene ist natürlich längst bekannt, und ich bin sicher, mein Einrahmungsprogramm verläuft im Einklang mit den Ansichten einer umsichtigen Jury. Kein Zweifel, daß die Heinrich Maria Ledig-Rowohlt-Stiftung besonnen gewählt hat. Wir brauchen nur noch zustimmend zu nicken.

Meine – im Rückblick nun doch nicht so heikle – Rolle dient dazu, den roten Teppich auszufahren auf dem Weg zum Ritual und der Entgegnung, die zweifellos mit dem erwarteten brummigen Charme und der bezeichnenden Ungeniertheit über unsere intime Bühne gehen wird.

HUMMER MIT MUSIK

Anna Mikula, damals Kulturchefin der inzwischen verstorbenen Zeitung »Die Woche«, hatte uns in Hamburg zum Essen eingeladen. Harry Rowohlt und ich sollten das Restaurant aussuchen. Da Harry im Gegensatz zu mir Hamburger ist, aber glücklicherweise keine Hamburger isst, überlies ich ihm die Wahl. »Wenn man uns schon mal eine warme Mahlzeit spendiert, gehen wir ins Kennebunkport«, entschied Harry. »In diesen piekfeinen Laden kämen wir sonst nie rein.«

Das Restaurant, das ebenso wie »Die Woche« längst verstorben ist, lag an der Außenalster. Wir erschienen unangemeldet. Ob denn noch ein Tisch frei sei, fragte Anna, und fünf Kellner brachen in schallendes Gelächter aus. »Im Kennebunkport ist immer ein Tisch frei«, sagte einer der Kellner, nachdem er sich beruhigt hatte. Ein anderer fügte hinzu: »Im Kennebunkport sind stets alle Tische frei.«

Außer uns und den fünf Kellnern gab es noch eine Sängerin und einen Pianisten. Sie stimmten »When The Saints Come Marching In« an, während wir unsere Plätze einnahmen. Offenbar war das Musikprogramm auf die Gäste abgestimmt, was bei den Besucherzahlen nicht weiter schwierig war.

Die Speisenkarte war ein beeindruckendes Werk im Taschenbuchformat, es enthielt nicht nur zahllose wohlklingende Gerichte, sondern auch deren Geschichte sowie den Herkunftsort der Zutaten. Wenn man zügig las, konnte man die Karte in einer Stunde durcharbeiten. Doch so weit kam es nicht. Drei Kellner traten an den Tisch, zogen uns die Speisenkarten aus den Händen, schlugen sie in der Mitte auf und tippten auf drei Gerichte. Dabei sagten sie im Chor: »Wir haben das, das und das.« Hummer in drei verschiedenen Größen. Sonst nichts? »Sonst nichts«, bestätigten die Kellner im Kanon, zu dem die Sängerin »Rock Lobster« von den B-52's intonierte:

»We were at the beach
Everybody had matching towels
Somebody went under a dock
And there they saw a rock
It wasn't a rock
It was a rock lobster.«

Wir bestellten also Hummer. Und zwar mittelgroße Exemplare, dazu Bier und eine Flasche Wasser. Die Getränke kamen zügig, ein Kellner schenkte Wasser ein, während die anderen gelangweilt herumlümmelten. Wenn einer von uns nach der Flasche Wasser greifen wollte, kamen sie angeschossen und balgten sich geradezu darum, nachschenken zu dürfen. Einmal war ich schneller, aber es nützte mir nichts. Im Handumdrehen kamen zwei Ober angerannt. Einer hielt mich von hinten fest, während der andere mir die Flasche entwandt und nachgoss. Der Pianist spielte Händels »Wassermusik«.

Dann wurden die Hummer serviert, die Sängerin trug dazu das Kinderlied vom »Hummer mit Kummer« vor. Ich hatte keine Erfahrung mit Hummern, meine bis dahin einzige Begegnung mit solch einem Tier hatte sich im Haus meiner Schwägerin ereignet. Sie hatte einen lebenden Hummer beim Weihnachtsbasar des Supermarktes gewonnen, wusste aber nicht, wie man ihn zubereitet. Sie legte das Tier ins kalte Wasser und schaltete die Kochplatte ein. Der Hummer fühlte sich zunächst recht wohl, doch schon bald wurde es ihm zu warm, und er versuchte, aus dem Topf zu klettern. Die

Schwägerin nahm einen Deckel und hielt ihn fest auf den Topf gedrückt, während der Hummer von innen klopfte. Nach einer Weile wurde es still, aber der Appetit auf Hummer war uns vergangen.

Im Kennebunkport wusste man, wie die Krustentiere zuzubereiten sind, aber Harry und ich hatten keine Ahnung, wie man sie knackte. Ich rief die Bedienung zu Hilfe. Während zwei Kellner meinen Hummer mundgerecht zerlegten, stocherte Harry mutig mit seiner Gabel im Körper des Tieres. »Aber Harrylein«, sagte Anna tadelnd, »der Körper ist nicht genießbar.« Die Sängerin stimmte »For shame of doing wrong« von Richard Thompson an. Wir summten leise Hannes Waders Lied »Hör auf, Mädchen«.

Irgendwie bewältigten Harry und ich die mittelgroßen Hummer doch noch. Uns kam Eric Burdons Hit »I gotta get out of this place« in den Sinn, und wir beschlossen, die nächste Hafenkneipe anzusteuern – ein Ambiente, in dem wir uns eher zu Hause fühlten, auch wenn Anna uns als »Banausen« beschimpfte. Sie zahlte aber dennoch, und als wir das Kennebunkport verließen, schmetterte uns die Sängerin »Muss i denn zum Städtele hinaus« nach.

MERKWÜRDIGE GESELLSCHAFT

Ich habe diese Bücher nie gemocht, die damit anfangen, umständlich zu erklären, warum ein Roman eigentlich gar kein Roman ist, sondern nur die Zusammenstellung von ein paar Manuskriptseiten, die der Großvater des Autors beim Würfelspiel in Saragossa zugeschoben bekam, um darin seine Dukaten einzupacken, die dann, angegriffen von hispanischem Salzwasser, angefressen von belgischen Holzwürmern und so weiter, beim Spielen auf dem Dachboden von einem kleinen blonden Mädchen mit Hüftschaden gefunden und zunächst nur zu einem Schiffchen, später zu einem Papiergleiter gefaltet durch das an diesem Tag wegen eines stechend riechenden Bohnerwachses weit geöffneten Fenster eben jenes Autors, nein Danke.

Dennoch.

Außerdem ist es bei mir eine Streichholzschachtel. Keine Schachtel, recht besehen, vielmehr ein Briefchen. Eines dieser Gratisgeschenke, ja, mir ist klar, in gewisser Weise steckt in dem Wort »Geschenk« auch das Wort »gratis«, eines dieser Dinger also, die der Gast zugesteckt bekommt, wenn er gerade in einem Hotel an der Bar sitzt, eine unangezündete Zigarette, Zigarre, Pfeife, was weiß ich, zwischen den Lippen und sich auf die Taschen klopft. Auf diesen Briefchen steht vorne immer der Name des Hotels, oft auch ein Emblem des Unternehmens, in meinem Fall das Bild eines Hauses mit vielleicht fünfzehn Stockwerken und einem hohen schräg zulaufendem Dach, darunter die Worte: Peace Hotel. Die Rückseite dieses Deckblattes, das ist wichtig, hat der Gestalter freigehalten. Darauf befindet sich der Text, auf den ich mich hier beziehe. Jedenfalls die Kurzform.

Die Langfassung habe ich vor drei Wochen auf dem Briefpapier des Hotels festgehalten. Falls es interessiert, mit einem Füllfederhalter der Marke Mont Blanc, allerdings einer Fälschung, die ich zuvor auf einem kleinen Straßenmarkt gegenüber dem Hotel für einen Betrag von umgerechnet etwa drei Euro erworben hatte. Auf diesem Markt wurden nur Fälschungen feilgehalten, gut möglich, dass auch die Stände und die lärmenden Verkäufer nicht echt waren, auch die Grußformen schienen größtenteils zusammengeborgt:

»Hellowatchasir!«

»Hellodeeveedeeasir!«

»Hellomysisterasir!«,

alles in einem meist dreisilbigen Singsang vorgetragen, der ein wenig an falsche Gregorianik erinnerte.

Festhalten soll man hier aber nur das Motiv Fälschung sowie die Versicherung, dass man auch mit gefälschten Füllfederhaltern ehrliche Worte zu Papier bringen kann, wie ich es tat, als ich mich in meinem Zimmer über das Briefpapier beugte.

Ich schrieb: »Liebe Anna, wie versprochen ein paar Zeilen für die Festschrift, die sich Harry Rowohlt zu seinem Geburtstag gewünscht hat. Ich lege den Text …«, hier zögerte ich kurz, weil mir sowohl die Präposition »bei« wie »an« vulgär, wenn nicht obszön klangen, gerade wenn ich mir vorstellte, dass Harry den Brief in die Hände bekäme und laut daraus vorläse.

Für welche Formulierung ich mich schließlich entschied, weiß ich nicht mehr, deutlich erinnerlich ist mir noch das Gewicht des Umschlags, ich konsultierte deswegen eine junge Frau an der Rezeption, ausweislich ihres kleinen Messingschildes auf dem Revers hieß sie Mi-mi, und erstand Porto für einen Brief nach Deutschland, Luftpost sowie mit einem Gewicht von mehr als fünf Gramm. Sie würde, sagte Mi-mi, den Brief persönlich frankieren, mit einem Spezialkleber verschließen und noch in der Nacht an die Poststelle des Distrikts weiterleiten.

Vielleicht hätte mich die Ausführlichkeit, mit der mir Mimi ihre beabsichtigten Tätigkeiten beschrieb, stutzig machen sollen, schließlich heißt Mi-mi in der Sprache der Stadt, in der ich mich bewegte, »Geheimnis«, mit anderen Worten, ich befand mich in Shanghai, in eben jenem Peace Hotel an dem berühmten Bund, der naturgemäß seinen Namen mit dem Kummerbund teilt, und da ich an der Rezeption stand, vor den großen Uhren, die mitteilen, wie spät es gerade in Ulan Bator, in Tirana und in Teheran ist, dröhnte aus der Bar hinter mir die schreckliche Rentnerband.

Die Rentnerband. Genau.

»Das Peace Hotel hat eine der längsten Bartheken der Erde und jede Nacht tritt hier die bekannte ›Rentner Band‹ auf, eine schon in den 20er Jahren beliebte Gruppe von Jazz Musikern«, sagt der Prospekt, sagt die Fremdenführerin, sagt der müde Mann vom Generalkonsulat, der dienstlich einen Gast zu betreuen hat und den Abend deshalb bitter verflucht.

Was keiner von den dreien sagt: Diese vier oder fünf Musiker spielen falsch. Spielen vermutlich schon seit den 20er Jahren laut und falsch und werden das Geheimnis ihrer falschen lauten Töne und falschen Takte mit in ihr Grab nehmen. Wenn es sich tatsächlich nur um vier oder fünf Musiker handelt und nicht, was plausibler klingt, um vier- oder fünfhundert in einem über Jahrzehnte erprobten Schnellverfahren auf »Rentner« präparierte Musikstudenten, denen in einem strengen Umerziehungslager nicht nur falsche Glatzen verpaßt, falsche Ohren eingesetzt und vor allem erbarmungslos falsche Töne, ich darf hier sagen: »eingepaukt« wurden.

Ein paar Stunden bevor ich Mi-mi meinen Brief mit dem Manuskript anvertraute, das sich Harry Rowohlt zu seinem

Geburtstag gewünscht hatte, saß ich an dieser vielleicht längsten Bartheke der Erde, die weltberühmte Rentner Band machte eine Pause, und mein Nachbar verwickelte mich in ein kompliziertes Gespräch über Glatzen und falsche Fassaden.

»Über Bärte reden wir dann später«, sagte er und nahm einen weiteren Schluck aus seinem Glas. Wie viele Besucher bevorzugte er einen japanischen Whisky der Marke Queen James.

Mein Nachbar hieß Dong, sein Vorname lautete tatsächlich Ding, aber er hörte es lieber, wenn man ihn Bodo nannte. Beruflich hatte er mit Dächern zu tun. Im modernen China sehen die meisten Neubauten gleich aus, wer jetzt Wert auf eine Besonderheit legt, kauft sich ein exotisches Dach. Ein Dach aus Paris oder London oder Florenz. Herr Dong hatte alles im Angebot, am liebsten verkaufte er Dächer aus dem Schwarzwald. Oder Dächer, die so ausschauten, als stammten sie von dort. Das lag auch daran, erklärte er, dass er als Humboldt-Stipendiat in Freiburg Philosophie und Deutsch studiert hatte. Allerdings sagte er nicht Freiburg, sondern »nahe bei Tübingen« oder: »ganz nahe bei Basel«. Hier muß ich einfügen, dass Herr Dong der erste Chinese in meinem Leben war, dem es veritable Schwierigkeiten bereitete, ein »R« auszusprechen. Wenn er Heidegger sagen wollte oder Husserl oder Hermeneutik, und das wollte er an diesem Abend oft, schlug er einen weiten linguistischen Bogen. Genauso, wenn er den Begriff »Überbau« einsetzen wollte, der ja, wie er meinte, genuin sowohl zu unserem Gedanken wie zu seinem Beruf gehörte. Die liebsten deutschen Autoren waren ihm Böll und Benn. Er bewunderte Hegel und Kant und Engels, praktisch jeden deutschen Denker, dessen Aussprache ihm keine Ängste bereitete.

Deshalb brachte ich ihn auf das Thema Harry Rowohlt.

»Ah!« sagte Herr Dong nachdenklich und blickte lange in sein Glas.

»Wie Heine«, sagte er schließlich, schwieg wieder und lachte glücklich.

»Heine hieß auch so«, fügte er hinzu, dann nahm er wieder einen kleinen Schluck, »Heine hatte denselben Namen, und auch Heine hatte Witz. Und das Aussehen, jedenfalls von Angesicht.«

Eine geschickte Regie hätte zu diesem Zeitpunkt die Rentner Band wieder einsetzen lassen, doch die Herren lungerten noch in der Lobby herum und schrieben ihre Namen auf die Hüllen frisch gepresster Raubkopien ihrer falschen Musik.

»Heine hat auch nie Stachel gelöckt«, sagte Herr Dong ehrfurchtsvoll, doch auch ein wenig unsicher, ob ihm das Sprachbild geglückt war.

»Sie meinen, wie Harry Rowohlt?« fragte ich, um den Namen meines Freundes wieder ins Spiel zu bringen, »allerdings trägt der Bart und Kopfhaar deutlich länger.«

»Gleiche Fassade kann man nicht fälschen«, erwiderte Herr Dong, »ich weiß Bescheid, wichtig ist allein Witz und Mut, nicht Nase und ganz wichtig ist Sinn und Genie.«

In diesem Moment hatte die Regie ein Einsehen und schickte die Musiker wieder an ihre Plätze. Ich klopfte auf meine Brusttasche und ein Kellner reichte mir das Zündholzbriefchen. Mit dem Bleistift schrieb ich hastig den Namen Rowohlt auf die leere Fläche, daneben den Namen Heine. Dann verabschiedete ich mich von Herrn Dong, um auf meinem Zimmer an die Ausarbeitung des Textes zu gehen, den sich Harry zu seinem Geburtstag gewünscht hatte. Ein Text, der von Jugend und Alter handelte, von Shanghai und einem Dachbauer, der mir erklärt, warum Harry Rowohlt, recht verstanden, Heinrich Heine ist.

Nach wie vor vermute ich, dass die Dame Mi-mi für das Verschwinden des Manuskriptes verantwortlich zu machen ist. Der ganze Vorfall könnte einen nachgerade trauerklütig stimmen, besäße ich nicht noch jenes Zündholzbriefchen.

ERINNERN!

Rowohlt wird sechzig?! Wie lange kennen wir uns jetzt? Das müssen jetzt schon … – hm. Wie war das damals? Also, ich arbeitete im Suhrkamp Verlag. Im Suhrkamp Verlag war ich von 1964 bis 1966.

Das war vor vierzig Jahren. Wir kennen uns seit vierzig Jahren. Ich versuche, mich an alles zu erinnern. Vor langer Zeit, als ich erst sechzig Jahre alt war, da konnte ich mich noch sehr gut erinnern, wie ein Sechzigjähriger eben. Aber jetzt! Versuchen wir es trotzdem mal!

Irgendwann nachts vorm »Corso« in der Karlstraße hast du mir mal gesagt, es sei vollkommen unsinnig, älter als vierzig Jahre zu werden. Ich habe nachgerechnet und gleich protestiert. Mir wäre das zu wenig gewesen. Und schließlich hast du dich ja auch nicht daran gehalten. Ist auch besser so. In der gleichen Nacht, immer noch in der Karlstraße, – ich weiß nicht mehr wieso – hast du ein Telefonbuch über ein Taxi geworfen. Mich hat die flexible 2-Kilogramm-Broschur neben dem Auge erwischt. Zuhause war die Blessur schwer zu erklären, und die wahrheitsgemäße Erklärung wurde nicht geglaubt.

Wo wir schon mal in der Karlstraße sind: Im »Hellas« mußte ich dir immer wieder versichern, daß die Frau hinter der Theke unverschämt gut roch. Tat sie ja auch. Die haben da eben gut gekocht.

Wenn ich in der Friedberger Anlage am Philipp-Reiss-Denkmal vorbeikomme, schaue ich nach, ob dort Blumen liegen. Du hast damals jedenfalls einen Dankesstrauß dort abgelegt, nach dem ersten Gebrauch der kurz zuvor erworbenen Telefon-Nummer von Ulla Hoyer.

Ach ja, in der Dreikönigsstraße war trotz des wirklich vorbildlich geführten Haushalts irgendwann in der Nacht mal der Whiskey ausgegangen. Auch kein Rotwein mehr da. Auch kein Bier mehr da. Auch kein Apfelwein. Aber es war noch eine Klinikpackung Hattric Rasierwasser da, die dir eine Verehrerin (und Rowohlt-Autorin) zu Weihnachten (?) geschenkt hatte. Wahrscheinlich solltest du dir damit den damals noch ziemlich schwarzen Bart imprägnieren. Hat eigentlich ziemlich widerlich geschmeckt. Bin ich damals eigentlich noch nach Hause gefahren? Jedenfalls muß ich schon seit einigen Jahren eine Brille tragen.

Auch noch in der Dreikönigsstraße, und auch mit ursächlich für die heutige finanzielle Misere unseres Gesundheitssystems: In der dortigen »Dreikönigsklause« hast du mir beigebracht, wie man formvollendet ein ungespültes Bierglas (Tulpenform) verzehrt. Erinnerst du dich? (»Der Stiel ist das Beste«). Ich kann mich gerade hieran sehr gut erinnern, weil ich diese Geschichte schon öfter meiner Zahnärztin erzählt habe. In der gleichen Kneipe – oder hieß die inzwischen aus gegebenem Anlaß schon »Prominenten-Eck« – hat die Stammbesatzung bei einer spontanen Schlägerei dem Abi Melzer einmal dermaßen in die Eier getreten, daß man das Schlimmste befürchten mußte. Bestimmt erinnert sich Abi an uns als seine Lebensretter. So sehr haben wir uns um ihn kümmern müssen.

Wieder mal im »Corso«, da hatten wir Ulla und Margrit (sic!) dabei. Wir mussten schon nach Hause, bevor sich überhaupt die dort übliche Stimmung eingestellt hatte, weil … … –. Aber das gehört nicht hierhin. Man weiß ja nicht, wer das hier alles liest.

Dann kann ich mich noch an eine spontane Dichterlesung bei Herrn Volker von Thörne irgendwo im Vortaunus erinnern. Die Veranstaltung fand vor dem Hintergrund der damaligen Buchmesse statt, und du, Herrmann Hettche und ich lasen Selbstgedichtetes vor. Wobei mein Vortrag mangels Text sich auf das Aufsagen der eigenen Vita beschränken mußte. An eure Texte kann ich mich nicht mehr erinnern. Ich weiß aber noch, daß Herr von Thörne nach dieser Lesung Streit mit seinem Vermieter hatte und bald darauf die Wohnung wechselte.

Swetislav und Snejana, Beerenwein-Degustation mit Frau Kurtz im Neandertal, 24 leere Brauneberger-Juffer-Flaschen im Hunsrück und im Morgengrauen, die Sonne von Mexiko, Sonnenaufgang vor dem Kiosk am Scheffeleck, im »Spoerri« bis es nichts mehr gab. – Haben wir denn nur gesoffen? Das kann doch eigentlich nicht sein. Obwohl: Irgendwann werde ich mal wach, in deinem Mini Cooper, allein. Der Mini ist geparkt, ein Bein hoch, in der Allerheiligenstraße und in Dunkelheit. Ich wüßte mal gerne, was da vorher und nachher war. Wahrscheinlich doch wieder gesoffen.

Nein, wir haben nicht nur gesoffen. Ich erinnere mich auch an beschauliche Zustände des Ausnüchterns und der allerbesten Stimmung und des Gefühls, als gäbe es keine Zeit. Und daran erinnere ich mich am liebsten.

QUODLIBET FÜR HARRY

Alleszermalmer
Gauloise-Qualmer
Nun wirst Du sechzig
Und kein Jahr rächt sich
Der Kampf geht weiter
Auf Frosches Leiter
Hoppalareiter
Munter und heiter
Gewähr dem Adorator Huld
Er war ja nicht an allem Schuld
Es lebe der Personenkult
Der Jahre viele fette!
Von Wilhelm und Annette

LIEBER HARRY! Heimgekehrt von der Lesereise durch Nordrhein-Westfalen in der Zeit vom 20. bis 22. Juni 2004 sagtest Du zu Ulla, gefragt wie es denn so gewesen sei (ich zitiere mit Erlaubnis Ullas aus ihrem Feriengruß an mich vom 11. Juli »aus dem verschneiten Nordtirol«): »Tomayer war der Größte! Tomayer war der Beste!« – Dies stimmte mich / Wiewohls zu Kopf mir stiech / schlußendlich ärgerlich / Warum? Es stimmte nich // Schon immer mal wollte ich Dich angehn um Dispens von dieser Belobigungsbürde, doch immer wieder kam banales Pensum dazwischen. Nun aber bietet sich mir in Gestalt der Festschrift zu Deinem Sechzigsten (zu letztgenanntem ein konzises Bravo, Harry!) d i e Gelegenheit zu einer Richtigstellung im Geiste des § 11 Hamburgisches Pressegesetz. Also: UNWAHR ist, daß ich auf der vom Verleger Klaus Bittermann rund um den »Tiamat«-Titel »Auf Lesereise – Was unterwegs alles schief gehen kann – Wahre Geschichten« glänzend organisierten Tingeltour nach Düsseldorf (Zakk), Bonn (Pantheon) und Duisburg (Hundertmeister) der Größte sowie der Beste war. WAHR ist (nach dem Zeugnis aller Teilnehmer, nämlich Fritz, Hartmut, Horst, Jess, Klaus, Wiglaf) und der freien Presse (Nadia Kremser in der WAZ unter der Dachzeile »Manchmal trinkt Rowohlt nur Sprudel«: »Tosender Applaus schallt Harry Rowohlt entgegen. In blauen zu kurz geratenen Jeans, schwarzen Stiefeln und anthrazitfarbenem Sakko und Leinenbeutel betritt der Übersetzer, Autor und Lindenstraßen-Darsteller die ›Bretter, die die Bühne bedeuten‹« – Antje Stiller in der Bonner Rundschau: »In seiner unvergleichlichen Art korrespondierte Rowohlt mit charismatischer Stimme seine skurrilen Erlebnisse und Erfahrungen mit dem Publikum. Köstlich, wie er nach einer Lesung in Göttingen im

Kinderzimmer eines ›literaturbewanderten Kriminalbeamten‹ nächtigt und des Morgens in der Früh nach durchzechter Nacht von dessen Tochter im Sonnenblumenkostüm geweckt wird« – und Ingo Hoddick in der RP unter der Dachzeile »Harry Rowohlt trank diesmal nur Wasser«: »Harry Rowohlt muß eigentlich nur auftreten und irgendwas mit hamburgischem Akzent erzählen, dann liegen ihm schon alle zu Füßen«), WAHR ist, daß Du der Größte sowie der Beste warst. Freilich wage ich, nachdem das zwischen Dir und mir geklärt ist, die Frage, ob dieses Springerläuferwerferrankinggebaren unserer Berufsgruppe gut zu Gesicht steht. Ich meine: Gibt nicht jeder von uns sich an der Belletristik und deren Vortrag am Mann brav Abarbeitende seine hundertzehn, ja wenn Not an der Evidenz ist, auch hundertdreißig Prozent? Im übrigen gilt:

Ist man gesund und die Auflage stimmt
Und hat einen wer ganz toll lieb
Dann kann das Schicksal rütteln wie's will
Man fällt nicht durch dem sein Sieb

Es grüßt die Stimme des Hasen die Stimme des Bären in Wenzel Storchs vierdimensionaler Kino-»Reise ins Glück«

Bzw. Dein Hotte T.

PORTRAIT OF HARRY AS A YOUNG ARTIST

Obwohl Harry Rowohlt heute einer der bekanntesten Deutschen ist, bin ich ihm nur viermal begegnet. Die ersten drei Treffen sind nicht weiter erwähnenswert:

Im Winter 1967 saßen wir uns im Fischlokal Atschel in Frankfurt-Sachsenhausen gegenüber und aßen panierten Goldbarsch. Zu einem echten Gespräch kam es nicht. Es ging in diesem Lokal damals sehr wüst und laut zu, und im Jahr darauf brach ja auch die Revolution aus.

Anfang der 70er Jahre bewohnte ich mit mehreren Freunden ein altes Bauernhaus in Montaio/Toscana und versuchte, meine Cartoons zu den deutschen Redaktionen zu befördern, was wegen der damals grassierenden Dauerstreiks der italienischen Post häufig misslang. Da traf es sich gut, dass Harry mit einem Kleinlaster der Marke Ford Transit, in dem er, wie es hieß, seit Jahren wohnte, auf der Durchreise von Griechenland bei uns Station machte. Die Rolle mit mehreren Zeichnungen traf auch prompt und pünktlich in der Hamburger Redaktion ein. Merci im Nachhinein.

1983 trafen wir uns in Paris zu Bettina Rogoskis Geburtstag, der in einer großen alten Music-Hall am Boulevard Montmartre begangen wurde. Schon von weitem sah ich Robert Crumb: Hochwasserhosen, Hosenträger, Fliege, Homburg und Hornbrille. Er war gerade aus Kalifornien in die Provence übersiedelt, in eine Kleinstadt, wo er jetzt weder sein Auto noch sein Haus zusperren musste, wenn er sie verließ. »Amazing!«

Später gingen wir mit Harry und Ulla in eine kleine Bar, wo die beiden das Trinken zügig fortsetzten. Ich muß von allen guten Geistern verlassen gewesen sein, als ich Harry genau in dieser Situation erzählte, ich dürfe keinen Tropfen Alkohol trinken, da ich die sogenannte Indianerkrankheit habe, d.h., mir fehle ein Enzym, das für die Aufspaltung des Alkohols zuständig ist, weshalb mir schon nach einem Schluck Bier schlecht wird, undsoweiter. Auch habe mein Pankreas mein früheres, obgleich maßvolles Trinken schon mit einer Entzündung quittiert und drohe jederzeit zu kippen, d.h. sich selbst zu verdauen, was eine der qualvollsten Todesarten sei, wie mich Professor U. von der Frankfurter Universitätsklinik gewarnt habe.

Harry und Ulla, die ihr Trinken kurzzeitig unterbrochen hatten, starrten mich angewidert an, leerten dann ihre Gläser und wollten in ihr Hotel gebracht werden.

Ich haderte mit mir. Aber so ist das mit uns Nichttrinkern. Meistens reden wir zuviel, nur um *irgend etwas* zu tun, während die Trinker souverän ihr Glas ansetzen, bedächtig schlucken und sich anschließend langsam den Mund abwischen und sorgfältig ihr Glas abstellen.

Genau in dieser Zeitspanne reden wir Temperenzler um Kopf und Kragen und fühlen uns hinterher beschissen.

Eigentlich wollte ich Harry ja erzählen, dass *At-Swim-Two-Birds* von Flann O'Brien auch zu meinen Lieblingsbüchern gehört und dass die Almut Gernhardt und ich eine Privatsprache entwickelt hatten, in der es von Sprüchen wie »Immer noch besser als einen rostigen Nagel in die Kniescheibe« oder »Da gehen wir doch lieber auf die andere Straßenseite« nur so wimmelte. Und dass ich natürlich den Mr. Shanakan geben musste, während Almut der schlagfertige Furriskey sein durfte.

Statt dessen hatte ich nun diese beiden lieben Menschen mit meiner Krankengeschichte angeödet und vielleicht sogar erschreckt. Wirklich nicht lustig. Vor diesem Hintergrund ist es ein schönes Beispiel von menschlicher Großzügigkeit, eventuell aber auch Vergesslichkeit, dass Harry mich ein halbes Jahr später in seiner Hamburger Wohnung empfing.

Ich hatte kurz vorher meine Freunde von der »Neuen Frankfurter Schule« gezeichnet und versuchte nun das Gleiche mit Harry. Wir schwiegen beide. Zu Beginn hatte ich gleich gesagt, beim Portraitzeichnen könne man sich, anders als beim Malen, nicht unterhalten, da man sich beim Zeichnen dauernd höllisch konzentrieren muß.

Während ich arbeitete und Harry völlig unbeweglich in sich ruhte, gingen draußen vor dem Fenster dauernd Leute hin und her. Das war mir ganz ungewohnt, weil ich bis dahin keinen Menschen kannte, der im Erdgeschoß wohnt. Daran hat sich übrigens bis heute nichts geändert.

Dann war ich fertig, wenngleich nicht zufrieden. Ich brauche wohl nicht zu sagen, dass der Harry Rowohlt von damals keinerlei Ähnlichkeit mit dem hat, den Millionen von Deutschen heute kennen, auch wenn sie nicht zu seinen Lesungen gehen, sondern nur die *Lindenstraße* gucken. Ich fragte Harry also, ob ich noch einen Versuch machen könnte. Er gab nur ein tiefes Brummen von sich, veränderte die Stellung, indem er die Arme verschränkte, und verharrte sodann weitere 20 Minuten in völliger Unbeweglichkeit.

Richtig begeistert scheint er von meinen Bemühungen nicht gewesen zu sein, außer einigen weiteren Brummtönen konnte ich ihm keine Reaktion entlocken. Ich habe übrigens noch nie gehört, dass ein Portraitierter je mit seinem Abbild zufrieden gewesen wäre. Im Gegenteil: In jeder Künstlerbiographie kann man nachlesen, dass selbst die allergrößten Portraitisten von Goya bis Liebermann die gemeinsten Frechheiten einstecken mussten.

Von da an habe ich Harry nur noch aus einiger Entfernung bei öffentlichen Veranstaltungen gesehen.

Letzten Sommer wohnten wir in East Sussex, nicht weit

von Forest Row. Ben, unser Hausherr, hatte uns schon erzählt, dass dies Pooh-Country sei. Und wirklich, als wir wenig später in die Pevensey Bay zum Baden fuhren, gerieten wir auf ein kleines, von Hecken umzäuntes, von Eichen überdachtes Nebensträßlein, wie von Shepard gezeichnet. Hinter einer Kurve tauchte ein elizabethanisches Fachwerkhäuschen auf, davor ein, zwei Tische und ein Schild: »POOH's PUB«. Dann gings – hops – über eine schmale Brücke, und schon war alles vorbei. Keine Chance, anzuhalten, hinter uns drängte eine Schlange von Autos, die auch alle nach Pevensey wollten.

»Stell dir vor«, sagte ich zu Inge, »stell dir vor, wir hätten angehalten. Und stell dir weiter vor, wir wären reingegangen in diesen Pub, und drinnen am Tisch hätte Harry gesessen und er hätte uns zugeprostet und hätte gebrummt: ›Ich wollt es dir schon damals sagen, Hans – also deine Portraits von mir sind ganz, ganz große Klasse!‹ Kannst du dir das vorstellen?«

»Paß doch auf«, sagte Inge, »du fährst schon wieder auf der rechten Straßenseite!«

siehe auch Bildtafel S. 142 - 143

DEAR HARRY –

Find here affectionate and respectful birthday greetings from one living in a brutal facist nation to one living in a humane democracy. In my own lifetime I am speaking of a world turned upside down. Those assembling this Festschrift asked us for tales of crazy adventures with you, but I have none. When in your company I myself have surely been cheerful, but also nearly speechless in any language, thinking this more than anything else: »My God, how I would love to be this man.«

LIEBER HARRY,

dies sind die herzlichen und respektvollen Geburtstagswünsche eines Menschen, der in einer brutalen, faschistischen Nation lebt, an einen, der in einer humanen Demokratie lebt. Ich habe in meinem Leben erlebt, wie die Welt auf den Kopf gestellt wurde. Die Herausgeber dieser Festschrift haben uns um Geschichten von verrückten Abenteuern mit dir gebeten, doch habe ich nichts dergleichen zu bieten. In deiner Gesellschaft war ich bestimmt fröhlich, doch auch nahezu sprachlos, in jedweder Sprache, weil ich heftiger als alles andere dachte: »Mein Gott, wie gern wäre ich dieser Mann.«

EINE FAUST FÜR HARRY

Etwa 1970, als überall die Revolution bevorstand, sie musste nur noch organisiert werden, traf dieses Schicksal auch den Buchhandel. Der Anstoß kam von oben, dort waren die marxistischen Kenntnisse, die größere Glaubensstärke und die bessere Aussicht. Die Lektoren also riefen zur Bildung eines »Verband des linken Buchhandel« (VLB) auf und viele Verlagsmitarbeiter und Buchhändler folgten dem Ruf nach Frankfurt, es waren vielleicht hundert, nach damaligen Begriffen schon fast eine Massenbasis, aber doch noch überschaubar genug, dass jeder zu Wort kam. Zeit hatten wir ja alle, auch wenn die anderen das Geld hatten, um dessen Umverteilung es aber immerhin ging.

Wer zu Wort kam, musste sich vorstellen. Und so kam auch ein junger Mann zu Wort und stellte sich vor mit »Ich heiße Harry Rowohlt und bin Lehrling im Rowohlt Verlag«. Allgemeines Gelächter. Ich fand das Gelächter gemein und unterhielt mich mit diesem Harry, der tatsächlich Lehrling war, wenn auch mit verwickelten Familienverhältnissen, die er mir erläuterte. Mit dem Verlag wollte er schon damals eigentlich nichts zu tun haben, was ich ganz falsch fand: Das wäre doch eine schöne revolutionäre Aufgabe! Aber Harry fand das ganze irgendwie zu groß, zu unüberschaubar, zu unbewegbar. Er bewegte sich lieber selber.

Was nicht heißt, daß er nicht gerne mitbewegte. Unvergeßlich ist mir ein »Freundeskreis«, den wir für unsere Zeitschrift »Freibeuter« gründeten, weil wieder mal das Geld alle war, ein in Verlagen regelmäßig auftauchender Zustand, so etwa wie Ebbe und Flut. Harry verstand das sofort, schickte gleich tausend Mark und wurde so Abonnent des »Freibeuter« bis zu dessem seligem Ende, immerhin zwanzig Jahre lang. »Freibeuter« – das gefiel ihm, und so heben wir bis heute, wenn wir uns sehen, immer gleich die Faust, ohne weitere Bedenken, denn wir wissen ja, daß die umstehenden Leute heute höchstens denken: »Die beiden alten Zausel da, was haben die für eine seltsame Zeichensprache?«

Harry, Du furchtloser Selbstbeweger, ich zeige Dir herzlich die Faust!

ALS MIR O'HARRY IN DIE HAARE GRIFF

Ein Vormittag auf der Frankfurter Buchmesse, beginnende Geschäftigkeit, die Hallen noch nicht allzu belebt. Ich ging so meines Wegs, als Harry am anderen Ende des Ganges auftauchte. Wir kamen uns entgegen. Wenn die Sonne im Zenit gestanden und kein Hallendach dagewesen wäre, wenn man das Wiehern von ein paar Pferden hätte vernehmen können und wenn wir statt auf Auslegeware auf Staub gegangen wären, hätte dieses Aufeinanderzugehen fast etwas Wildwesthaftes gehabt, auch wegen Harrys ewigen Jeansklamotten.

Umarmungen von zwei sich freundlich gesinnten Männern fallen oft spröde aus. Es kommt zu diesem ungeschickten heterosexuellen Abklopfen der Oberarme, und als Zeichen besonderer Zuneigung fährt man dem anderen durch die Haare, wie man einem freundlichen Hund oder Bären durchs Fell fährt oder einem netten Löwen durch die Mähne. Das heißt so viel wie »Na, alter Junge, lange nicht gesehen?!« und erspart einem das Aussprechen genau dieser wenig originellen Grußworte. Ich würde allerdings nie auf die Idee kommen, Harry durch die Haare zu fahren. Too much. Er aber kam auf die Idee, möglicherweise nicht nur aus Wiedersehensrührung, sondern, weil er einen Verdacht hatte.

An dieser Stelle ist die Datierung der Begegnung von Bedeutung. Es muß Anfang der 1990er Jahre gewesen sein. In dieser finsteren Vergangenheit hatte der Haarwuchs noch große Bedeutung in einem Männerleben. Wurde das Haupthaar undicht, erinnerte man sich an die biblischen Mythen von Samson und Absalom und fühle schon seine Kräfte schwinden.

Damals versuchte ich offenbar, meinem schütter werdenden Schopf entgegenzuwirken, indem ich eine unsichtbare Paste in die Haare schmierte, die ihnen eine künstliche Festigkeit verlieh. Unfaßbar heute, aber es muß so gewesen sein. Die Mode erlaubte noch nicht den erlösenden kürzeren Schnitt, mit dem man entweder für rechtsradikal oder für einen Designer gehalten wurde.

Als sich Harry nun daran machte, mir kollegial das Haupt zu tätscheln, zuckte seine Hand wie elektrisiert zurück, und er brüllte, so laut wie nur Harry brüllen kann: »Iiiiiiiiiiii, du hast ja Gel in den Haaren!« Tausende von Messebesuchern und Ausstellern müssen es gehört haben.

Harry, der sich offenbar selbst ab und zu an den Kopf faßt, weiß wohl, wie sich echte Drahthaare anfassen. Wer, wenn nicht er. Nie habe eine solche Mischung aus Entsetzen, Ekel und Enttäuschung in einem Gesicht gesehen. Als sei ich ein falscher Fünfziger. Als gäbe es kein richtiges Leben mit falschem Fell. »Du hast gut reden«, sagte ich. Vielleicht sagte ich auch: »Lieber Gel als Helmut Markwort.« Harry berichtete damals in der »Zeit« von seinen Messeeindrücken. Er hat dieses erschütternde Erlebnis liebenswürdigerweise nicht erwähnt und mir die Offenbarung meiner Verirrung überlassen, die ich hiermit verspätet nachreiche.

Apropos Äußerlichkeiten: Ich wüßte gern einmal, wie Harry im dunklen Anzug, ohne Bart und mit kurzem Meckischnitt aussieht. Wer kann helfen? Gibt es Phantomzeichnungen im Fan-Club?

Apropos Fans: Ich habe im Lauf der Jahre nur ein- oder zwei- oder dreimal das Vergnügen gehabt, mit Harry zusammen bei einer Veranstaltung aufzutreten. Dieses Vergnügen ist wegen der vielen Harry-Fans zweischneidig. Es ist ein für andere Autoren gewöhnungsbedürftiges Publikum. Es reagiert ungehalten auf die Worte wie »schlucken«, »Flasche«, »Durst«,

»Irland« – weil das Worte sind, die es von Harry ausgesprochen hören will und nicht von einem bartlosen Kollegen mit dürftigem Haarwuchs, der zu allem Überfluß keine Flasche Whisky auf dem Lesetisch stehen hat. Selbst das Wort »flanieren« hätte man aus seinem Text besser streichen sollen. Es sorgt für Unruhe, weil diese unausstehlichen Trunkenboldbefürworter im Publikum lieber Flann O'Brien hören würden. Wenn man das verstanden hat und aufblickt und »O Gott« stöhnen will, hat das auch keinen Sinn, weil sie schon bei dem »O« wieder von den Räuschen ihres geliebten O'Brien träumen. Nach der strapaziösen Lesung vor einem an O'Harry gewöhnten oder gar auf seinen suffigen Auftritt harrenden Publikum sollte man vermeiden, ein erschöpftes »Pu« oder »Pooh!« ins Mikrophon zu seufzen, denn dann denkt die konditionierte Meute natürlich an Winnie.

MEIN ERSTES/SCHÖNSTES/KURIOSESTES ERLEBNIS MIT HARRY ROWOHLT

Mein erstes: Ich lernte Harry 1967 kennen – er war damals gleich alt wie heute, jedenfalls sah er gleich alt aus – und stellte mich ihm vor. Er machte einen Diener und sagte: Rowohlt. Ich sagte: Haben Sie etwas mit dem Verlag zu tun? Er sah mich an, so!, wie ein Mörder!, drehte sich um und ging. – Erst später, Tage später, verstand ich, warum. Ich hatte ihm seine Lieblingsfrage gestellt. Dabei hatte ich den Suhrkamp Verlag gemeint. Schliesslich standen wir im Flur des ersten Stocks vor Unselds Büro, ich war der neue Lektor, und ich wusste noch nicht, dass er der alte Lehrling war. Das hätte er mir ruhig sagen können. Nie hat ein Verlag einen ältern Lehrling gehabt, fertig ausgebildet vom ersten Tag an und nur noch im Haus, um neuen Lektoren ein paar Tricks beizubringen, das Büchermachen betreffend, und auch sonst.

Mein schönstes: seine Hochzeit. Ich war Ullas Trauzeuge. Harry lag im Bett, wie alle Bräutigame, die sich auf ihre Braut freuen. Andere Bräutigame aber stehen dann doch noch auf, kleiden sich sogar an, wenn sie dem Standesbeamten und der Braut das Ja-Wort geben müssen. Harry blieb im Bett. Schweissüberströmt. Er hatte 42 Grad Fieber und delirierte, als er Ja sagte.

Mein kuriosestes: Kürzlich, da rief mich Harry an und sagte *nicht*: »Salü, Schoofseggel!« Ich war so verblüfft – Salü Schoofseggel sagt er seit *immer* –, dass ich ihn eine Sekunde lang für Henry Kissinger hielt, einen alten Bekannten aus unsern gemeinsamen New Yorker Tagen, der mich auch schon sehr lange nicht mehr angerufen hatte.

ZWISCHEN DEM DICHTER Peter Hacks, dem Kolumnisten Max Goldt und dem Übersetzer Harry Rowohlt gibt es eine Gemeinsamkeit: Sie alle wollten auf keinen Fall ins Fernsehen und waren durch keinerlei Entgegenkommen von dieser zentralen Lebensgrundmaxime abzubringen. Da ich gelegentlich fürs Fernsehen arbeite, weiß ich, wie großartig es ist, daß es solche raren Leute gibt, und wie bedauerlich, ausgerechnet mit ihnen zu tun zu haben, speziell wenn man fürs Fernsehen arbeitet. Peter Hacks sagte mir, als ich ein-, zweimal bei ihm anfragte, ob er nicht doch eventuell unter Umständen und trotz seiner mir bekannten prinzipiellen Ablehnung des Fernsehens sich vorstellen könne, daß ich einen Film über ihn mache: »Lieber Herr Wieland, ihre Anfrage ehrt mich zutiefst, und Sie können selbstverständlich einen Film über mich machen, dagegen spricht gar nichts. Aber selbstverständlich ohne mich.« Max Goldt hingegen antwortete auf einen Interview-Wunsch, er habe festgestellt, sein Gesicht passe nicht ins Fernsehen, sei einfach nicht geeignet fürs Fernsehen und er wolle es unter keinen Umständen im Fernsehen sehen.

Im Vergleich mit den Vorerwähnten war Harry Rowohlt praktisch ständig im Fernsehen zu sehen, und zwar als Penner »Harry« in der *Lindenstraße*, was Millionen Zuschauer bezeugen können. Außerhalb der *Lindenstraße*, aber wollte auch er, wie ich wußte, niemals im Fernsehen aufkreuzen. Sehr groß war daher meine Perplexität, als ich ihn eines Tages genau dort im Gespräch mit der Literatur-Schwatzbacke Denis Scheck erblickte. Harry Rowohlt ritt dabei sogar auf einem Pferd, er ritt rechts durchs Bild, er ritt links durchs Bild und er ritt außerdem noch mehrere Male im Kreis herum. Das Pferd ist, dachte ich, der Schlüssel. Ich rief bei ihm an und bat um ein kleines Interview, gern, stellte ich in Aussicht, hoch zu Roß, wenn's denn so sein sollte. Harry antwortete schlecht gelaunt: »Ich gehe nichts ins Fernsehen, das weiß nun wirklich jeder Arsch.« Als ich ihm sagte, daß ich ihn durchaus im Fernsehen gesehen hätte, wenn er auch nicht gegangen, sondern geritten sei, erwiderte er: »Der Grund dafür ist, daß ich, anders als mit dir, mit Denis Scheck befreundet bin … aber, vielleicht, können wir uns eines Tages ja noch anfreunden.«

Ich kenne Harry jetzt etwa zehn Jahre, so lange sind wir also schon nicht befreundet. Wer sich in der Geschichte berühmter Männer-Nichtfreundschaften umsieht, ich sage nur: Brutus/Cäsar, Stalin/Trotzki, Mooshammer/Herisch A., mag erschauern bei dem Gedanken, in welch prekärer Lage Harry sich befindet, kann aber auch erahnen, wie grundsympathisch der Mann mir immer gewesen ist.

DER FÜRST VON EPPENDORF

Angeblich sagen ihm seine Feinde nach, er gebrauche zu viele Phraseolexeme, aber das ist nicht wahr, er kann bloß Deutsch. Mit einem kerndeutschen Wort hat er mich vor Stücker zwanzig Jahren einmal zu blamieren versucht. Da wurde ich mit einem Uher-Tonband über der Schulter zum Comic-Salon in Erlangen geschickt und sollte einen dieser bei Funk & Fernsehen so beliebten O-Töne mitbringen, am besten gleich mehrere. In Erlangen weilte auch der Übersetzer von Robert Crumb, den ich kühn um diesen O-Ton anhaute. Und so frug ich kreuz und brav, ob er, der Crumb-Übersetzer Harry Rowohlt, eigentlich auch selber Comics lese, privat quasi. Und Rowohlt, gemein und direkt ins Mikro und für die hochkulturelle Sendung »texte + zeichen« des NDR, versicherte, dass er selbstverständlich auch Comics kaufe, wenn er den Zeitschriftenladen aufsucht, um sich dort seine »Wichsvorlagen« zu holen.

Harry Rowohlt wollte eine Kassette der Sendung zugeschickt haben, was ich versprach, aber ich weiß gar nicht, ob dieser O-Ton je über den fastewiggrünen Wiesen Niedersachsens erscholl.

Und dann las ich wieder, dass er doch ein guter Mensch ist, oder jedenfalls einer hätte werden sollen. In dem unbekannten Meisterwerk »Fünf Finger sind keine Faust« von Klaus Rainer Röhl heißt es, Ernst Rowohlt habe einmal ihn, den Röhl, sowie Peter Rühmkorf, den anderen Mitbegründer von *konkret*, zu sich gerufen und gesagt: »Passt ein bisschen auf meinen Jungen auf, dass er sein Abitur macht und ein guter Kommunist wird.« Ist er einer geworden? Eher doch Bakunin, oder noch lieber ein Fürst Kropotkin ist es, der mir manchmal morgens, wenn ich von der Schule komme, anarchistisch silhouttiert begegnet, die Faust heraus zum 1. Mai! gereckt, seine Frau im Arm (im andern), die er, fürsorglich und courtois zugleich, zur U-Bahn bringt. So früh am Morgen passt er ausnahmsweise sogar ins Eppendorf, denn ein Fürst braucht Fassaden, und sei's, um sie abzuschreiten: Alles seins.

Das ist morgens, wenn der Safeway aufmacht und die Post noch zu hat, aber schon die ersten Frauen wie extra reingefahren vom Land vor der Innentür drauf warten, dass die Horizontaljalousie endlich weggeht, und es auch sonst kalt ist. Später sind da andre Leute. Einmal schob doch grad vor mir der *Bild*zeitungschefredakteur Kai Diekmann einen Kinderwagen mit Kind und einem zufallsgenerierten Deko-Stück, das er oder vielmehr seine Frau, die ehemalige *Bild*zeitungstittenbetexterin Katja Kessler, die links neben ihm stakste und dafür gesorgt hatte, dass ihr Männe jetzt auch mal den Kinderwagen schob, wieder umtauschen wollte. Ah, Konsumhölle Eppendorf!

Harry Rowohlt ist natürlich ein Scheusal, wenn er will. Kann einen anfahren, wenn er in Stimmung ist, und noch schlimmer, wenn nicht. Manchmal hat er ja Recht: Auf seine Freunde lässt er nichts kommen und wird da schnell böse. Er verkehrt in seltsamen Kreisen, aber dafür kann er dann erzählen, wie er am Heiligabend in der Konsumhölle Eppendorf den Literaturkritiker Volker Hage traf, der noch nach einem Ständer suchte.

Die Frauen vor allem sind Harry Rowohlt zugetan, nähen ihm pseudo-irische Banner und hackeln sich vor ihm. Seine Frau hat einmal aus heiterstem Nachmittag erzählt, wie er sie vor Urzeiten zum Tanzen aufforderte, so höflich war und wie zauberhaft er noch immer ist. Morgens zur U-Bahn bringen. Der Nachruf auf seinen Bruder –; das kann ja doch keiner.

Ich glaube, er ist, wenn keiner zuschaut, richtig sentimental, aber er darf das, er kann das. Dass er einmal ein Kopfgeld auf Kai Diekmanns Vor- und Vorgänger Peter Boenisch ausgesetzt hat, »und zwar, der Bedeutung dieses Mannes angemessen, in Höhe von 35 Öschis beziehungsweise 5 Mark«, diese Freude werde ich ihm nie vergessen. Alle schröben gern so wie er, es kann aber keiner. Harry Rowohlt ist nicht bloß der Größte, er ist ein Fürst.

Philip Ardagh ist Schriftsteller. Sein Kinderbuch *Schlimmes Ende*, von Harry Rowohlt ins Deutsche übertragen, wurde 2003 mit dem Deutschen Jugendbuchpreis ausgezeichnet. Ardagh lebt in London.

Franziska Augstein ist Publizistin und Redakteurin der »Süddeutschen Zeitung«. Sie lebt in München.

Jens Michael Berger (s. Präsis) ist praktischer Arzt und Präsident des Eppendorfer Sparvereins »Sorgenfrei«, zu dessen Mitgliedern Harry Rowohlt zählt. Er lebt mit seiner Frau Dörte in Hamburg.

Manfred Bissinger, Publizist und Herausgeber, war Gründer und Chefredakteur der »Woche«. Er lebt in Hamburg.

Thomas Bodmer ist Übersetzer und Kritiker. Er lebt in Zürich.

Heiner Boehncke ist Literaturkritiker und Redakteur beim Hessischen Rundfunk, Er lebt in Frankfurt/Main.

Roger Boylan ist Schriftsteller (u.a. *Killoyle*) und Literaturdozent. Er lebt in Texas.

Anne Clune ist Dozentin, Herausgeberin, Autorin und Flann-O'Brien-Spezialistin. Sie lebt in Dublin.

Robert Crumb ist Comic-Zeichner. Sein legendäres Werk, das z.T. in Zusammenarbeit mit seiner Frau Aline entstand, wurde von Harry Rowohlt ins Deutsche übertragen. Crumbs leben in Südfrankreich.

Daniela Dahn (u.a. *Prenzlauer Berg-Tour*) ist Schriftstellerin und streitbare Publizistin, die sich vor allem im Diskurs um die ehemalige DDR engagierte und engagiert. Sie lebt in Berlin.

Wiglaf Droste ist Schriftsteller (u.a. *Wir sägen uns die Beine ab und sehen aus wie Gregor Gysi*), Publizist und Sänger (»Spardosen-Terzett«). Er lebt in Berlin.

George Drummond ist Dolmetscher und Tür-an-Tür-Nachbar von Harry Rowohlt in Hamburg.

Werner J. »Billy« Egli ist Schriftsteller und vielbeachteter Kinderbuchautor (u.a. *Der Ruf des Wolfs*), wobei seine zahllosen Wildwestromane, die er unter Pseudonym verfaßte, nicht verschwiegen seien. Er lebt in Zürich.

Eugen Egner ist Zeichner und Autor (u.a. *Tagebuch eines Trinkers*). Er lebt in Wuppertal.

Christine Eichel ist Schriftstellerin (u.a. *Im Netz*), Filmemacherin und Redakteurin. Sie lebt in Berlin.

Manfred Eichel war viele Jahre Chef von »aspekte«. Heute lebt er als freier Kulturschaffender in Berlin.

Morgan Entrekin ist Verleger von Grove/Atlantic in New York. Zusammen mit Gary Fisketjon und Harry Rowohlt bildet er, zumal während der Frankfurter Buchmesse, eine Art »Rat Pack«.

Inge Feltrinelli ist Verlegerin und Chefin der Feltrinelli-Gruppe. Sie lebt in Mailand.

Klaus Ferentschik ist Schriftsteller (u.a. *Schwelle und Schwall*) und lebt in Berlin.

Ariane Fink ist Scout und Literaturagentin. Die Großnichte von Harry Rowohlt lebt in New York.

Irene Fischer ist Schauspielerin, Drehbuchautorin und eine Lieblingskollegin von Harry Rowohlt in der »Lindenstraße«. Sie lebt in der Nähe von Freiburg.

Gary Fisketjon ist Cheflektor im Verlag Alfred Knopf in New York (s. auch Entrekin, Morgan).

Hans W. Geißendörfer ist Film- und Fernsehregisseur sowie Produzent (u.a. der »Lindenstraße)«. Er lebt abwechselnd in München und London.

Robert Gernhardt ist Schriftsteller, Dichter, Zeichner, Maler, Mitbegründer der »Neuen Frankfurter Schule«, der Satirezeitschrift »Titanic« und vieles mehr. Er lebt in Frankfurt/Main und in der Toskana.

Horst-Jürgen Glockauer war Harry Rowohlts Klassenlehrer in der Oberstufe der Hamburger Walddörfer-Schule. Er lebt in Hamburg.

Albrecht Götz von Olenhusen ist Rechtsanwalt und Autor (u.a. *Film und Fernsehen*, *Der Weg vom Manuscript zum gedruckten Text ist länger, als er bisher je gewesen ist*). Er lebt in Freiburg.

Ulrich Greiner ist Publizist und Leiter der Literatur-Redaktion der »Zeit«. Als ehemaliger Feuilletonchef redigierte er dortselbst jahrelang Harry Rowohlts Kolumne *Pooh's Corner*. Er lebt in Hamburg.

Hermann L. Gremliza ist Publizist und Herausgeber der Zeitschrift »konkret«. Er lebt in Hamburg.

Peter Gut ist Zeichner und illustrierte u.a. Harry Rowohlts Buch *John Rock oder der Teufel*. Er lebt in Winterthur.

Peter Haag ist Verleger (Kein & Aber). Er lebt in Zürich.

Nikolaus Hansen ist Verleger (MareBuch) und Übersetzer. Er lebt in Hamburg.

Tatjana Hauptmann ist Zeichnerin und Illustratorin (u.a. *Dorothea Wutz*). Sie lebt am Zürichsee.

Georg Heepe war jahrzehntelang Cheflektor des Rowohlt Verlages, wo er nach wie vor wirkt. Er lebt in Hamburg.

Nikolaus Heidelbach lebt als freischaffender Künstler in Köln. 2000 wurde er für sein Gesamtwerk mit dem Sonderpreis des Deutschen Jugendliteraturpreises ausgezeichnet.

Gerhard Henschel ist Schriftsteller (u.a. *Kindheitsroman*). Zusammen mit Kathrin Passig hat er die Biographie von Bob Dylan ins Deutsche übertragen. Beide leben in Hamburg (s. auch Wieland, Rayk).

Eckhard Henscheid ist Schriftsteller, Mitbegründer der »Neuen Frankfurter Schule« und der Satirezeitschrift »Titanic«. Er lebt in Frankfurt/Main, Amberg und Arosa.

Rudi Hurzlmeier ist Zeichner und Maler (u.a. *Meisterwerke der komischen Periode*). Er lebt in München.

Ernst Kahl ist Zeichner, Maler, Musiker und Buch- und Drehbuchautor (u.a. *Tafelspitzen, Kranke Verwandte*). Er lebt in Hamburg.

Richard Kähler ist Autor (u.a. *Im Bett mit Mutter Beimer*), war Mitbegründer der Satirezeitung »Kowalski« und TV-Mitarbeiter. Er lebt in Hamburg.

Thomas Kapielski ist Schriftsteller (u.a. *Gottesbeweise, Weltgunst*), Kunstprofessor und Chef des »Original Oberkreuzberger Nasenflöten Orchesters« Er lebt in Berlin.

Daniel Keel ist Verleger (Diogenes). Er lebt in Zürich.

Harald Keller ist Journalist und Autor (u.a. *Kultserien und ihre Stars*). Er lebt in Osnabrück.

Joachim Kersten ist Rechtsanwalt und Autor (u.a. *Der Kick und die Ehre – Vom Sinn jugendlicher Gewalt*). Er lebt in Hamburg.

Andreas Kilb ist Journalist und Redakteur der »Frankfurter Allgemeinen Zeitung«. Als ehemaliger Filmredaktor der *Zeit* redigierte er jahrelang Harry Rowohlts Filmkritiken. Er lebt in Berlin.

Bernhard Klingmüller ist Musiker (Cello) und Dozent. Er lebt in Berlin.

Pit Knorr ist Schriftsteller und Journalist, Mitbegründer der »Neuen Frankfurter Schule« und der Satirezeitschrift »Titanic«. Er lebt in Frankfurt/Main und auf Mallorca.

Eva Koralnik ist Literaturagentin. Sie lebt in Zürich.

Werner Krämer ist Oberforstrat. Er lebt in Traben-Trarbach.

Michael Krüger ist Verleger (Hanser) und Schriftsteller (u.a. *Die Cellospielerin*). Er lebt in München.

Antje Kunstmann ist Verlegerin (Kunstmann). Sie lebt in München.

Joachim Kuntzsch ist Pianist, Sänger, Sprecher. Er lebt in Hamburg.

Antje Landshoff-Ellermann ist emeritierte Verlegerin (Rogner & Bernhard). Sie lebt in Hamburg.

Georg Lentz ist Schriftsteller (u.a. *Trennungen*). Er lebt an der Loire.

Heinz Marecek ist Theater- und TV-Schauspieler (u. a. »Lindenstraße«). Er lebt in Wien.

Axel Marquardt ist Schriftsteller (u.a. *Rosebrock*). Er lebt in Hamburg.

Dan McCall ist Schriftsteller (u.a. *Jack der Bär*). Er lebt in Ithaca im Bundesstaat New York.

Frank McCourt ist Schriftsteller (u.a. *Die Asche meiner Mutter*). Er lebt in New York.

Kara McKechnie ist Regisseurin und Dozentin. Sie lebt in Edinburgh.

Anna Mikula ist freie Kulturjournalistin, Lektorin und Herausgeberin des Briefbandes *Harry Rowohlt – Der Kampf geht weiter!* Sie lebt in Hamburg.

Fanny Müller ist Schriftstellerin (u.a. *Geschichten von Frau K.*). Sie lebt in Hamburg.

Eberhard »Ebi« Naumann ist Kinderbuchautor (u.a. *Pules neue Nase*) und Übersetzer. Er lebt in der Dordogne.

Michael Naumann ist Publizist und Herausgeber der »Zeit«. Er lebt in Hamburg.

Harold Nebenzal ist Schriftsteller (u.a. *Café Berlin*) Er lebt in New York.

Stephan Opitz ist Kulturwissenschaftler, hat einen Lehrauftrag an der Uni Kiel und arbeitet für das Ministerium für Bildung des Landes Schleswig-Holstein.

Bernd Pfarr war Zeichner und Maler (u.a. *Komische Kunst*). Er verstarb im Juli 2004.

Gerhard Polt ist Schriftsteller (u.a. *Circus Maximus*), Kabarettist und Filmemacher. Er lebt in Schliersee, München und Terracina.

Padgett Powell ist Schriftsteller (u.a. *Edisto*). Er lebt in Florida.

Bill Ramsey ist Musiker, seine Frau Petra ist Ärztin. Sie leben in Hamburg.

Bernd Rauschenbach ist Autor, Rezitator (u.a. Kurt Schwitters) und arbeitet im Vorstand der Arno Schmidt Stiftung. Er lebt in Eldingen bei Bargfeld.

Renate Rosenthal ist Chefredakteurin der »Freundin«. Sie lebt in München.

Peter Rühmkorf ist Dichter und Schriftsteller (u.a. *Tabu I* und *Tabu II*) und Zeichenkünstler. Er lebt in Hamburg.

Wolfram Runkel ist Journalist und Autor. Er lebt in Hamburg.

Denis Scheck ist Redakteur beim Deutschlandfunk und Leiter und Moderator der Literatur-Sendung »Druckfrisch« in der ARD. Er lebt in Köln.

Marco Schröder ist Gastronom und Chef des »Ganzoni«, Harry Rowohlts Stammtisch-Restaurant. Er lebt in Hamburg.

Frank Schulz ist Schriftsteller (u.a. *Morbus fonticuli*). Er lebt in Hamburg.

Fritz Senn ist Autor und Leiter der James-Joyce-Stiftung in Zürich.

Ralf Sotscheck ist Autor (u.a. *Dublin Blues*) und Irlandkorrespondent der »taz«. Er lebt in Dublin.

Tilman Spengler ist Schriftsteller (u.a. *Lenins Hirn*) und Mitherausgeber des »Kursbuchs«. Er lebt in Ambach/Starnberger See.

Gerd Stroucken ist Grafiker und Drucker. Er lebt in Frankfurt/Main.

Marily Stroux ist Fotografin. Sie lebt in Hamburg.

Wilhelm Tappe ist Redakteur beim »Spiegel«, Annette Meyhöfer ist Journalistin und Autorin. Beide leben in Hamburg.

Horst Tomayer ist Schriftsteller (u.a. *German Poems*), Kolumnist und Schauspieler. Er lebt in Hamburg.

Hans Traxler ist Zeichner und Maler (u.a. *Die Wahrheit über Hänsel und Gretel*, *Alles von mir*), Mitbegründer der Satirezeitschrift

»Titanic« und der »Neue Frankfurter Schule«. Er lebt in Frankfurt/Main.

Kurt Vonnegut ist Schriftsteller (u.a. *Zeitbeben*). Er lebt in New York.

Klaus Wagenbach ist Verleger (Wagenbach) und Autor. Er lebt in Berlin.

Fritz Weigle (F. W. Bernstein) ist Zeichner, Dichter (u.a. *Die Stunde der Männertränen, Elche, Molche, ich und du*) und emeritierter Kunstprofessor, zudem Mitbegründer der »Neuen Frankfurter Schule« und der Satirezeitschrift »Titanic«.

Joseph von Westphalen ist Schriftsteller (u.a. *Der Liebessalat, Harry-von-Duckwitz-Romane*). Er lebt in München.

Urs Widmer ist Schriftsteller (u.a. *Das Buch des Vaters, Im Kongo*). Er lebt in Zürich.

Rayk Wieland ist Autor und Gelegenheits-Kommunist (Eigenauskunft). Zusammen mit Gerhard Henschel moderiert er den »Toten Salon« im Hamburger Thalia Theater. Er lebt in Hamburg.

Willi Winkler ist Autor (u.a. *Alle meine Deutschen, Die Geschichte der RAF*), Journalist und Redakteur der »Süddeutschen Zeitung«. Er lebt in Hamburg.